AS FALSAS MEMÓRIAS DE MANOEL LUZ

Título original: *As Falsas Memórias de Manoel Luz*
Autora: Marlene Ferraz

Revisão: Inês Fraga
Paginação: João Jegundo

Capa: Ideias com Peso

Biblioteca Nacional de Portugal – Catalogação na Publicação

FERRAZ, Marlene, 1979-

As Falsas Memórias de Manoel Luz
ISBN 978-989-8866-13-4

CDU 821.134.3-31"20"

Depósito Legal n.º 432632/17

Impressão e acabamento:
Papelmunde
para
Minotauro
em
outubro de 2017

MINOTAURO, uma chancela de Edições Almedina, S.A.
Avenida Engenheiro Arantes e Oliveira, 11 – 3.º C - 1900-221 Lisboa / Portugal

MARLENE FERRAZ

AS FALSAS MEMÓRIAS DE MANOEL LUZ

MINOTAURO

A todos os homens e bichos
com biografias (in)esperadamente deformadas:
inventem-se novos mundos.

I

ANTES

AINDA O HOMEM INGÉNUO SE ENRAIVECE POR DESEJAR ALTAS ASAS

1

Deve aplicar-se éter sobre o corpo do inseto para uma morte imediata. Depois, colocar com a maior urgência o exemplar inanimado numa câmara para secar as humidades ou o que ainda tem de vida. A tempo certo, a borboleta pode ser desdobrada no esticador e, com os dedos de pormenor e cuidado, ao uso de alfinetes de aço, toda a matéria da criatura deve fixar-se ao tabuado. Espera-se a temperatura ambiente ou em estufa os dias precisos para o estado completo. A moldura é apurada com quase euforia. A vedação é uma particularidade de corpulenta importância para uma conservação sem bolor e outros parasitas. Com movimentos delicados, a naftalina em pó é dispersada. Também a etiqueta de identificação pede rigor na data e posicionamento geográfico da apanha, assim como na catalogação científica do animal de asas. Os apontamentos podem ser calcados na máquina de escrever em papel duradouro, colado no canto superior direito do tampo da moldura. Depois, é proceder a uma gloriada contemplação.

O homem comprido andava pela sala ampliada num colete acomodado ao peito, a boca muito aprumada e um acento a avisar que terá respirado ares estrangeiros. Depois, acertou os óculos abreviados. Já no estrado levantado de madeira, levou a vista aos rapazes de laçarote e falou com louvamento.

Agora, é tempo de apreciar a perfeição do homem entomologista. Mais do que caçadores de borboletas, somos senhores da precisão e da beleza ao encontro da ciência. Aplaudam, que nem a todos os homens a natureza ofertou a grandura do espírito.

Manoel Luz anotou os apontamentos com nervo no caderno de aprendizagens. Levantou-se à inclinação da cabeça do homem falador. Os outros, também. Aplaudiram, então. Poderia, agora, dar uso aos bichos asados que tem vindo a depositar num invólucro de cartão, ainda vivos e acumulados. Ao pai floreiro, a vontade de contar o processo de conservação. Ao senhor Rodolfo Prudente, o beijo comovido por ter financiado uma aula particular de Entomologia. Para ser maior. E nunca apenas um apanhador vulgar de borboletas.

2

Manoel Luz acalcanhou o chão da livraria com o peso dum corpo ainda a dois dedos de celebrar o décimo ano na compridez da pele. E dos ossos. Bem Comum. Na cabeça completada com criaturas da ordem dos lepidópteros, imaginou que o nome da casa comercial poderia ser outro. *Livro da Seda. Casulo dos Livros. Asas de Papel.* A rapariga de vestido floreado apontou com o dedo para o cadeirão. O grande homem estaria a chegar, o que obrigaria o rapaz a sentar-se. E a contar todas as lombadas nas prateleiras estendidas, com ensaios bem encadernados e um palmo de poesia, também as traduções da literatura russa e os armários antigos com breviários e manuais, mais um piano reformado com caixotes e livros em saldos e a porta acanhada mas importante para o grande escritório do senhor Prudente, num compartimento mais privado. Bem Comum. O rapaz, com os pés levantados, continuou a calcular nomes e medidas, números e desvarios. A rapariga do vestido florido, a desbastar as unhas e o peito. E um riso na boca esperançada. Da rua, os movimentos absolutos do homem editor. O mais abreviado andamento dos pés avisava volume e altura, um senhorio de grandura natural e herdada. O impulso de ajuntar selos e postais veio do gloriado pai, senhor também de comprimento maior, particularmente virado para explorações mineiras e pinturas com génio para ampliar o investimento e escoar dinheiros nublosos. Também o homem pai tinha uma mania por bichos, como o rapaz. Na grande casa, entre cristais e flores sempre renovadas, os visitadores poderiam deslumbrar-se com borboletas e escaravelhos delicadamente cobertos por uma chuva de ouro. A Rodolfo Prudente encantou que a criança, a engrandecer-se com um vendedor de flores e uma mulher tão curvada no corpo, tivesse vindo com a afeição por catalogar insetos, como o elevado governador de minas e continuador duma louvada linhagem. Entrou, com toda a envergadura. A empregada, também de cabelos desengraçados, aprumou-se num fio mais direito e apontou para o rapaz sentado. Rodolfo Prudente ampliou os braços, invulgarmente satisfeito, e encaminhou o esperado infante pelo balcão de vendas para o escritório envidraçado, com pinturas emolduradas nas paredes brancas sem um posicionamento conformado e um braçado de relatórios e outras papeladas rubricadas. O rapaz, ainda tão sumariado no tamanho, acenou com a mão à rapariga. Reparou no conforto feminal depois da desaparição do homem editor pela porta importante.

Senta-te, Manoel.

O rapaz acertou o corpo na cadeira estofada, os pés novamente no ar desocupado. As esferas oculares do senhor Prudente pareciam mais salientadas.

Nem imaginas como me é importante ter a tua pessoa neste lugar.

Pelo vidro que os compunha numa redoma de comando, podia ver os homens de macacão azul a manusear as máquinas de impressão com as mãos tintadas dum líquido enegrecido e menos proveitoso do que o petróleo. Pareciam incomodados, em movimentos mecânicos e as mandíbulas muito graves.

A Bem Comum tem a vontade de fazer deste precisado país uma terra de cultura e renovação. O homem imagina e depois avança, Manoel.

O grande editor falou com vaidade. O rapaz, ainda acanhado, acenou com a cabeça e contemplou de novo o andamento automático dos homens operários, numa engrenagem mais acinzada do que tinha inventado pelos discursos do senhorio. Mesmo assim, quando virou a sua infância para o aumentado volume de Rodolfo Prudente, Manoel confortou-se ainda mais no assento e pensou com precisão. *Espero tanto ser assim.* Apesar dos dedos muito perfeitos do pai floreiro, mais seduzia a corpulência do homem senhor dos livros. Pelo abastamento. E pela sombra ampliada que só as coisas altas podem fazer.

Gostaste de aprender a matar devidamente os bichos de asas?

No andar rasteiro da casa onde viviam, com as portas abertas a uma rua perpendicular à principal, a loja das flores, com baldes de zinco e um balcão em madeira com a máquina registadora, também as tesouras de cortadura particular e um punhado de bolbos invernados, não havia um escritório envidraçado com cadeiras estofadas nem serigrafias rubricadas nas paredes descoradas e a altura das coisas parecia claramente mais resumida. Num avental de pano, a lembrar muito o macacão azul dos homens da tipografia, o pai abreviado a vender flores para celebrações, orações e funerais. A Manoel sempre incomodou esta afeição tão contrária. Nenhum homem poderia servir a vida e a morte ao mesmo tempo sem ter o entendimento dividido. Ou avariado. Mas, no pai floreiro, havia também o riso mais simples e atento apesar das mãos sempre completas com margaridas ou crisântemos, seivas e poeiras dos tubérculos. Os braços, menos amplos e até fracos, sabiam enlaçar o corpo magro do rapaz quando temporalmente preciso e com a resistência das raízes mais profundas. O amor puro por José Luz, também conhecido por Flores, ou senhor Flores, estava garantido, mas seria um homem mais circunscrevido, na envergadura e nas falas, quando comparado ao grande editor. Rodolfo Prudente falava com a boca ampliada de ampliados acontecimentos. Sabia de circunstâncias políticas encobertas e dos livros que viriam a ser publicados e proibidos. Sabia também de leis ainda na mesa do Presidente do Conselho de Ministros e do professor entomologista da Faculdade de Ciências Naturais com acento estrangeiro. Manoel, com as esferas oculares muito limpas, calculou que o homem editor seria um aliado mais principal do que todas as flores na loja do pai afeiçoado. Apesar da ossatura ainda reduzida, avivou-se maior na primeira ida à livraria e declarou com afinco que não haveria de encurtar mais o seu tamanho.

3

Deves ter cuidados a ouvir o senhor Prudente.

Manoel ainda calado, o homem pai a depurar o tabuado da casa das flores.

É um homem importante mas virado ao contrário, como uma camisola do avesso.

Na cabeça imaginosa do rapaz, outra suposição. Com o frio inverneiro a impedir um movimento harmonioso dos braços, compunha as flores chegadas pela manhã nos baldes de zinco sem particular afeiçoamento. O pai floreiro ainda curvado com um pano humedecido a livrar o chão das terras soltas e outras manchas pelos tacões dos compradores. Depois, o balde com água perfumada. E o riso muito descomplicado. Apesar da inclinação para o amor completo do pai floreiro, a curvidade do corpo de avental só vinha aumentar o seu propósito de ser maior e, num raciocínio ainda curto mas bem fundamentado, o senhor Prudente poderia ser uma escada de subimento.

Gerberas. Margaridas. Tulipas. Cravos. A cada seis, ofereces uma.

O rapaz podia apalpar a bondade em cada deslocamento do homem pai. Com os mesmos dedos, apurava o frescor nas pétalas e a felicidade na vista do filho em afloramento. Sabia como o dedicado floreiro o contemplava, com a curiosidade dum homem forasteiro e o bem-querer da mais imaculada criatura. O mesmo temperamento amornado nos braços ao levantar-se, contentado pela hora de abrir a loja das flores ao nevoeiro da rua, e ao acamar-se, fraco, ainda mais precisado, mas com o coração sempre cheio. A cada dia, num avental bem lavado, recebia com simplicidade os compradores escrupulosos e os mais desafeiçoados. O riso muito natural, com os dentes deformados, e todo o alinhamento circulatório a apresentar uma alegria que nunca poderia ter uma explicação precisa. Afinal, mesmo ocupado por tanto tempo com o ofício das flores, a pele cortada e as unhas mais sujas, os rendimentos pareciam resumidos e até inapropriados. Manoel mais ampliava a vontade de ser grande. E continuava a ajudar o homem pai, com o apelido metido na carne. No privado, o rapaz acumulava maiores reservas a alinhavar uma suposição sobre a mãe, Aurora, ou Aurorinha, pela fragilidade manifestada na dobradura do corpo, mas muito cismática nos lavores domésticos do andar subido da casa, em andamentos tão prudentes e previsíveis. Com as mãos desapegadas, sacudia o pó do mobiliário comum e estendia, maquinalmente, num vagar doentio, as roupas lavadas numa corda levantada da varanda. Nos vestidos compridos e de cortes acautelados, poderia ser um bafo silenciado de gente ou a sombra dum misantropo animal. Como se aguada por uma chuva de penas e sofrimentos, incorporava um olhar desligado. Poderia supor que, a tempo do rebentamento das águas, tivesse o filho estragado o mais interior da mulher mãe, talvez um órgão importante, uma veia principal, e ainda sofresse por isso. Manoel chegou a considerar-se culposo, provavelmente um rapaz inesperado ou contrário ao apetecido. Também sabia do seu colo desocupado mas mais retorcido e não podia encobrir a vontade maior pela companhia do homem pai. Em casa, ouvia os discos das bandas inglesas no aparelho mecânico, num canto angulado do corredor, ou estendia-se no cadeirão da sala com os livros de banda desenhada oferecidos pelo grande editor, mas, com os pés rasteiros da mãe nas saias compridas e a alma pesada, preferia estar achegado ao balcão de madeira, com o cheiro a flores numa morte lenta, conformado ao ranger das tesouras de poda e outras conversas domesticadas do pai floreiro com as bocas visitantes.

Pai, podemos apanhar borboletas?

O homem limpou as mãos no avental.

Vieste encantado com a aula do doutor dos alfinetes.

Entomologista, pai.

A acomodar as dálias num balde, o homem aprontou um riso amaciado.

Levaremos muito tempo de bicicleta.

O rapaz encurtou os ombros. Depois, falou com euforia.

E se o senhor Prudente nos levar de automóvel?

O homem floreiro abanou a cabeça.

O senhor Prudente tem tanto com que se ocupar, Manoel. Esperemos por domingo. Se o tempo convier e a tua mãe consentir, andaremos nas silvas e pomares.

O rapaz agravou os lábios, os dedos entediados a calcarem enervadamente as teclas da máquina registadora. O pai usou as mãos nos cabelos turbulentos do filho incomodado. O outro abrandou os músculos.

Sabes quanto pesa uma borboleta, pai?

O homem floreiro pareceu muito certo.

Mais do que a alma, menos do que a fome.

O rapaz riu-se.

Não sabes nada, pai.

O homem também se encostou ao balcão.

Diz ao teu aprendiz.

Três gramas.

O homem esperou para dizer.

Afinal, tinha razão: mais do que a alma, menos do que a fome.

4

Vou levar-te a minha casa.

A livraria ficava na rua principal, depois dum número ímpar de cruzamentos a norte da loja das flores. A vinda do rapaz a propriedades do grande editor começou a ser usual, sempre recebido com um entusiasmo que só ampliava o espanto e o respeito de Manoel pelo homem de maiores volumes. Mesmo que o senhor Prudente ainda nem tivesse chegado, gostava de ficar ao balcão com a rapariga magra e de cabelos desengraçados ou na tipografia a ver os homens de macacão azul a manusear as máquinas de impressão. Houve um dia ou outro em que o pai floreiro também se anunciou na livraria, com o avental dobrado nos dedos, as unhas sujas de seivas e poeiras, a boca mais grave pela noite adiantada. *Vamos, Manoel. Que a tua mãe Aurorinha está numa inferneira de cismas e medos.* E o senhor Prudente inclinava o corpo grande, num pedido de absolvimento. Manoel, num comportamento mecânico, abandonava o escritório envidraçado, com os livros bem encadernados ou as letras metalinas para composição gráfica, e obedecia ao aviso do homem vendedor. Na cabeça, a mulher mãe curvada em gemidos e lamentos, numa aparência atrofiada e de maior fracura que muito começava a incomodar. Com os dez palmos de altura metidos na cama, o caderno de apontamentos sobre o processo de morte dos insetos encoberto pela almofada, chegou a calcular ausentar-se da casa das flores, rascunhar um esclarecimento muito preciso e esconder-se na livraria ou implorar abrigo no casario da família Prudente. Mas precisava tanto dos braços do homem floreiro. E do riso descomplicado com os dentes deformados.

Sabia também das flores para ordenar nos baldes de zinco e das plantas para regar num procedimento acautelado. Mesmo assim, ao despontar da manhã, anunciar-se-ia na Bem Comum para a dianteira ocupação do dia.

Vou apresentar-te a Ofélia, a minha senhora mulher.

O rapaz sentia um corrimento frenético nas veias, a felicidade a compor-se num privado mais amplo e até esperançado. Mesmo assim, o hálito inconveniente da linhagem. Sabia que o senhor avô tinha sido mordomo no grande casario, também o homem pai terá inaugurado os deveres de floreiro nos dilatados jardins. Silabou o nome do primitivo parente já convenientemente encaixotado na terra dos mortos. *Armindo Luz.* O funcionamento da máquina cardial abrandou. Perguntou-se como seria explicado à senhora mulher do grande editor. *O neto do mordomo. O filho do vendedor. Um rapaz da rua secundária.* Acomodou-se à condição e, com a mesma brandura que o homem pai avisava nas mãos, falou sobre flores.

Posso levar um ramal de dálias?

O subido editor riu-se.

Compraremos rosas, a caminho.

Podemos ir à loja do meu pai?

O homem demorou a alinhar as palavras.

O Luz vai escusar o pagamento e precisa mais de vender do que ofertar.

Para o rapaz, mais uma confirmação do tamanho abreviado da sua origem. Para Rodolfo Prudente, um prático discurso sobre alturas com a maior naturalidade. No andar subido, falava-se muito de aproveitamento e despesas. As flores que começavam a inclinar-se na morte lenta eram ordenadas em coroas para serem depositadas nas sepulturas dos parentes. Também na cova do avô, o antigo mordomo. Quando o pai oferecia um braçado de rosas à mãe Aurora, durante a noite, com os mesmos pés silenciosos, ela voltava a afundar os caules espinhosos nos baldes de zinco para que pudessem ser vendidos pela manhã. Sabia que o pai se avolumava em lavores para que ele tivesse um começo de vida sem ausências nem diminutivos, mas a vinda do senhor Prudente parecia avivar o mais ordinário dia com luminosidade e abundância. Poderia a caixa interior do livreiro ser tão bondosa como a do homem pai e ocupar-se de pena pelo rapaz neto do mordomo Armindo Luz. Poderia ainda lembrar-se do homem floreiro a adiantar-se na sua faustosa casa, um dedo de gente perante a grandiosidade do apelido do senhorio, o rascunho dum vendedor de flores que nunca saberia o cheiro das pedras preciosas nem o poder dum punho sobre uma mesa para obrigar estadistas e empresários a comer-lhe na palma da mão.

O editor usou a buzina do automóvel.

Serás bem recebido no meu paraíso.

O homem dos livros aprontou um riso opulento, o rapaz ainda inclinado num corpo menor. Um homem de farda manuseou o grande portal com floreados em ferro e os jardins fabulosos levavam os visitadores ao casario principal. O editor levantou-se, o homem de farda saudou com uma grandiosidade que não combinava com os ombros magros e a boca vincada. Uma escadaria em pedra com vasos floridos, a fonte com águas em movimento. Manoel confirmou os nomes e os cheiros. *Jacintos. Lírios. Margaridas.* O editor entrou pela grande porta com vitrais, um tapete claro e limpo num redondo completo. A cair do céu estucado com afloramentos decorativos e pinturas frescas, o lampadário luminoso feito com minúsculas gotas cristalinas a parecerem uma chuva de prosperidade e fé.

Ofélia?

O andamento do editor continuava pelo comprido corredor ocupado com pormenores de embelezamento, os pés do rapaz acompanhavam com um espanto vagarento pelos retratos pendurados nas paredes e o número abundante de porcelanas e outras aparências metalinas acabadas a ouro e prata. A um intervalo maior, o grande editor entrou numa divisão. O rapaz, ainda no faustoso tapete estendido, ouviu o movimento dum corpo vindo doutro posicionamento geográfico. As portas com uma abertura de cinco dedos e as pernas subidas a levantarem-se ao canto rigoroso. *Um. Dois. Três. Um. Dois. Três.* Podia ver a habilidade dos braços, finos, fluentes, como fitas de cetim aos ares amornecidos, e as pernas nuas, desimpedidas, com os pés esticados numa verticalidade improvável. *Um. Dois. Três. Um. Dois. Três.*

Manoel?

O rapaz aprumou a linha do corpo e, sem o braçado de dálias, apresentou-se encostado às pernas também subidas do editor. No compartimento privado, num riso também descomplicado, mas com mais reservas, a senhora mulher do homem de grandezas e temperamentos. Ele inclinou-se num cumprimento desajeitado sem deslocar as pálpebras. A senhora dona Ofélia, com um colar de pérolas sobre a blusa acetinada e um casaco de lã fina, parecia maior do que o tamanho natural duma mulher portuguesa. O editor levou-o por um braço, num comportamento impulsivo e quase incomodante.

Ofélia, este é o rapaz de quem te tenho falado.

Ela movimentou a cabeça com a mesma aparência fleumática dos santos de caco. Depois, falou com vagar numa língua bem vincada.

Manoel. Manoel Luz.

O rapaz avançou um palmo, obediente. Depois, esperou que falassem do homem mordomo ou do vendedor de flores, mas o grande editor adiantou-se, num ardimento acriançado.

O rapaz tinha a vontade de te trazer dálias.

E continuou num riso imprudente, assim um rapaz pupilo de idade avançada diante da senhora superior. Ela encarou mecanicamente o marido.

O pai deve ser homem de cortesias. Tem ensinado o Bem.

Manoel apercebeu-se do desconforto na anatomia facial do homem grande. Poderia ter estranhado, mas estava engolido pelo pasmo. E pudor. Bateram levemente numa das portas da grandiosa sala.

Senhor doutor Prudente, perguntam por si ao telefone.

O editor falou com asperidade.

Floriano, é preciso maior inteligência para entender que estamos ocupados?

Podia ver-se apenas parte do homem de farda.

É do Conselho de Ministros, senhor doutor.

O editor pareceu mais encurtado, olhou demoradamente para a mulher. Ela acenou com a cabeça. Depois, com maior gravidade, falou ao rapaz.

A Ofélia terá a cortesia de anunciar-te a nossa casa.

E ausentou-se sem outro aviso. Manoel instalou-se num corpo subordinado, esperou que a mulher dona Ofélia se pronunciasse no silêncio do grande lugar. Ouviam-se os respiros. Com um aperto na garganta, demorou a atenção no livro aberto numa das poltronas onde a senhora das pérolas estaria sentada antes do marido editor a incomodar com o filho do vendedor de flores. Teve a vontade de evadir-se, por evaporação ou num corrimento assumido pelos pés adiantados, mas sabia do comportamento inconveniente e até daninho para a amizade muito estimada com o senhor Prudente. Ou senhor doutor Prudente, como anunciou o homem de farda. Também mordomo, assim o defunto avô. Lembrou-se das pernas subidas. *Um. Dois. Três. Um. Dois. Três.* E ouvia ainda o mais privado respiramento. Continuou calado. A mulher, não.

Podes sentar-te, Manoel.

A senhora dona Ofélia apontou para a outra poltrona. Esperou que o rapaz se acomodasse, duvidoso, para depois se conformar ao assento onde já estaria em leituras e outros respiros ensimesmados. As esferas oculares do visitador andavam pelas paredes com composições deslumbrativas formadas pelas capas de tantos livros, mais as pinturas a despontar perguntas e historietas e molduras, de medidas mais abreviadas, com retratos da linhagem gloriada. Na grande mesa e outras a servir de apoio, abajures em tecido a condizer com os cortinados estendidos e pesados, num amarelo seco com cornucópias cinabrinas a memorar as películas cinematográficas sobre reinados e imperadores. Também no céu estucado, os afloramentos decorativos e uma luminária de cristais com acabamentos em prata.

Gostas de ler?

O rapaz acenou com a cabeça, num movimento desalinhado. Também a mulher parecia incomodada, apesar das mãos devidamente colocadas sobre a saia duma fazenda laborada e da boca madura como os frutos mais acalorados. Manoel avisava o desordenamento no corpo. Depois, perguntou-se pela urgência do Conselho de Ministros e confirmou a importância do homem editor para os avanços políticos do país. O homem pai nunca falava de leis nem governantes, apenas de raízes e bondade. O senhor Prudente cumpria, claramente, o volume e a altura.

O Rodolfo contou-me do teu encanto por borboletas.

O rapaz ainda sentado em fios direitos, as mãos também colocadas nos joelhos.

É pela feitura tão perfeita da criatura?

O rapaz endireitou-se mais.

Também. Mas, talvez por cheirar muito a flores, elas costumam muito pousar em mim.

A mulher levantou-se.

O que acabaste de dizer lembrou-me um poema.

O rapaz acompanhou os deslocamentos demorados da mulher. Com os dedos, circulou pelo alinhamento de lombadas bem conservadas.

Já te encontraste com o mestre Fernando Pessoa?

O rapaz falou com ingenuidade.

É cliente da livraria do senhor Prudente?

A mulher continuou com o riso fleumático.

Podemos dizer que é um homem do mundo todo.

Voltou a sentar-se com um livro nas mãos.

O corpo dele já não vive, como o nosso, mas a poesia que veio de dentro dele tem andado por muitos lugares. E interioridades.

O rapaz teve vontade de perguntar sobre a circunstância da morte do senhor principal mas voltou a abreviar-se no seu tamanho resumido.

Passa uma Borboleta por Diante de Mim[*]*. O poema é de Fernando Pessoa, mas com a seiva dum outro homem que ele imaginou, Alberto Caeiro. Imaginou outros, ainda. Este, da simpleza e das coisas reais, diz que pensar é estar doente dos olhos.*

Ela manipulou os dedos pela folha vincada e demorou-se nos vocábulos do homem multiplicado, a silabar cada ajuntamento de letras com a maior fleuma. Ao avesso, o coração do rapaz parecia desvairar-se no peito duma besta e juraria ouvir o batimento a ecoar nas paredes da grande sala. *Pum. Pum. Pum.* O verbo privar com a senhora mulher do subido editor seria um proveito sublime mas, a circular nas veias, também o

---

[*] Poema «Passa uma Borboleta por Diante de Mim», do heterónimo Alberto Caeiro de Fernando Pessoa

medo de comportar-se apenas como o filho dum precisado comerciante. E nunca uma criança amadurada pelos corredores do faustoso casario. Bateram numa das portas, novamente.

Mãe?

A mulher embargou o pensamento.

Entra, Angélica.

A rapariga veio com a naturalidade de estar acostumada a visitadores, cumprimentou o rapaz com desapego. A mãe estendeu a mão e ela movimentou uma das dela, num enlace de amor obedecido. Mais alta. Com mais idade, também. Os cabelos esticados, claros, a pele rosada dos exercícios de dança.

Vou para o ensaio.

Enquanto a mulher mãe e a rapariga alta comunicavam mais pela linguagem privada do fio umbilical do que por palavras inventadas, Manoel reparou nas meias brancas sobre as pernas subidas e os pés apertados de bailarina. Pelo fato de licra, o desenho do corpo, também os seios despontados e com tamanho bastante para usar os engenhos de pano que a mãe Aurora punha a secar na corda levantada da varanda. Nunca teria o grande editor conversado sobre a cria feminal e, sem saber explicar, ficou, subitamente, mais deslumbrado.

O senhor José pode levar-te.

José, o nome do homem de farda. Como o seu pai, vendedor de flores e filho do antigo mordomo. O rapaz curvou-se, novamente. A rapariga soprou um beijo para a mulher mãe e, ainda de mãos apertadas, falou sem vagar.

Vou com os pais da Henriqueta.

A mãe conformou-se.

Gostaria de apresentar-te o Manoel.

Ela falou sem a mais minúscula prova de pudor.

Estou com pressa, mãe.

Ouviu-se a buzina dum automóvel.

Vais ouvir falar muito dele, Angélica.

A rapariga saiu, sem o procedimento de se despedir formalmente do rapaz forasteiro. *Um. Dois. Três. Um. Dois. Três.* Ele ficou corado, reprimido. *Angélica.* Na cabeça, repetiu o nome e calculou que seria um vocábulo muito ajustado à criatura leve e ocupada. Nem incomodou o desafeiçoamento. Ou o desavergonhamento. A rapariga bailarina em muito lembrou o homem livreiro, com tanto volume e compridez. A mulher levantou-se, pousou o livro nos dedos dele.

Podes ler o poema, Manoel. Vou saber do Rodolfo, que tanto demora.

As esferas oculares do rapaz tombaram no papel. Depois, conforme a vontade, subiu a cabeça para anotar o mais leviano pormenor, como os pendentes de missangas vidrinas metidos nos desmedidos puxadores de bronze, uma figura de Nossa Senhora num banho dourado dentro duma redoma de cristal e os vasos de porcelana fina dispersados por muitos cantos da esplendorosa sala com flores frescas e abundantes. O editor tinha tanto para vangloriar-se. Um homem de farda, uma ou duas criadas, viaturas no plural, uma deslumbrativa livraria, também editora e tipografia, mais empregados de macacão azul, e intimidades com os homens mais importantes da nação. Poderia ainda apontar a senhora mulher bem formada e uma filha com pés de bailarina. A luz calma dos abajures contrastava com a noite grisalha que se declarava pelos jardins. A mulher voltou com o homem mordomo.

Manoel, o senhor José vai levar-te a casa.

O rapaz levantou-se, subordinado, sem perguntar pelo grande editor. Pousou o livro de poesia na poltrona e aprontou-se para acompanhar o homem fardado.

O Rodolfo saiu em emergência. Ele vai explicar-se, depois.

O rapaz curvou a cabeça. A mulher achegou-se ao corpo novo.

Podes levar o mestre Pessoa contigo.

Apesar da suavidade na senhora mulher, sentiu-se desabrigado pelo homem grande. Podia contar já pelos dedos as vezes que o editor se ausentava do escritório por motivos maiores do que ele e acabava por nem voltar à livraria para o esperado despedimento. Curvou-se, novamente, para segurar o livro, sem saber se teria tempo e disposição de o ler antes de o ano acabar. Estava mais inclinado para a banda desenhada oferecida pelo senhor Prudente ou para os manuais estrangeiros sobre procedimentos técnicos na conservação de borboletas, mas o sorriso acentuado da senhora dona Ofélia teria sido convincente para saber mais de poesia. Provavelmente, também a filha bailarina estaria a ser educada pela mulher mãe das pérolas para incorporar poemas e outras composições de filosofia. Enquanto a senhoria não chegava com o homem de farda, tinha reparado no letreiro da maioria dos livros. *Ensaio sobre o Belo. Os Labirintos da Linguagem. A Filosofia da Liberdade. Cem Discursos de Filosofia.*

Obrigado, dona Ofélia.

Ela pousou a mão na cabeça do rapaz, duvidosa. Depois, ainda num posicionamento gracioso, falou com mais peso na língua.

A poesia não está apenas nos livros, Manoel.

O rapaz espantou-se, atento.

Lembra-te que todos temos a poesia no corpo.

A senhora mulher começou um andamento pausado.

A poesia leva-nos ao invisível de todas as coisas. É inseparável da maior verdade.

A luminária depois do estendido corredor aclarou-se num esplendor de luz artificial. A senhora dona Ofélia silabou delicadamente uma ordem ao homem de farda e o empregado, numa obediência acostumada, abriu a grande porta para os jardins. O rapaz também se aprontou para abandonar o casario. Com o calor ainda entranhado no corpo, abreviou-se a temperatura pelo espesso nevoeiro no exterior. O rapaz inclinou-se pela escadaria, a grande mulher ainda a acenar com os dedos bem completados. Ele achegou o livro ao peito e, quando o homem de farda perguntou pela morada, respondeu, envergonhado.

Rua da Glória. Setenta e nove.

Numa rua tão secundária à principal.

5

No andar subido da casa das flores, o rapaz ainda ouviu o lamento da mãe Aurora.

Eu avisei, José. Eu avisei do perigo.

A fala dela nunca se tinha parecido tanto a um ganido. Manoel ficou estancado na porta, com o livro do mestre poeta na mão. A mãe, ao contemplar o corpo do rapaz, livrou-se dum sopro agoniado, um uivo dum bicho, e desabou nas pernas flácidas. O homem floreiro, com a calma ainda espontada no rosto, acenou com a cabeça ao filho e levou a mulher fraca para o quarto. Manoel sentou-se no sofá mais modesto, sem o abajur em tecido nem as prateleiras com livros. Respirou, desenganado. A histeria da mulher mãe mais assanhou a rábia do que comoveu o interior. Pensou na senhora dona Ofélia e na polidez do colar de pérolas sobre a blusa acetinada. Também a boca a contar as poesias dos homens e as filosofias de dentro. Depois, curvou-se, culposo. Sabia que a mãe Aurora tinha um coração limpo, mas começava a ficar desencantado com a estranheza do comportamento. Abriu o livro, à luz pálida duma lanterna. Numa sala com as paredes tingidas dum branco velho, sem pinturas valedouras penduradas nem porcelanas a anunciar o luxo, leu mais um poema do homem simples que o mestre Pessoa inventou. *Porque o único sentido oculto das cousas é elas não terem sentido oculto nenhum*[*]. Ficou duvidoso no abalo que lhe veio ao peito. Riu-se. Sem sentido. Depois, ficou aparecido em linhas mais direitas. Lembrou-se

[*] Verso do poema «Mistério», do heterónimo Alberto Caeiro de Fernando Pessoa.

da ausência repentina do editor, também da agilidade da filha Angélica. Poderia levar um ramal de dálias à rapariga, também. Mas o senhor Prudente nem levou dálias ou rosas para a senhora dona esposa. Poderia ter suspeitado da altura do gesto. Depois, calculou que pudesse ser um procedimento vulgar nos homens sem bens. Avermelhou-se. Talvez as mulheres que sabiam de livros mais desejassem um poema. Ou um colar de pérolas. Nos filmes estrangeiros, os homens sedutores ainda ofereciam braçados de flores. Fechou o livro. Depois, com as mãos pousadas nos joelhos, esperou que o pai floreiro viesse.

6

Por ter entendido a explicação do homem pai sobre a dor na mãe Aurora e também pelo abandonamento repetido do editor, Manoel ficou uns dias sem visitar o senhor Prudente na livraria. Com mais tempo para a casa das flores, completou um vaso com bolbos de jacintos e celebrou o primeiro andamento na bicicleta alta do pai. Depois, mais entediado, alongou-se na cama para consultar novamente o caderno de aprendizagens das aulas privadas com o senhor entomologista. Sem contar, acabou por ler mais uns versos do homem multiplicado. Voltou a inclinar-se pelas escadas até ao tabuado da loja.

Alberto Caeiro fala muito das flores, pai.

O homem floreiro parecia enternecido com um balde de tulipas diante de si.

As flores ensinam muito, Manoel. Se as contemplares com tempo.

O rapaz achegou-se a um vaso com narcisos, o homem continuou.

Nas flores, podes ver tantos ensinamentos. Repara como rebentam num estado de beleza e depois definham, sem descontentamento ou rábia, mas certas de terem cumprido o dever da multiplicação.

O rapaz voltou a lembrar-se do homem poeta.

E estas sem raiz que o pai vende?

O homem curvou as pálpebras.

Estas vivem apenas metade. Ao rebentarem de beleza, os homens e o desejo fazem com que o dever não se cumpra.

O pai é um vendedor de flores mortas, então.

O homem respirou, também devagar.

É um ofício de contradição, como a vida.

E apanhar borboletas.

O homem contemplou o ar pensativo do rapaz. Ficou deslumbrado. Apreciar uma criança a ampliar-se por dentro seria, para ele, como ver as flores rebentarem por fora.

7

Apesar do batimento cardíaco mais aligeirado, Manoel ficou contente por ver o automóvel do editor grosseiramente estacionado na rua acanhada da loja das flores. Comandou as pernas para uma correria com a pasta da escola pendurada nos ombros e encostou-se à porta principal, com os baldes de lavanda e verbenas a louvar os compradores. O homem dos livros estava com todo o volume sobre as mãos, inclinado no comprido balcão de madeira, e o pai floreiro a conformar as raízes das petúnias e dos amores-perfeitos nos abreviados invólucros de cartão.

Rodolfo, apalavrámos um compromisso.

O editor parecia incomodado, mas a saliva ainda sem o amargo da altivez.

Luz, sabes bem que a vida se vai manifestando com o tempo. Como podemos dar palavras que devam valer o mesmo tantos anos depois?

O homem floreiro sacudiu as unhas no avental.

Falamos de matéria delicada, Rodolfo. Como os rebentos mais fracos. A minha Aurora tem-se despejado de vida.

O editor falou com maior altura, depois.

Devo considerar que se anunciam arrependidos?

O rapaz avançou nervoso pelo tabuado antigo, o homem floreiro também levantado.

É uma pergunta insultuosa, Rodolfo.

Então, o que esperas de mim?

Pensa, Rodolfo. É muito claro.

O editor bateu com o punho no balcão.

Afastar-me dele?

O homem grande acompanhou o movimento ocular do vendedor de flores. Entre os baldes de zinco com cravos brancos e o escadote de madeira, o rapaz. Ficaram silenciados diante da criatura mais nova. Manoel conservava um ar descomplicado, apesar do espanto pelo discurso aferventado dos senhores aliados. Num raciocínio simples, começou a supor que a sua afeição com o senhor Prudente estava claramente a incomodar o pai floreiro e a mãe muito fraca. Mesmo assim, não podia entender os motivos. O editor, pessoa de elevados volumes e sabedorias, só parecia ser um proveitoso ensinador. Na memória, o aviso da senhora dona Ofélia. *A poesia leva-nos ao invisível de todas as coisas.* Respirou. Continuaria a visitar o homem grande na livraria, mas procuraria chegar a tempo de ajudar o pai a ordenar os baldes e os sacos de terra adubada e, se a curvatura da mãe Aurora consentisse, dar o beijo antes de adormecer. O editor falou com fingimento.

Andas a escapar ao lavor na livraria?

Depois, soltou um riso tão desmedido como ele. O rapaz andou mais uns palmos, pousou a pasta num banco com vasos e perfumes domésticos.

Lavor?

O homem floreiro continuou calado, mas ameno. O editor achegou-se ao rapaz.

Estou a brincar contigo. Estava com saudades tuas. Andas fugido?

O rapaz tinha um riso desmaiado, a vista governada para o homem das flores.

Estive a aprender a andar na bicicleta alta do pai.

O editor ficou mais pesado. Depois, ampliou ainda mais a boca.

E se tiveres uma só para ti?

O rapaz ficou com um pasmo maior. O homem floreiro acenou com a cabeça e falou com claridade.

O senhor Prudente sempre com exageros. É como desejar lírios ainda em tempos inverneiros. Esperemos os ares mornos da primavera, Rodolfo.

O rapaz curvou os ombros, desapontado. O editor e o vendedor ficaram estancados um no outro. Depois, o mais alto sacudiu o casaco e, num riso obrigado, começou um andamento acelerado para a porta. Ainda disse, ao calcar as pedras da rua.

Manoel, a livraria espera por ti.

E saiu, sem mais palavras.

8

Pai, podemos ir às borboletas?

O homem floreiro aprontou um riso duvidoso. Depois, acenou com a cabeça. O rapaz pendurou-se no corpo também magro do homem pai, em movimentos inflamados e quase exagerados. A mãe, num dos vestidos pardos, veio opor-se ao domingo que se levantava luminoso pelas paredes de todas as casas. Até das mais empobrecidas. Num impulso, e despejado de remorso, o rapaz destampou a caixa de cartão com o material para a apanha dos insetos, também os envelopes de papel vegetal para colocar as borboletas ainda vivas sem consumir as asas nem desatar nenhum braço ou antena e o caderno para apontar a data, o ponto geográfico e a linhagem científica. O homem pai falou das escadas.

Vou aprontar a bicicleta.

A mãe, no mesmo andamento rasteiro, entrou no quarto e contemplou o rapaz em joelhos a memoriar os procedimentos técnicos principais. Depois, numa voz sumida, avisou com o coração despido.

Gosto tanto de ti como tu dessas criaturas de asas.

O rapaz, com a rede armada nas mãos, levantou as esferas oculares para a mulher quebradiça. Em dez dedos de anos, nunca tinha sido tão clara e amável. Levantou-se. Num ato reservado, esticou um braço e tocou com as unhas limpas na pele dela. Ficaram metidos um no outro. A mãe mordeu o lábio inferior para que o fio líquido se aguentasse nas pálpebras. Saiu, depois. O rapaz calado. Ela falou, ainda.

Do que precisas?

O rapaz demorou-se, pasmado.

Fruta apodrecida para isco?

Ela obedeceu ao pedido. Sabia das pêras maduras na fruteira, mais as flores nos vidros em decomposição. Ficava mais completada ao ver Manoel com o homem pai, como se uma planta a levantar-se numa redoma acautelada e conveniente. O editor, homem de faustos e estadistas, poderia amoldar o rapaz sem cuidados nem imposições. Na sua suposição escrupulosa, nada poderia ser mais justo do que os criadores poderem afeiçoar o seu filho aos princípios da casa e do íntimo. Nenhum outro governador, por mais profano ou até sublime, deveria insinuar-se nesta simbiose natural e sagrada. Ainda no abreviado corredor, levou a vista novamente ao quarto do rapaz. Dilatou-se no tempo. Também Manoel estava ainda impedido na ocupação, sentado na cama, a imaginar a mulher mãe em tecidos mais enflorados e tingidos, com os cabelos leves e desatados. Pareceria muito mais nova. E viva. Mas a mãe continuaria com os cabelos compridos atados num nó, também o peito, e a carregar um peso que nunca poderia ser do corpo. Nem dos pés. Mesmo assim, com a boca inflamada num amor perfeito, o filho rapaz soube, por um breve intervalo, que enlevo viu o pai floreiro na mulher Aurora.

9

Pai, em casa, usarei éter para que desviva sem avariar a mais resumida parte.

Manoel, com os dedos muito aperfeiçoados para o tamanho do corpo, acomodou no envelope de papel a borboleta amarelada, ainda em movimentos convulsivos num procedimento de bravura. E de manifesto contra a morte inútil.

Um exemplar partido é a prova do nosso defeito como futuro entomologista.

O homem floreiro acenou com a cabeça, o coração deformado. Nunca poderia acertar-se com o contentamento invulgar do rapaz em espoliar os insetos do ciclo natural de vida. A contemplação dum animal inanimado, devidamente esticado numa moldura, parecia-lhe muito um amor ao avesso. Esperaria, cuidadoso, por um raciocínio mais amadurado. Mas o homem Rodolfo veio ampliar o encanto pela Entomologia. E outras frivolidades. Entendia a mulher Aurora. Mais, ainda. E, enquanto o rapaz andava em círculos com a rede levantada, José Luz encantou-se por um baldio completado de papoilas sem dono.

10

Entrou na livraria com um andamento demorado, as mãos atadas nas costas. A rapariga do balcão inclinou-se e podia ver um invólucro em papel grosseiro. Depois, ainda num vestido enflorado, aprontou um riso comovido.

Procuras o senhor Prudente?

Ele acenou com a cabeça. Ela apontou com o dedo para o escritório envidraçado e a tipografia. Mesmo assim, o rapaz continuou achegado ao balcão. Falou, envergonhado.

Sabes quem é Fernando Pessoa?

Ela calculou o posicionamento geográfico, usou os dedos circulatórios pelas lombadas e veio com um livro muito fino.

Os nossos clientes apreciam muito.

O rapaz ampliou o entendimento.

Dizem que inventou muitos homens.

A rapariga resumiu os ombros. Sabia da localidade posicional de cada livro pelo alinhamento alfabético, com agilidade razoável nos braços para se movimentar nas grandes prateleiras, mas estava despejada de vontade para se dedicar ao estudo dos homens escreventes. Nem pelos amores estrambólicos e doentios nem pelas circunstâncias estranhas de morte. O que a aferventava em ardências seriam as matinés cinematográficas de domingo e as mãos inconvenientes do soldado Bento. Nenhum poema poderia explicar melhor o calor de dentro depois dum beijo com deslocamentos linguais ou os dedos entrados no pano mais íntimo. A empregada falou com secretismo.

Podes levar este. Temos ainda um punhado deles.

O rapaz silabou o letreiro. *Mensagem.* Pensou meter o livro na cintura, com a camisola de lã por cima, mas sabia da generosidade do homem proprietário.

Vou perguntar ao senhor Prudente.

A rapariga acenou com a cabeça. Com o rapaz a deslocar-se para o escritório do homem chefe, confirmou o embrulho em linhas direitas, num papel sem maior apuro e um fio cru a atar-se num nó. Comoveu-se, novamente, com o ato dedicado a um homem tão repulsivo e presumido como o subido editor. Depois, evadiu-se nas memórias eróticas do rapaz soldado.

Ao entrar na tipografia, com vapores e nervosismos mecânicos nos impulsores de impressão, podia ouvir o palavreado do senhorio apesar dos estouros metálicos e dos braços frenéticos dos operários. Estava com outro homem, também alto, mas claramente menos sublime. O senhor Prudente tinha um palmo de papel nas mãos.

O relatório é bem claro: se os capítulos segundo, terceiro e sexto não forem retirados, o livro não sai. E, se por outras editoras vier a acontecer, não passará muito tempo até ser proibido de circular.

Mas, Prudente, somos amigos há tempo maior que esta livraria.

A nossa amizade nada tem que ver com a publicação dum texto teu.

O que te incomoda nesses capítulos?

O editor, ainda a manusear o ajuntamento de páginas, falou com temperança.

Bem sei que não apresentas as tuas ideias numa fórmula revolucionária ou impulsora da desordem, mas sabes que é avessa aos critérios de publicação.

O outro homem retirou a papelada dos dedos do editor com labaredas e levantou-se.

Prudente, vou dizer-te o que tem andado sufocado na minha garganta: estás inteiramente do lugar errado. Ouve mais o nosso Zeca.*

---

* José Afonso, cantor e compositor português (1929-1987), nome principal na música de intervenção.

Estás com os vampiros, esses que comem tudo. És, portanto, um vampiro como eles.

O editor abanou repetidamente a cabeça, o outro levantou um braço.

O poder é do povo.

Duplicou.

O poder, Prudente, está com o povo.

E saiu, rabiado. Pela porta, o rapaz entrou devagar, ainda com o invólucro camuflado pelas costas. O editor estava declaradamente inflamado e nem o aparecimento de Manoel amansou as entranhas do homem maior. O rapaz levou com o braço o envoltório de linhas quadrangulares ao tampo da grande mesa. O editor riu-se, num suspiro.

Para mim?

O rapaz curvou a cabeça. O editor, com as unhas bem polidas, rasgou o papel grosseiro e tomou nas mãos uma moldura tosca com uma borboleta devidamente colocada com alfinetes e um sopro de morte. O editor voltou a olhar para o rapaz. Manoel aclarou.

É o meu primeiro exemplar.

O editor contemplou o bicho de asas amareladas.

O meu pai ajudou a emoldurar, mas eu é que destinei o éter para ela morrer.

O rapaz sentiu-se aumentado por uma invulgar vaidade, mas o editor pareceu muito desapegado. Levantou-se na cadeira.

Anda, vou levar-te a casa. Esta tarde tenho afazeres muito sérios.

O rapaz orientou a vista para a moldura defeituosa sobre a mesa com tantos relatórios e acompanhou o corpo avolumado pelo corredor de máquinas e homens. Quando chegaram à livraria, a rapariga aprumou-se no vestido florido e Manoel reparou ainda no livro do poeta multiplicado sobre o balcão. O andamento aligeirado do editor deformou o pedido e, depois de terem entrado no automóvel, a viagem para a loja das flores terá sido um intervalo de silêncio. Estacionou a uns metros do comércio.

És muito especial para mim, Manoel. Mesmo que te digam que sou um homem mau.

O rapaz falou, a medo.

És um ministro?

O homem grande riu-se.

Não, mas gosto de pensar a nação na mesma mesa que eles.

E isso faz de ti vampiro?

O editor ficou mais sério.

Nenhum homem está verdadeiramente certo e até um vampiro pode ter motivos para beber a seiva dos outros. Não é assim tão simples de explicar.

O meu pai nunca fala dos ministros.

O editor acenou com a cabeça, o rapaz falou ainda.

É um homem bom.

O editor respirou.

Falamos depois, Manoel.

O rapaz abriu a porta e ficou a ver o automóvel a virar na rua depois. Nas mãos, a ausência dos versos do homem Pessoa. Curvou-se. Depois, falou para o mais privado do corpo. *A poesia é o invisível de todas as coisas.* E entrou na perfumosa casa das flores.

11

Tocou à campainha. O homem de farda veio ao grande portão levantado no comprido muro de pedra e falou sem afeição.

O senhor Prudente não está.

O rapaz continuava a segurar a bicicleta alta do pai floreiro, com um cesto pendurado na dianteira. Perguntou, ainda sem o sopro regulado.

E a dona Ofélia?

O homem de farda contemplou demoradamente o rapaz e o veículo.

A senhora dona Ofélia tem sempre o tempo muito bem ocupado.

O rapaz tinha vontade de perguntar por Angélica. Continuou estancado, como o homem de farda. Depois, ouviu o suspiro do mais velho.

Entre. Vou ver se a senhora o atende.

O rapaz avançou pelas terras ajardinadas do casario. Encostou a bicicleta alta à parede com trepadeiras e flores de jasmim e tomou nos braços o ramal de dálias. Esperou na entrada, com a luminária de cristal a desabar do céu estucado. O homem de farda sempre silenciado. Pela grande casa, podia ouvir-se o tacão despretensioso da senhora do editor. Esperou, nervoso. Quando a anatomia tão apurada da mulher apareceu, ele estendeu, avermelhado, o braçado de flores purpurinas. A mulher encantou-se.

Ó, Manoel, que bonitas. Espero que o Rodolfo se amolde aos teus interiores delicados, que tem vindo sem flores nos braços há mais tempo que o desejado.

O homem de farda tomou o ramal de dálias e levou-o, discretamente. O rapaz, ainda curvado, tirou do bolso do casaco o livro emprestado pela mulher do editor.

Gostei muito, dona Ofélia.

E avermelhou-se, novamente.

Fica com ele, então. A poesia pode ser revisitada ao andar do tempo. Leio Pablo Neruda desde criança. Podes ver na minha pele os anos que, entretanto, passaram.

Continua muito fresca, dona Ofélia. Como as flores do meu pai.

A mulher continuou esticada, um tanto estranhada com a compridez da mesura. Ficou a contemplar o filho do vendedor de flores e a alinhar suposições que não contaria a mais ninguém.

Vou pedir que nos sirvam uma limonada.

Encaminharam-se para a grande sala, com tantas minuciosidades decorativas e lombadas devidamente alinhadas. Pelo tapete do estendido corredor, num andamento muito formal, voltou a espreitar o quarto agora desocupado das subidas pernas da filha Angélica, apenas a escuridade dum lugar sem movimento. Contou, dentro da cabeça. *Um. Dois. Três. Um. Dois. Três.* O homem de farda acompanhou-os e, quando encontraram as grandes portas em madeira com pendentes de missangas vidrinas, inverteu a marcha. Voltaria mais tarde com a limonada em dois copos elevados e uma caneca de vidro fino ou cristal. Sentaram-se e o homem de farda pousou a louça na mesa de apoio.

O Rodolfo sabe que vieste?

O rapaz abanou a cabeça.

Não.

E como vieste?

O rapaz curvou o corpo.

Na bicicleta alta do meu pai.

A mulher ficou espantada.

E as dálias?

No cesto dianteiro, com um pano húmido nas pontas dos pedúnculos.

És um senhor, Manoel, apesar dos teus dez anos.

O meu pai diz sempre que devemos ser gentis com aqueles que nos cuidam bem.

Ela acenou com a cabeça.

O teu pai é um homem especial.

O senhor Prudente também.

A mulher descontinuou, mas o rapaz não.

Ele sabe muito e dá-se bem com os ministros.

A bondade está mais no interior do que na altura. O mais humilde homem pode ter maior compostura do que o presidente de todos os ministros.

A mulher levantou-se.

Tens vontade de levar mais um?

Voltou a circular os dedos nas prateleiras, com vagar.

Do homem que inventa outros?

A mulher riu-se.

O que te convier.

Ele acenou com a cabeça.

Tem a Mensagem?

A mulher espantou-se, novamente.

Afinal, conheces o nosso senhor Pessoa.

Ele encurtou os ombros.

A rapariga da livraria…

Com as mãos ainda despejadas, disse sem precisar do papel para memorar os versos do homem multiplicado.

*Ninguém sabe que coisa quer, / Ninguém conhece a alma que tem, / /Nem o que é mal nem o que é bem**.

Sabe, assim, sem ler?

Ela voltou com o livro que Manoel já sabia abreviado.

Há poemas que ficam. Com o tempo, também vais lembrar-te dos poemas que entraram dentro de ti.

O rapaz estava pasmado com os entendimentos silabados pela senhora dona Ofélia, também de encorpadura volumosa, à medida do grande editor, mas com um temperamento doutras particularidades. Se tanto um como o outro pareciam ter o mundo nas mãos, no editor, cabiam todos os homens e decisões; na mulher, todas as palavras e interioridades. Bateram nas portas da grande sala. O homem de farda falou.

---

* Verso do poema «Nevoeiro», do livro *Mensagem*, de Fernando Pessoa.

Senhora dona Ofélia, o seu aprendiz chegou.

O rapaz ficou muito complicado, levantou-se.

Senhor José, pode levá-lo para a sala de piano.

O homem de farda saiu.

Desculpe ter vindo sem aviso.

A mulher levou os dedos ao cabelo turbulento do rapaz.

Tenho atenção para todos. Leva o senhor Pessoa contigo. Falaremos, depois.

O rapaz olhou para a altura da dona Ofélia.

Também posso ser seu aprendiz?

Ela riu-se.

És o mais motivado, até agora. E serias meu aprendiz de que matéria?

Ele encurtou os ombros, avermelhado.

Para o que servir.

Ela riu-se e encaminharam-se para as grandes portas da sala opulenta.

Serás, então, de pensamento moderno. O meu novo e dotado filósofo.

Ele esticou-se, contente. Andaram pelo corredor e o homem de farda comandou o rapaz para a ampla entrada. Os pés pareciam levitar no tapete estendido em tons claros e os ares mornos duma casa em bom funcionamento acalentavam o corpo franzino. O quarto da filha do editor ainda despejado de pernas e números. A mulher despediu-se, num vestido de tecido grosso com fios dourados e as pérolas sobre o peito. O rapaz levantou os dedos, num cumprimento reservado. Depois, com as esferas oculares vincadas do homem de farda, ajustou os livros na cintura e, já compensado na bicicleta alta, alinhavou um riso simplório e avançou pelas ruas de paralelo até ao lugar das flores em baldes de zinco.

12

Pai, a dona Ofélia disse que tenho habilidades para ser filósofo.

O homem floreiro continuou a chuviscar as flores rebentadas com um pulverizador de metal. Inclinou-se para averiguar o estado das violetas.

Ela sabe muito de poesia e dá aulas de piano. Emprestou-me outro livro do poeta multiplicado. Já sei um verso de cor. Posso dizer?

O homem, ainda reservado, limpou as mãos húmidas no avental. O rapaz adiantou-se num impulso convulsivo.

Nem rei nem lei, nem paz nem guerra / define com perfil e ser / este fulgor baço da terra / que é Portugal a entristecer[*].

Depois, esperou o pasmo do homem pai, mas, dele, veio uma frialdade invulgar, que deveria ocupar as veias maiores e mais curtas. O rapaz ficou desalinhado. Esperou, ainda. E o homem floreiro avisou sem riso nem brandura.

Deves ter mais cuidado com as palavras, Manoel.

O rapaz esticou os ombros, enervado.

É proibido dizer um poema?

O homem andou em círculos, o rapaz encostado ao balcão de madeira. O filho estava a medrar com uma pressa maior e, segundo a mulher, Aurora, seria o pai quem estaria a demorar-se muito nas prudências e impedimentos. Com um regime de recalcamentos, também as vontades da saliva deveriam ser contidas e camufladas. Mas sabia do encanto inesperado de Manoel pelo editor, do perigo de falar em cuidados com

---

[*] Verso do poema «Nevoeiro», do livro *Mensagem*, de Fernando Pessoa.

um aliado do Estado Novo e acostumado ao Conselho de Ministros. Esperou tempo de mais. Da boca de Aurora, a mais cortante razão. Como os acúleos pacientes por entre as folhas vivas e as flores imaculadas do jasmim. Olhou novamente para o rapaz.

O nosso primeiro-ministro quer muito que o povo seja obediente e se conforme com a sua maneira de pensar Portugal.

O rapaz encurvou os ombros, novamente.

É um homem estudado. O senhor Prudente diz que é formado em Direito, portanto, deve saber o que quer.

O homem esticou-se, arrefecido.

Todos os vivos portugueses merecem ser considerados, Manoel. A ordem do governo é que se amordacem as bocas para que mandem sem ouvir as vontades de dentro.

O rosto do rapaz alinhavou-se em traços duros, a um palmo dos pés do homem floreiro, mas a tantos de entendimento.

E são homens como o pai do Abel que devem mandar no país?

José Luz ficou espantado com a saliva amarga. Abel era outro rapaz da rua secundária, que costumava chamar pelo filho para jogarem às caricas e aos berlindes. O pai, a pagar uma renda despropositada por uma loja muito discreta, ficava horas continuadas num lugar minúsculo dedicado ao conserto de couros e calçado. Sapateiro, portanto, sem elevados estudos nem formalidades. Um homem duma espinha direita bem formada, merecedor de cada aplauso pelo génio manual e por ser um agitador de consciências sem apontar o dedo nem ao cego nem ao desavindo. Lembrou-se das observações de Manoel sobre as mãos sujas do pai do camarada, o cheiro nauseabundo a tinta e os sapatos mal conservados nos pés. Chegou a ver o magro Abel sem sapatos e uma camisa dois números acima do verdadeiro tamanho. Pensou que, ao ampliar-se num bairro de gente modesta, o filho se dobrasse aos princípios do amor. E do respeito. Estava enganado. Ou atrasado nas recomendações inflamadas. Poderia ter falado muito mais, mas apenas disse, com uma das mãos sobre o ombro ainda estreito do rapaz.

Os estudos e a herança até podem fazer um homem alto, mas não forçosamente um homem bom.

Manoel podia ouvir o batimento cardíaco no peito ainda imaturo. Com rábia, saiu pela porta principal. O homem pai continuou a conformar os caules nos baldes de zinco, em movimentos invulgarmente desalinhados e com um nevoeiro maior a desabar sobre as pálpebras. Manoel, com o livro metido na cintura, sentou-se no chão da rua para decorar mais versos do homem multiplicado. Os poemas pareciam curar os estragos de dentro. E calculou que também a mãe Aurora deveria ler mais poesia para reparar os escombros da alma.

13

O editor começou a parecer um homem não necessariamente mais baixo, mas com particular nervo a encurtar a prudência e o refinamento. O rapaz ouviu num punhado de vezes o palavreado inflamado aos homens da tipografia, acusados de entorpecimento forçado e oposição encoberta, como se combinados num círculo de operários desalinhados para que a Bem Comum viesse a cair, sem salvação, aos pés do abatido proprietário. A Manoel incomodou a raiva no senhor Prudente, mas mais a apatia nos empregados, sem entender se seria a confirmação das suposições do homem maior ou a falta de tempo para compor nas grandes máquinas a impressão de argumentos sustentados. O rapaz ainda ficava a contemplar os andamentos mecânicos dos homens, num quase bailado de corpos muito parecidos e o cheiro a tinta e vapor. Também com ele o senhor Prudente havia resumido as atenções. Continuava a sentar-se na outra cadeira do escritório envidraçado mas, mais do que fazer uso do verbo conversar, escutava os telefonemas minimalistas que o editor recebia. Percebeu o ar consumido no homem grande e começou a alinhavar hipóteses explicativas para as perguntas soltas do editor aos ouvidos dos outros.

A secretária também?

E um sopro nervoso.

O rapaz punha-se a imaginar uma peça de mobiliário em atraso, com importante valor funcional e até artístico, ou um conserto deformado pelo restaurador. Também um roubo inesperado.

A cem metros um do outro. O Monteiro e os demais pecaram por imprudência. Achariam que nenhum dos dele procuraria pelos desaparecidos?

O editor olhou estranhamente para o rapaz, como se procurasse saber dos entendimentos de Manoel aos laivos desatados da conversa.

Vou desligar o aparelho, nunca se sabe as orelhas que ouvem. Mas fica o aviso: se o Observer e a The Economist *já falam que o corpo é dele, o mundo tem os olhos metidos em Portugal. Dispersemos.*

Instalou-se um silêncio, apenas as máquinas da tipografia pareciam rosnar como um cão bravo. O homem inclinou-se na cadeira, contemplou o rapaz.

Talvez me ausente por uns dias, Manoel.

Por causa da secretária?

O editor riu-se, agitado.

Não, para curar a nossa pátria. Estamos em tempos muito duros, até para um homem direito ou uma árvore bem entroncada, como o nosso primeiro-ministro. Sabes do paquete Santa Maria, *nas águas mornas das Caraíbas; da Goa perdida, uma pérola; da luta sofrida por África e tantos homens a apontarem o dedo a um governo que livrou o povo das tropas enfurecidas da velha Alemanha.*

O rapaz encurvou os ombros.

O meu pai diz que o governo faz por amordaçar as bocas do povo para que possa mandar sem ouvir as vontades de dentro.

O editor levantou-se, num fogo. Com um simples telefonema, poderia despachar uma ida visitadora da polícia à casa das flores. Olhou novamente para o rapaz. Sabia como ficaria melindrado pelo homem floreiro, o que poderia até ser vantajoso para ele. Andou de um lado para o outro, em pensamentos ardentes.

O teu pai deve dar-se com maldosas companhias.

O rapaz levantou-se, também.

Ele encontra-se muito com o pai do Abel, o sapateiro. É ele quem costuma fazer os panfletos sobre a liberdade e a guerra.

O homem grande usou o punho sobre a mesa, num movimento de impiedade. O rapaz tremeu. O editor estava decidido. Seria o procedimento certo para lembrar José Luz da importância de estar calado.

14

Confirmou, novamente, as borboletas acomodadas nos envelopes de papel vegetal. *Uma. Duas. Três. Cinco. Sete. Dez.* A mais empalidecida nas escamas ainda movimentou levemente o corpo para, depois, voltar a alinhar-se num finamento declarado. Manoel poderia ter-se comovido, mas lembrou também as flores cortadas na loja do homem pai, num estado de morte ao serviço do belo. Ainda precisaria de tempo até calcular a importância de cada dia na vida duma borboleta, ocupada em danças frenéticas para dar continuidade à linhagem, num curto respiro dedicado à origem e sem o alamento ilusório da emancipação. Mais do que a propriedade de voar nas alturas, é o coito tão imediato e raso para copiar modernas crias e renovar a circulação de bichos parecidos nos ares primaverais. Para uma simples e mecânica borboleta, o procedimento maior é dar vida aos outros. O rapaz voltou a acumular os envelopes na gaveta, um depósito de defuntos adiados. Depois, levantou-se, com um desprendimento muscular que a lei natural ainda desculpa.

15

Os homens do governo movimentavam as trinchas com tinta branca para rasurar o que mãos impulsivas tinham rabiscado numa das paredes da rua principal durante a noite. *Unidade do povo contra o fascismo. Pelo poder popular.* As crianças apontavam o dedo, o riso ampliado pelo desenho dum pássaro fardado com roupa militar.

16

Estiveste com o Abel?

Só depois de ter pousado a pasta no chão da casa das flores, e com a pergunta do homem pai, Manoel calculou uma hipótese explicativa.

Deve estar doente.

O pai nem dedicou o beijo acostumado na testa, dobrou-se na grande banca de madeira. A mãe, com um lenço a atar os cabelos, também se encontrava no lugar comercial, um acontecimento particularmente invulgar. Manoel ouviu da boca do homem floreiro.

A loja do pai está toda revirada. Levaram-no para a esquadra. Só Deus sabe o que os animalejos da polícia poderão fazer ao camarada.

Na cabeça do rapaz, a conversa com o grande editor. O coração parecia pulsar na garganta, mas o instinto maior avisou que seria mais cauteloso engolir a suposição. Sabia do amargo dos pais pelo senhor Prudente, num desamor que poderia ter espontado por ser um homem faustoso num país de miseráveis ou o herdeiro do antigo patrão do avô morto. Se contasse o mais abreviado pormenor, poderiam suspeitar, sem maior lucidez, que a vistoria policial ao vizinho teria sido a mando dele, como se um homem livreiro de fato e anel tivesse coisa a ver com o cosedor de solas ou engraxador de couros. Mesmo assim, sentia os ombros mais pesados de pena pelo rapaz Abel. Se fosse com ele, se lhe levassem o pai floreiro, estaria doente, sem riso nem fome, sentado no quarto a contar as borboletas mortas nos envelopes de papel vegetal. No adiantar da tarde, subiu ao primeiro andar. Sentou-se no sofá modesto com o livro do poeta multiplicado no colo. Depois, numa página ao acaso, leu devagar. *Louco, sim, louco, porque quis grandeza / qual a Sorte a não dá*[*]. E ficou subitamente desconsolado.

---

[*] Verso do poema «D. Sebastião Rei de Portugal», do livro *Mensagem*, de Fernando Pessoa.

17

E o teu pai?

Abel acorcovou os ombros, sem girar os berlindes.

Ainda não veio.

Manoel movimentou um dos redondos vidrados.

Sabes porque o levaram?

O rapaz magro abanou a cabeça.

Por dizer que o governo é mau.

Sabes se o governo é assim tão mau?

Abel acorcovou os ombros, novamente.

O que eu sei é que muitos homens voltam em caixas de madeira das terras africanas e outros tantos debandam para o estrangeiro. Se uns morrem e outros fogem é porque deve ser muito mau.

Manoel ficou pensativo, os berlindes estancados no passeio da rua secundária. Podia confirmar as casas caiadas tão desocupadas, também o carpir dos mais velhos pelo escapamento dos filhos e duma vida feita apenas das memórias inventadas dos netos. Mesmo assim, desentendia a contradição nos discursos. Afinal, na livraria, apesar do maior nervosismo no homem grande, tudo parecia estar em florescência. Como os bolbos dos narcisos metidos em terra adubada.

18

Pai, porque é que ficamos em Portugal se a maioria tem debandado?

O homem floreiro ficou espantado. Pousou as tesouras de poda no grande balcão de madeira e achegou-se ao corpo do rapaz ainda com a linfa das hortências nas unhas. Falou particularmente baixo.

Nem todos vivem honradamente, Manoel. Na casa das flores, ainda podemos caminhar sem fome.

O rapaz falou com os dentes todos.

Mas o senhor Prudente vive muito bem.

O pai acenou com a cabeça.

Os homens têm vindo a separar-se sempre em alturas: os mais altos, por serem abastados, e os outros, quase rasos, com a miséria entranhada no corpo.

Eu desejo muito ser alto, pai.

O homem de avental usou as mãos imundas.

Que sejas alto de altura, mas também de lucidez, filho.

O rapaz acorcovou os ombros, o pai continuou a silabar para dentro. *Mesmo nas alturas, que saibas ver o chão onde pousas os pés. Podes até ser apontado como um homem subido, mas continua sempre num andamento rente ao tabuado. A morte muito avisa que somos todos ridicularias da terra.* Depois, sepultou os dedos no vaso das petúnias e respirou.

19

A empregada da livraria alegrada, apesar dos cabelos desengraçados e do entendimento embaciado sobre os homens escreventes. O rapaz encostou o rosto no mostruário de vidro, ela acenou com a mão. O homem editor estaria ausente, ainda. Manoel debandou, como todos os outros que procuravam salvar-se no estrangeiro. No bolso, um punhado de berlindes. Silabou, para dentro. *Nos filmes da tarde, as raparigas preferem sempre os mais ricos. E fardados.* E a empregada da Bem Comum só vinha comprovar o cálculo sobre o amor.

20

O rapaz ficou pasmado quando viu o carro de mão na casa das flores. Levantou as pegaduras e encaminhou a carriola de madeira por dois palmos de chão. O homem floreiro estava atento, as mãos no bolso amplo do avental.

Compraste?

O homem pai acenou com a cabeça.

Para carregares as flores?

O homem pai acenou, novamente.

A tua mãe diz que temos de dar uso às flores que sobram.

O rapaz ficou atento, também. Pousou as pegaduras do carro de mão, sentou-se no escadote mais baixo. Da mãe Aurora vinham sempre pareceres apontoados a frialdade e, ao rapaz, incomodava muito este interior arrefecido da criatura que o pariu. Chegou a considerar ser um filho doutro ventre, diante de tanto desapego, mas a ternura do homem floreiro compensava a estranheza metida na mulher que se agoniava com o exagero de bolbos e flores. Quando começavam a ficar mais curvadas, o marido costumava levar as tulipas, os cravos e as cravinas, os crisântemos e as margaridas para o primeiro andar. Depois, com um cuidado maior, conformava as flores em garrafas de vidro e cântaros de zinco ou até chávenas de chá. Gostava de inventar a primavera para a mulher invernada e, numa afeição ampliada, começava por ordenar flores e verdes sobre a mobília e outros lugares mais particulares da casa. A mãe Aurora tingia um sorriso, apenas. A Manoel, um aperto no coração.

Agora, vou levar os ramos, as coroas e as flores avulsas para a praceta ao cair do dia. Vens comigo e ajudas-me a vender por meio preço o que está quase a definhar.

O rapaz ficou encurvado.

E as flores para a mãe?

O pai riu-se.

Ela respondeu que não se oferece lã à ovelha.

O rapaz engatou os braços.

Preciso mesmo de ir contigo?

O pai ficou encurvado, também. Sabia que o filho tinha mais amores pela livraria do senhor Prudente do que pelo seu ofício também virtuoso e até importante. Vender livros ou flores seria o comportamento dum verbo com o mesmo peso e sentido. Poderia ter explicado que um braçado de hastes floridas serve à cria que ainda nem sabe falar como ao morto que já não falará mais. Os livros, não. Mas José Luz sabia também do efeito principal das composições escritas, que tanto poderiam ser o fogo imaginário para curar os males da alma, como a arma de levantamento do corpo e até contradição num mundo ainda de imperialismos e ruindades. As flores poderiam lembrar o tempo breve mas sublime do corpo vivo; os livros, a evasão e eternidade da alma. O homem pai calou-se, com os braços prontos a receber o rapaz ofuscado.

21

Quando entrou no escritório envidraçado do senhor Prudente, ficou encantado. Dois homens também de macacão instalavam um televisor numa mesa de apoio e norteavam os fios da antena pelas paredes. O rapaz abriu a boca.

Um televisor?

O editor estava ainda maior, com um riso luminoso.

Para ver o Mundial. Ia ser instalado em casa, mas à senhora dona Ofélia desapontam os nervosismos dos homens a ver futebol.

Manoel achegou-se ao aparelho, tocou com os dedos.

Também posso ver os jogos?

O editor pousou a grande mão num dos ombros do rapaz.

Claro. Avisa o Luz que, durante o Mundial, estás por minha conta.

O rapaz encostou o corpo magro ao envoltório volumoso do homem livreiro.

Vou ver o Eusébio no televisor.

O homem voltou a rir-se.

Vamos ver Portugal a ser ganhador.

O rapaz esticou-se.

Ganhador?

O homem grande estendeu um envelope aos homens instaladores.

Sem nenhuma vírgula. Campeão com ponto final.

Os homens de macacão cumprimentaram os outros de azul.

Também gostava muito de ter um televisor.

O editor ficou demorado no rapaz. Depois, falou.

Sempre que tiveres vontade, podes vir para o meu escritório. Falas com a rapariga da livraria e ela liga o aparelho. Depois, é só usar a vista.

O esplendor no rapaz inflamou o homem por dentro. Apesar de tantas matérias graves a acontecer no governo, os curtos tempos com ele sabiam a repouso. Se ele fosse maior, poderia ser um bom companheiro. Assim, teria de esperar. Até porque o homem floreiro começava a marcar decididamente a linha entre o provável e o possível.

22

Malditos ingleses.

O grande editor espantou-se com o impulso salival do rapaz.

Ainda temos os russos, Manoel. Os malditos russos.

E riu-se, num sopro corpulento.

23

Pai, o senhor Prudente diz que me vai apresentar ao Eusébio.

O homem pai aflorou um riso contrariado.

Parece que o Rei se vai encontrar com o Presidente do Conselho para receber as honras pelo Mundial. O senhor Prudente vai estar e pode levar-me.

O homem floreiro continuou o mesmo alinhamento labial.

Fico contente, mais por saber como gostas desse jogador. Só não contes à tua mãe.

Para Manoel, parecia muito invulgar uma mãe nunca estar contente quando ele estava contente. Até a mulher do sapateiro, com um braçado de crianças nuas e sujas, parecia criatura de ventre mais doce. Por dentro, ampliava uma rábia inesperada pela mãe Aurora. Mesmo obediente, estava a ficar acumulado duma criadora de interiores desnaturados. E inexplicáveis.

24

Também gostava de ganhar uma bota de ouro.

O editor riu-se.

Por jogar futebol?

O rapaz abanou a cabeça.

Por escrever livros.

O editor voltou a rir-se.

Joga futebol, então. Os escreventes pensam em tanta matéria inútil.

O rapaz sentou-se, desencantado. Na cabeça dele, o senhor Prudente seria o mais chegado a um homem benfeitor dos livros. Um santo, quase. Com milagres a acontecerem nas mãos e um televisor no altar.

Acho que as minhas mãos devem ser mais espertas do que os meus pés.

Nem mãos nem pés, rapaz.

O editor apontou para a cabeça.

Usas a tua inteligência e poderás ser maior do que esperavas.

Assim grande como o senhor Prudente?

O homem curvou-se, amaneirado.

Ainda maior, Manoel. Muito maior. Que este nem sempre pensa com a cabeça.

25

Mãe, porque és tão cinzenta? Poderia ter perguntado com todas as sílabas mas continuou calado, a ver a mãe Aurora depurar a casa das poeiras com um pano nas mãos desafeiçoadas. Podia ouvir o respiro dela, aligeirado. Doente. Também os vestidos compridos a rasarem o chão e o cabelo atado num redondo antigo a acentuar os ares amargados de mulher descarnada. O rapaz, com o livro de poemas pousado no colo, sentia a ausência do volumoso editor. Num tédio sempre maior. Imaginou até que teria sido muito mais venturoso se tivesse nascido na casa senhorial da linhagem Prudente. Ou se viesse arrendatário provisório da livraria. Poderia conversar de entendimentos filosóficos com a senhora dona Ofélia, teria uma irmã bailarina e tão bonita como as raparigas das revistas e um homem de farda para levá-lo às aulas de Entomologia ou ao escritório envidraçado para aprender a pensar com a cabeça pelos dedos espertos do editor. Ou dormir entre pilares de livros, o piano velho e o balcão de venda. Depois, respirou também. Como a mãe cinzenta. Adivinhou o homem floreiro a subir pelas escadas com um braçado de margaridas e o riso mais limpo. Acenou com a mão ao pai, que lampejou uma das esferas oculares com devoção. Pousou as flores num cântaro de zinco. A mulher falou.

Ficaram estas por vender?

O homem floreiro tomou as mãos dela nas dele.

Estas são para ti, Aurora.

Ela recuou uns palmos.

Estou farta de flores, José. Menos das que vão para o cemitério.

Em Manoel, novamente o coração minúsculo. Fechou o livro emprestado num impulso ruidoso. *Pum.* No peito, a vontade de cortar a bafagem de silêncio avolumada em cada canto da resumida casa. O pai sentou-se no sofá simples e abraçou o rapaz. Depois, explicou num rumorejo.

A tua mãe é como as flores rosadas: apesar dos acúleos, tem pétalas de seda.

E beijou a testa do filho encolhido, que aninhou o corpo nos despontados braços do homem bom. Estava maior no tamanho e, no interior, havia mais cabimento para as rábias e os desentendimentos. Como os arbustos, começava a precisar de ser podado. Para que despontasse em afloramentos aos primeiros ares amornados da primavera.

26

No adro da escola, a professora de saia plissada louvava o afeiçoamento do rapaz aos estudos de Língua Portuguesa e da História mais moderna. O pai floreiro ficou contente e calculou que tanto o alinhamento acertado de palavras como o entendimento dos desacertos no avanço do país seriam ferramentas importantes para se tornar um bom homem. Como o manuseio das tesouras de poda. E dos regadores de zinco. O rapaz gostava particularmente de apontar para o mapa ultramarino e, num canto domesticado, inventariava todas as particularidades das colónias. Da nação, sabia apenas as principais linhas dos caminhos de ferro de cada província. E o grande nome do governante.

Pai, já sei sobre os rios de Angola e as cidades maiores de Moçambique, a flora de Cabo Verde, a bicharada de São Tomé e Príncipe e as lendas da Guiné. Goa já não é Portugal. As colónias são terras bravias que os homens portugueses estão a fazer florir. Como os bolbos de jacintos e gladíolos da casa das flores.

O homem pai sabia da simpleza nas crianças.

As flores podem despontar sem as mãos dos homens, Manoel. As terras e as chuvas, os ares mornos e a luz fazem tanto como as máquinas, o império e a ganância.

Mas os pretos viveriam como bichos, pai.

Todos somos bichos, filho. A minha pessoa, a tua, o cão do vizinho e até as árvores aumentadas.

Poderia ter continuado os apontamentos explicativos, mas as falas ecoaram apenas no mais íntimo da cabeça. *Pior do que viver como um bicho é ser levado a procurar ouro nas terras onde reinam embondeiros. Ou obrigado a furar corpos com uma arma para garantir o tamanho dum poderio inventado.* Ao homem pai incomodavam os retratos do chefe de governo e do presidente militar na parede da sala de aula, alinhados pelo crucifixo a memorar a concordata entre o regime e os comissionados de Deus. Também o hino celebrado todas as manhãs e a saudação da Mocidade Portuguesa nas visitas de nomes mais importantes. Manoel obedecia, brando, sem duvidar da ingenuidade nos comportamentos ordenados, como se tivesse medrado inteiramente embebido nesta maneira de mandar, num respiro tão natural e instintivo que nem perguntava a autoridade ou a reprovação decretada pelo Estado. Até o canto da tabuada parecia um ordenamento deformatório do raciocínio, num bafo ebriático a celebrar a precisão e a obediência. Quando contemplava o filho a cumprir os deveres, reparava nas capas dos livros de leitura com crianças fardadas a levantar nos ares a bandeira portuguesa ou outras bem acomodadas numa sala de aula com *Viva, Portugal!* a giz no sombrio da lousa. Também o letreiro *Aprovado Oficialmente*, em tinta avermelhada, como se pudesse imaginar-se leituras impedidas para crianças. A propaganda estadista era tanta que apetecia apontar o dedo, apronta o corpo, morder os dentes, mas o homem floreiro podava a língua por amor ao rapaz que se ampliava na palma das suas mãos. Tiveram o general aviador que se levantou ao presidente, com um sopro de esperança a evaporar-se do privado tão limpo, mas todos sabiam das escutas e emboscadas do regime para que o homem falador de liberdade caísse morto numa vala em terras estrangeiras.

27

Choveu muito no primeiro dia de inverno. Na janela resumida do andar subido, o rapaz ficou a contemplar o dilúvio de águas a escoar pelas valetas da rua secundária, também os corpos encurvados em correria com as calças humedecidas até aos tornozelos e os pardais nos galhos nus a resistirem às abundâncias pluviais. Tinha vontade de usar a bicicleta alta do pai para chegar à livraria, mas sabia dos avisos da mãe Aurora e da roupa encharcada. Na sala sem televisor nem estantes com livros e porcelanas decorativas, sentou-se no modesto sofá com os braços atados um no outro. A mulher mãe andava pela casa, calada. Como sempre. De tempo a tempo, alinhava o olhar com o dele, como se tentasse adivinhar a matéria racional do filho. Se pudesse, perceberia o aperto num corpo tão novo. Sentia-se muito sufocado numa casa assim despida, largado aos dentes do tédio e da morte. Perceberia também a impressão de culpa por uma maior afinidade com o grande editor e a senhora dona Ofélia, numa deslealdade evidente aos pais de origem. Quando levou a vista ao interior da mãe, ela desandou para a cozinha com as mãos agitadas no avental. O rapaz levantou-se, novamente. Chovia ainda mais. Depois, andou pelo curto corredor até ao quarto para voltar a apreciar as borboletas mortas nos envelopes de papel vegetal.

28

O pai do Abel já veio?

O homem floreiro abanou a cabeça e o rapaz ficou ainda mais acanhado. Sabia como o camarada dos berlindes tinha implorado aos santos o pai na mesa da consoada.

29

E choveu por muito mais tempo. No carro de mão achegado à porta, o homem floreiro endireitava os braços de azevinho e outras flores inverneiras. O rapaz veio pelas escadas interiores e apresentou-se ao pai com uma capa de chuva.

Pai, posso ir à livraria?

O homem pai olhou demoradamente para o rapaz com um plástico amarelado metido pela cabeça. Ficou comovido com o afeiçoamento dedicado ao senhor Prudente. Apesar dos líquidos que corriam das nuvens, Manoel estava pronto a inundar-se para ver o editor no dia de Natal. Um amor assim nunca poderia ser contrariado.

A tua mãe vai consumir-me o dia todo.

O rapaz achegou-se como um bicho ferido. Tinha um invólucro tosco nas mãos.

Eu venho muito depressa, pai.

O homem floreiro usou os dedos para alisar os cabelos do rapaz.

Se chover muito, espera por mim. Vou-te buscar com o vizinho.

O rapaz acenou com a cabeça, muito mais vivo. Acomodou-se na bicicleta alta e andou pela rua, com os pingos grosseiros vindos do céu. A livraria estava fechada, com um aviso na porta. Mais agoniado, continuou até ao casario da linhagem Prudente. O grande portal aberto, o homem fardado a conformar malas e caixas na traseira do automóvel. A filha do editor estava vestida como um anjo na porta principal da grande casa. Olhou desprendida para o rapaz que chegava com a capa de chuva. Deve ter chamado o pai grande e o senhor Prudente apareceu sem demora.

Manoel, rapaz, porque vieste desta maneira?

O rapaz encurvou os ombros.

Podias ter telefonado e eu pedia ao José para te ir buscar.

Apesar do corpo inundado, Manoel sentia um engrandecimento da alma. Teve vontade de abraçar o homem volumoso e ficar agasalhado pela cobertura que é um livreiro importante. A chuva parecia mais leve.

Vamos passar uma semana à herdade da família da Ofélia, no Alto Alentejo. Haverias de gostar muito. Tem cavalos meninos e cães pastores, uma grande lareira e a missa do galo.

O rapaz despejou-se por dentro e o homem livreiro ficou pensativo. Depois, falou.

Gostarias de vir, Manoel?

A dona Ofélia inclinou-se na escadaria, com sacos e fitas nas mãos, num riso ampliado, e embargou a resposta inflamada do rapaz.

Estimado Manoel, tens andado a ler o senhor Pessoa?

O rapaz acenou com a cabeça, em silêncio.

Tem chovido muito. Quando vierem as brisas mansas da primavera, podes voltar a esta casa. Vou apresentar-te outro senhor muito particular.

O rapaz acenou, novamente. O livreiro não repetiu a pergunta, contido pela mulher tão levantada e precisa. A rapariga alta e fina também veio, alinhavou um sorriso desmaiado e sentou-se no banco de trás do automóvel luminoso. O homem de farda fechou a porta. A dona Ofélia também acenou com a mão e acomodou-se no lugar dianteiro. Esperavam pelo condutor, o desmedido senhor Prudente.

Talvez no ano que vem, Manoel.

O rapaz ficou a ver o grande corpo do editor a instalar-se no automóvel e a acelerar o movimento mecânico para terras mais a sul. No grande portal, o homem fardado assumiu o posicionamento vertical dum subordinado e ele, enfiado na capa de plástico, com a bicicleta alta nas mãos, a levar com os pingos mais corpulentos, novamente. No bolso, tinha um retrato tirado na escola para oferecer ao homem grande, um poema imperfeito para a mulher Ofélia e uma libelinha morta dentro dum frasco para a rapariga bailarina. O editor ainda acenou. Pela cara do rapaz, as lágrimas de descontentamento confundiam-se com as chuvas. Nunca os tempos de Natal se levantaram tão infelizes.

30

Na casa das flores, já o pai tinha subido ao primeiro andar para secundar a mulher Aurora a conceber a ceia. O rapaz veio inundado, um pano encharcado de pranto e desapontamento. A mãe limpou as mãos no avental e andou aligeirada pelo corredor.

Vou acertar um banho para ti.

O rapaz curvou a cabeça, num corpo tão húmido como culposo. O homem floreiro estava na banca a desbastar as couves para a consoada. Na boca, o riso possível.

Vai amornar os ossos na banheira, filho. Ainda ficas doente.

Manoel poderia ter começado a chorar pelo desencanto que se ampliava por dentro, mas continuou seco na vista. Tirou o retrato chuviscado do bolso e voltou a acomodar a reprodução da sua pessoa no aparador da sala. Depois, emaranhou o poema num papel complicado e pousou o frasco com a libelinha morta na cama. Sentiu-se ridículo. Tirou a capa de plástico amarelado, ainda em pingos, e a roupa aguada até ao tecido mais privado. A mãe apareceu na porta, ainda calada e com um casaco de lã grosseira a temperar o ar arrefecido. Poderia estar assanhada, com o peito inflamado de rábia, mas a língua movimentou-se com uma invulgar brandura.

Anda, Manoel, curar essa frialdade na alma.

O rapaz continuava em ceroulas, num fio de gente. A mãe Aurora tinha nas mãos o impulso de abraçar o corpo acanhado, oscular a pele ainda amaciada e fariscar-lhe os cabelos descuidados de criança. Engoliu as labaredas e o amor. O rapaz passou por ela assim tão nu e alinhavou um riso amarelado, como o plástico das chuvas. *Frialdade na alma.* A caminho do minúsculo quarto dos banhos, Manoel anotou na cabeça o alinhamento de vocábulos dito pela mãe como um verso provável para um novo poema. Ou o título. Acomodou os pés frios na banheira com vapores. Comoveu-se. Talvez na mulher mãe ainda circulasse um líquido de afeição. Talvez o senhor Prudente não o estimasse assim tanto. E enfiou o corpo todo nos dois palmos de água.

31

Aurora desligou o engenho radiofónico e, com as mãos duvidosas, acertou os pratos e os talheres. O homem floreiro veio com a travessa em vapores e, aclarado pela luz que o apelido tanto avisa, louvou a noite. E o afeiçoamento. Comiam sentados à mesa.

Pai, posso levantar-me?

O homem floreiro apurou o olhar da mulher. Depois, acenou com a cabeça. Manoel deve ter-se sentado no sofá ou ficado a ver as chuvas tombar nas ruas despejadas de gente. As luzes tremeluziam nas portas e nas janelas e nem o botequim do canto com a rua principal estava aberto. Na cabeça, o rapaz tinha a herdade em terras a sul e os risos da família volumosa. Gostaria de estar a ser lambido pelos cães pastores e a falar de poesia com a mulher Ofélia, em abraços com a rapariga bailarina e tão acobertados pelo corpo grande do desmedido editor. A mãe Aurora falou sem pontuação.

Podes ir ter com ele e até contar da bicicleta.

O homem floreiro estendeu o braço sobre a mesa e desenrolou cada dedo da mão. Ela ficou espantada, quase avermelhada, e obedeceu. Ficaram atados num laço de ossos. E estima, também. Ele falou com a mesma bondade.

Também tenho um presente para ti.

Ela começou por inclinar os lábios para reclamar da imprudência mas deslocou o movimento para um riso melindrado. O homem levantou-se. Da prateleira elevada dum armário, uma caixeta aveludada com um laçarote de cetim. Com amor, pousou o invólucro diante dela. As mãos da mulher sempre duvidosas. O homem curvou o corpo para um beijo na cabeça. Nela, o cabelo e o medo apertados num nó.

Mereces muito, Aurora.

Depois, falou ao ouvido dela.

Sei bem como tem sido complicado para ti.

Ela levou as mãos aos olhos, ele voltou a tomar todos os dedos dela nos seus.

Não lagrimes. Por nós. E por ele. Afinal, estamos juntos.

Ele apontou para o invólucro com o laçarote. Ainda comovida, ela desatou a fita acetinada e abriu levemente a boca ao ver o fio de pérolas devidamente colocado na caixeta de veludo. Com as unhas imperfeitas, tocou nos redondos bem polidos e alinhavou um riso maior ao imaginar o fio sobre as blusas pardas e com o lenço de seda que veio da madrinha de casamento. Sabia por prosas acidentais que as pérolas deviam ser conservadas num tecido macio e limpas com um pano humedecido na infusão mais simples. Os perfumes e colónias ou outros líquidos depurativos podiam embaciar o brilho tão natural. Pelo menos, nas pérolas confirmadas. Estas seriam apenas uma cópia muito aperfeiçoada.

José.

Ele também aprontou um riso ampliado.

A tua pessoa e a dele valem tanto para mim. Sinto-me um homem inteiro.

Ela abanou a cabeça.

Tenho sido tão...

Ele abraçou-a com os ramos mais generosos dum homem árvore. O rapaz deveria continuar inclinado no sofá com almofadas descoloradas ou levantado na vidraça a ver as luzes tremeluzirem nas ruas despejadas de gente. Ouviu-se o sino. O filho do criador nascia. Novamente.

32

Ele apontou no caderno de aprendizagens.

Dizem que a alma dum homem tem o peso da borboleta
e pode esmagar um inteiro pelotão.
Pergunto como cabe tanta coisa na caixeta
onde bate frenético um minúsculo coração.

Depois, despegou a folha do ajuntamento de papel. Talvez a senhora dona Ofélia se tivesse enganado na previdência: nunca poderia ser um aprendiz da sabedoria.

33

Sem o grande editor na cidade, o mais evaporado minuto parecia tão comprido. E opaco. As chuvas vieram domesticadas e o rapaz andava em ensaios nervosos com a bicicleta moderna. Rematou a tarde a bater com os dedos na porta do Abel. O camarada dos berlindes veio com o irmão mais novo ao colo, criança com ranho nas narinas e o cabelo desgrenhado de criatura recentemente acordada. Manoel falou com entusiasmo.

Vamos andar de bicicleta?

O outro nem ficou pasmado com o mecanismo novo.

Tenho muito para ajudar a minha mãe.

Manoel curvou o corpo com cem palmos de culpa aos ombros. Na memória, a conversa com o senhor Prudente sobre os protestos do homem sapateiro. Num dos ventrículos do peito, a dúvida. Acreditava tanto na grandeza do volumoso editor, mas tinha esta impressão de ampliada coincidência. A criança com ranho voltou a gritar com a boca toda e o camarada dos berlindes entrou para a casa ainda mais minúscula do que a loja das flores. Manoel veio com a bicicleta moderna pela mão, num andamento entediado. Encostou-se a uma das paredes caiadas da rua secundária. Respirou. Na cabeça, a urgência de ganhar altura para sobreviver ao vácuo enfadonho da miséria.

34

Com o completar do ano, avisaram no televisor mais um discurso do Presidente do Conselho de Ministros. No botequim, nenhum par de mãos se movimentou em aplausos. Ou ofensas. Levantou-se apenas um braço para pedir ao empregado que desligasse o aparelho de vidro. E mais uma rodada de aguardente. Depois, com as cartas imundas nas mãos e as raparigas dobradas na mesa, voltaram a silabar uma frase do senhor governante. *O Poder só pode agradar aos tolos ou aos predestinados*[*]. Riram-se. Um dos homens usou os dedos para experimentar as curvaturas das ancas duma rapariga. Ela riu-se. Os outros, também. E continuaram a manipular o baralho. Nenhum homem de unhas sujas considerava que os senhores chefes teriam vindo ao mundo para mandar. Seriam tolos, portanto. Afinal, cada coração é uma pátria. E só o verdadeiro senhorio pode ordenar rendas e amores.

---

[*] Declaração de António de Oliveira Salazar, no livro *Férias com Salazar*, de Christine Garnier.

35

Poda um desejo, filho.

O pai floreiro levou o rapaz à praça para ver o fogo do primeiro tempo do ano. Um punhado de homens em volta duma lata em ardências, mais a operar instrumentos e outras peças metalinas e os engolidores de líquidos espirituosos com a língua em cantoria. Os rapazes mais adiantados, com a barbela a despontar na pele ainda muito limpa, encostados nas paredes caiadas a aparentar mais altura e dura carne. As raparigas avermelhavam-se nos varandins, com as mães atentas ao mais imprudente riso ou depoimento. Manoel continuava chegado ao pai, inesperadamente calado e até mais encurtado no tamanho. Também a mãe Aurora tinha ficado em casa, enrolada numa manta como se uma corda atada no corpo a complicar o respiro. Na praça, as falas afloravam da boca com vapores e o coração batia mais pelo alarido.

Nove. Oito. Sete. Seis. Cinco.

Tenho de dizer alto?

O pai acenou com a cabeça.

Quatro. Três. Dois.

Basta lavrares essa vontade dentro de ti.

Um.

E, ao rebentar de explosivos caseiros e luzências desbotadas, ele afincou no mais privado a vontade de escrever livros para a Bem Comum e ser um homem tão grande como o senhor Rodolfo Prudente. O homem floreiro levantou-o nos ombros. Com a afeição nos dentes, celebraram as vontades mais encobertas.

36

O editor nem podia imaginar o batimento aligeirado no peito do rapaz. Com as chuvas continuadas e o camarada dos berlindes de músculo cardial entristecido, as saudades do livreiro e até da casa dos livros tinham ampliado a um volume imprevisto. Manoel adiantou o movimento dos pedais.

Senhor Prudente.

Também o homem grande a levantar as persianas da livraria num contentamento publicado em cada palmo de corpo.

Ó, rapaz, tão cedo?

Manoel parou a bicicleta e pousou os pés com entusiasmo. A empregada de cabelos desengraçados estava ausente do balcão e não se ouviam as máquinas da tipografia.

Só estamos nós, senhor Prudente?

O senhorio acenou com a cabeça.

Trabalhadores da era moderna, Manoel. Sem amor ao ofício. Pediram o dia.

No rapaz, uma alegria maior. Haveria muito tempo e lugar para perguntar sobre a herdade e o pedido de ano novo. Também perguntaria pela rapariga bailarina e pela grande senhora dona Ofélia. Sentia falta de pronunciar cada nome como se precisasse muito de confirmar a si mesmo que estas criaturas particulares faziam parte da sua vida. O homem subido falou adiantado.

Podes ficar um tempo na livraria? Tenho uns telefonemas importantes. Se vier um cliente, chama por mim. Estou no escritório.

Os dedos do homem entraram nos cabelos do rapaz, e ele abrandou o frenesim que o comia por dentro. Respirou. Com o corpo mais direito, acomodou-se ao balcão de madeira com a máquina registadora. Via-se apenas um palmo acima dos ombros. Apesar de continuar separado do homem volumoso, ficou deslumbrado com o encargo de cuidador da casa comercial. Até o sangue parecia circular melhor nas veias compridas e estreitas. Os livros seriam ainda coisas fabricadas por homens especiais. Assim os milagres.

37

As flores imprudentes nem sempre esperam pelos sopros primaverais, como se, na seiva mais privada, circulasse ainda um laivo de leviandade. Poderia declarar-se a loucura das árvores e outras plantas, apontar o dedo e até completar um riso acidulado ao cair das pétalas pelas chuvas inverneiras, mas os homens mais contempladores que vivem e convivem com prímulas e cíclames sabem desculpar a manifestação desacertada e até faustosa das mais impulsivas flores. O homem pai recebia os dianteiros jacintos e gladíolos com alegria, apesar dos afloramentos também descuidados do filho, numa maior afeição pelos livros e pelo grande editor. Manoel acomodou-se numa das tábuas do escadote.

Pai, sabias que as borboletas têm olhos com mais de mil lentes minúsculas?

Nas mãos, uma encadernação aprimorada em língua estrangeira que o senhor Prudente tinha deslocado de Paris, duma feira de livreiros, editores e outros ofícios do livro. *Le Monde Extraordinaire des Papillons**, oferecido num invólucro sedoso, atado com um fio cintilante e um laço carmesim até exagerado. O homem floreiro manipulava os dedos na ramagem delicada.

E como podes ler do francês?

O rapaz falou com as esferas oculares alumiadas.

O senhor Prudente converte para a nossa língua. Vai ler uma página por vez.

---

* Do francês, *O Mundo Extraordinário das Borboletas.*

O homem floreiro acenou com a cabeça, também ele gostaria de saber o ordenamento vocabular do idioma francês. Percebia apenas o importante para vender flores a turistas e apontar a estação do elétrico. Ou nortear camaradas para galgarem as fronteiras levantadas, com nomes de habitadores rascunhados num papel aproveitado e a esperança numa morada incerta dum bairro de lata em chão estrangeiro. Respirou, com a alma invulgarmente acanhada. A convivência do rapaz com o livreiro parecia deformar a naturalidade das entranhas. Dele. Da mulher mãe. E do filho deslumbrado. Calculou que, provavelmente, Aurora conservava o raciocínio mais acertado. Nunca Manoel se deveria ter achegado ao homem grande. Havia a probabilidade maior de ficar com o coração desfigurado. O camarada dos berlindes entrou pela loja adentro.

Vamos andar de bicicleta, Manel?

O rapaz, ainda com o grande livro nos braços, consultou o pai com uma ardência no corpo. O homem acenou com a cabeça. O rapaz pousou o livro faustoso num armário com vasos e regadores e levou as pernas e os braços magros para a rua secundária à principal. Poderia chover. Mas que abundasse a água para lavar a pele e o íntimo. O outro avisou uma partida. Sem mãos. Comprometeram-se com um movimento da cabeça. Manoel considerou que, para o camarada dos berlindes estar assim tão espetaculoso, seria pela chegada do pai expurgado. Respirou, também. A companhia devolvida do filho do homem sapateiro seria muito achegada a um desejo cumprido. Ou um milagre. Poderia declarar os ossos mais leves. E os ventrículos muito desimpedidos. Numa velocidade acima da recomendada, com os braços estendidos e os ganidos de euforia do rapaz vizinho, experimentou voar como a mais vulgar e libertada borboleta. Gritou, também. E os cabelos rebelados ao vento condiziam com a vontade de ser um rapaz grande. E destemido.

38

Caiu da cadeira?

O editor levantou-se com todo o volume, situou o auscultador de plástico no aparelho telefónico e, depois duns movimentos desordenados com os dedos ao rapaz, debandou da livraria com a urgência dum animal enervado. Manoel continuou alinhado pelo televisor, a ver uma reportagem sobre a mulher* duma aldeia a norte, nome da olaria tradicional, celebrada com a medalha *As Artes ao Serviço da Nação*. Apesar da ausência de cor, estava encantado com o formato dos cabeçudos, também dos cristos e dos diabos, dos lagartos e outros do bestiário popular. Depois, em suposições muito imaginativas, ficou cismático com o braçado de vocábulos que tinha ouvido. *Caiu da cadeira.* Poderia ter sido a senhora dona Ofélia no casario. Ou a rapariga bailarina num palco. E até o mordomo. Velho. Sisudo. E miserável. Respirou. Esperou, também. Mas o senhor Prudente não veio na hora depois. Com a claridade mais abreviada, adormentou-se com os braços tombados na secretária, embalado no compasso dos vapores da impressoras e da marcha mecânica dos homens de macacão azul. O operário principal apagou o quadro elétrico da tipografia. A empregada dos cabelos desengraçados veio chamar pelo nome.

Manoel?

O rapaz espertou os sentidos. No televisor, ainda os homens de gravata e óculos aprofundados a avisar do Festival da Canção. A rapariga desligou o aparelho.

---

* Rosa Ramalho, artesã portuguesa (1888-1977).

É tarde, Manoel. Vou fechar a Bem Comum.

O rapaz levantou-se da cadeira estofada, ainda complicado em sonos e utopias. Andou automaticamente pelo escritório até à bicicleta moderna e, num comportamento espontâneo de animalejo, orientou-se pelas ruas anoitecidas até à casa das flores. O pai ainda o esperava na loja para subirem ao primeiro andar. Sabia que a mãe Aurora declamaria um aviso rabiado, sempre com o músculo cardial muito seco. Comeu, emudecido. Nem falou de borboletas mortas nem da altura do homem editor. Depois, estendeu o corpo magro na cama e voltou a adormentar-se antes de saber quem teria sido a criatura a cair duma simples e ingénua cadeira. Também sonhou com homens fundidos com bichos, demónios e santos. Contaria ao pai dos seres absurdos da senhora obreira.

39

Poderia ter lido ainda do homem multiplicado. *O esforço é grande e o homem é pequeno**. Mas o homem alto já o tinha convencido que poderia provar o contrário.

* Verso do poema «Padrão», no livro *Mensagem*, de Fernando Pessoa.

40

Para espanto da rapariga empregada, o rapaz demorou-se na livraria. Usou os dedos para palpar o antigo piano da senhora dona Ofélia, sentou-se no cadeirão amaciado com um abajur na mesa de apoio e contou todos os livros no alinhamento das prateleiras. Ela avisou, com estranheza.

O senhor editor está no escritório.

O rapaz moveu a cabeça. Ela acumulou outros vocábulos.

E os homens da tipografia.

Ele moveu a cabeça, novamente, e perguntou com a língua mole.

Sabes se o senhor Prudente está doente?

O homem grande apareceu na porta que levava os corpos da livraria para o interior.

Estou amarelado, Manoel?

Depois, desatou um riso também volumoso e acenou a outro homem de gabardina que se levantava no mostruário. O rapaz inclinou-se, rubescido. Também a rapariga aprumou os cabelos desengraçados e o fio espinhal. Continuava pasmada com o afeiçoamento natural do rapaz ingénuo a um homem empolado e defeituoso. Em dez dedos de tempo na livraria, nunca terá duvidado que o coração do patrão estaria visceralmente atrofiado. O rapaz levantou-se. E o grande editor explicou.

Talvez a nação não se sentisse tanto se fosse a minha pessoa. É o nosso benfeitor, Manoel. O corpo do Presidente do Conselho anda desordenado. Malditas cadeiras.

O rapaz respirou, mais calmo. O homem grande estaria apenas abatido pelo estado corporal do homem ainda maior. Para ele, o editor seria o maior de todos. A sineta da porta principal avisou clientela. A rapariga ainda mais descurvada, o editor cumprimentou o homem de gabardina com o jornal metido no braço. Achegaram-se para um aperto de mãos, numa conversa de entendimento complicado. Manoel também esperou. O outro homem tirou o chapéu de fazenda e virou o corpo na casa dos livros, em procedimentos aperfeiçoados dum investigador e com o desapego dum agente policial. Rodolfo Prudente mais reservado, num atendimento muito respeitoso e até enigmático, apontou para o rapaz, com mais dois palmos de altura.

Fica com ela. Já tens o bigode a despontar. É tempo de aprenderes o que é ser um comerciante.

O homem de gabardina riu-se, finalmente.

É precisamente disso que venho falar-te, Prudente.

O editor ficou mais sisudo mas manipulou os lábios com humor.

De bigodes, agente Raposo?

O homem alinhou um riso desvirtuado.

Podemos falar no teu escritório?

O editor pareceu estranhamente mais baixo. Destinou o homem de gabardina para o interior da livraria, a rapariga respirou com a coluna mais desatada. O rapaz muito encostado ao balcão, ouviu ainda as recomendações do pavoroso visitador.

Prudente, tens de falar com urgência ao cabrão do editor das Publicações Mundo. Soubemos que esteve no congresso da União Internacional de Editores, em Barcelona, num vivo discurso sobre o estado de opressão e censura a que estão sujeitos todos aqueles que se dedicam ao livro em Portugal.

O editor deveria estar ainda a apalpar a porta vidrada.

Vamos amordaçar esta gente?

O outro homem ampliou a gravidade na voz.

Vais participar num outro em Washington a exaltar os incentivos e esmero do Estado Novo aos editores e livreiros.

E ficaram murados no escritório. Manoel levantou a vista para a rapariga a limpar as poeiras da máquina registadora com os dedos, voltou a reparar nas paredes com tabuados de livros bem alinhados e nos armários com volumes mais valiosos. Também o céu estucado, com figuras decorativas de inspiração floral e uma luminária mais ofuscada que a do casario da família. Apreciou ainda a grande escada e os escadotes para os livros mais desviados, também o formato do piano antigo e a aparência das lombadas que se juntavam em colunas sobre o tampo. Em volta da mesa de apoio, os cadeirões de madeira bem estofados e alumiados pela luz branda do abajur. O papel de parede de riscaduras florais, como os estuques do céu, e um radiador antigo em ferro preto. No chão, dois caixotes de cartão com livros de capa mole a preço especial. Acomodou-se, então, aos ares da livraria, como se por uma dianteira vez entranhasse na carne cada particularidade da Bem Comum.

És parente do patrão?

O rapaz ficou corado. Abanou a cabeça.

Não. O senhor Prudente é amigo dos meus pais.

A rapariga dos cabelos desengraçados suspirou.

Deves ser o primeiro que gosta de conviver com ele sem ser obrigado.

O rapaz espantou-se.

O senhor Prudente é um homem grande.

Ela começou a limar as unhas, sempre atenta à porta que dava para o escritório.

E bárbaro. Estou nesta livraria há quase um ano e, apesar de fazer muito mais do que simplesmente ser vendedora, nunca me ofereceu o mais minúsculo rebuçado.

O rapaz riu-se, ela também.

O que me vale é o meu soldado.

E suspirou, novamente. Depois, com a vista metida na rua, falou com uma vírgula.

Se visse o floreiro da praça, vinha já com um molho de gerberas nos braços. Um santo fardado.

O rapaz usou as esferas oculares para confirmar se o pai estaria a passar na dianteira da Bem Comum. O coração aligeirou-se ao ver o homem floreiro de avental, com as pegaduras do carro de mão levantadas e a boca a apregoar as flores mais desbotadas. *Flores do dia a meio custo.* Curvou-se. Depois, falou com urgência.

Vamos ordenar a livraria?

A rapariga encarou o rapaz com frialdade.

Tem calma, menino. Temos ainda muito tempo para cansar o corpo.

Num impulso, o rapaz debandou para a tipografia e esperou sentado no chão chegado ao escritório. Podia ouvir as preocupações do senhor Prudente, levantado.

Ando a perder o alento, Raposo.

O outro falou mais devagar.

Sabes como ele tem vindo a eleger os apoiantes a dedo. Deverias estar grato por seres um dos apurados. Agora, assim doente, mais nenhum nome entrará na lista.

O editor desabafou com perigosidade.

Se nos falta o presidente, temo uma revolução.

O outro também se levantou, mais enfriado.

Tem pulso nesse teu peito, homem. Acredita mais nos poderes de Deus. E dos senhores do governo.

O homem grande abriu a porta de vidro, viu o rapaz sentado.

Manoel?

Também o homem de gabardina ficou demorado no escutador descabido, acautelou o editor por cima do ombro.

Vê se o ensinas direito, que muita falta temos de rapazes ordeiros.

O editor aprontou um riso conveniente. O rapaz levantou-se com o corpo encostado ao vidro e o homem da gabardina apertou a mão do subido livreiro.

Cuidado com as vizinhanças.

O editor acenou com a cabeça.

Espero apontamentos teus, Raposo.

O homem colocou o chapéu sombrio e saiu. O rapaz perguntou, ainda acanhado.

Também é do governo?

O editor levou as mãos ao redondo facial.

Se houver governo por muito tempo.

E não silabou outro vocábulo.

41

Ficou abismado com a tradução. *Uma borboleta pode viver um número muito abreviado de dias a outro maior de semanas e é desejada pelos pássaros, lagartos e mais bicharia com boca e vontade de comer.* Na cabeça, a suposição de que todas as borboletas seriam, então, ainda crianças. Ajoelhou-se no soalho antigo e voltou a contemplar os insetos mortos nos envelopes de papel vegetal. Nunca contou ao pai floreiro mas, se tivesse poderes milagreiros, teria soprado nos corpos desmaiados e devolvido a substância da vida.

42

O país habituou-se durante largo período a ser conduzido por um homem de génio; de hoje para diante tem de adaptar-se ao governo de homens como os outros[*].

[*] Do discurso de Marcelo Caetano, na tomada de posse como Presidente do Conselho, a 27 de setembro de 1968.

43

Manoel, sem altura no corpo para chegar às capas de arquivo com os relatórios dactilografados pelo livreiro sobre as composições inéditas e já publicadas a desviar do mercado, apenas sabia do teor proibitório por ter espionado um ou outro parágrafo ainda com o papel na máquina de escrever. Lembrava-se de ter lido sobre o impedimento de venda dum título por levantar muitas perguntas ao poder dos governantes e entusiasmar procedimentos turbulentos nos homens operários; também doutro por tanto argumentar contra o celibato obrigatório dos sacerdotes, num sopro de emancipação dos homens de fé aos preceitos da abafadiça Igreja. E ainda depoimentos sobre as propriedades editorais de propostas vindas do estrangeiro, como *O Imoralista** ou *O Castelo do Prazer***, com nomes de autoria mais complicados e letreiros a tender para a maioridade. Ao rapaz circunflexo, o senhor Prudente parecia ainda maior depois de comprovar o seu imperioso poder sobre o que poderia ser publicado no país. Um homem alto. Ou infinito. Depois de devidamente datado e rubricado, o editor dobrava o relatório com precisão e garantia um envelope bem fechado com saliva e lacre. Com as mesmas mãos, levava o invólucro selado aos correios, sem pedir à rapariga do balcão, talvez pela matéria muito importante. Manoel ficava ainda mais encantado. Imaginava-se também a assinar um documento principal para o governo, com as suas considerações sobre o interior dos livros de Poesia e História. A rapariga

* *O Imoralista* (1902), de André Gide.

** *O Castelo de Prazer* (1963), de Ed Lacy.

do balcão continuava a limar as unhas, num desapego a todo o ajuntamento de folhas escrituradas que a emolduravam num plano de razão. E genialidade. Também o rapaz concordou: a rapariga do balcão deveria ser abreviada demais para levar matéria tão importante aos chefes da nação.

44

O editor parecia abatido. Desobrigou os homens das tintas e impressões e avisou a empregada do balcão que poderia desligar as luminárias da loja assim que resolvesse as encomendas do dia. Estava no escritório, com um tamanho mais resumido. E o coração palpavelmente mais brando.

Fica sentado comigo, Manoel. Temos um homem para chorar.

O rapaz sabia da notícia da morte do antigo Presidente do Conselho de Ministros. Poderia jurar que, na casa das flores, os ares eram mais leves e até desabrochados. O pai recebeu bocas e cabeças ainda com o avental atado na cintura e podava as roseiras vivas enquanto falavam dum país novo. Manoel sentou-se na cadeira diante do homem curvado. Uma simples e ingénua cadeira, como a do elevado presidente. Suspirou. O senhor Prudente endireitou-se, depois. Falou com a resistência possível num interior deformado. Pelo destino. E defeito natural, também.

Vais ao funeral com a minha pessoa.

O rapaz acenou com a cabeça, mesmo sem perguntar ao pai floreiro. Na obediência ao homem grande, sentiu-se também mais subido. E gloriado.

45

O senhor Prudente diz que vamos dizer adeus a um grande nacionalista. Posso ir, pai?

O homem floreiro movimentou o escadote maior para um canto e levantou-se em cada degrau muito devagar. Nas mãos, veio um saco de turfa para as flores estrangeiras. O rapaz continuou encostado ao balcão de madeira e, na banca de labores, o pai começou a acomodar a matéria humedecida nas compridas raízes das orquídeas. Depois, com os dedos imundos, falou sem levantar a vista.

Ele vem buscar-te, não vem?

O rapaz acenou com a cabeça.

Um homem só morre uma vez, pai.

O rapaz achegou-se, ainda tão incompleto. O pai floreiro poderia sentar o corpo do filho no escadote e explicar o descontentamento popular, a censura na imprensa, a Assembleia Nacional viciada e a máquina da propaganda estadista para cegar a vista do eleitorado. Gostaria, principalmente, de ter dito que nenhum homem se deve decretar o poder maior nem pedir ao povo que se contente com a miséria. Claro que o defunto parecia ter suposições realistas, num sopro inflamado de defesa da identidade e da independência da nação. Mas nenhuma bandeira podia explicar a fraude eleitoral, os presos políticos, o medo popular e a resistência imprudente para manter os territórios ultramarinos. Circulou delicadamente as esferas oculares pelas linhas do rapaz.

Há homens que, mesmo depois de mortos, ainda agoniam o interior da gente.

O presidente era um homem mau?

O pai floreiro acenou aos camaradas na rua. Depois, já curvado diante dos lírios, falou com a simpleza habitual.

Não sei se podemos dizer se um homem é bom ou mau. É esse um julgamento de maior prudência. Antes se é cuidadoso ou não.

Silêncio. Depois, o rapaz insistiu.

Posso ir, pai?

O vendedor de flores sacudiu as mãos no avental e, com o cheiro das gardénias, amansou os cabelos do rapaz.

Que o teu coração não se espante com a grandeza de fora. Mas de dentro.

O rapaz alegrou-se, sem aprofundar o entendimento. Inclinou-se nas escadas para o andar subido e chamou pelo corpo da mãe: precisava de apronta-se num fato para um caso importante. Aurora, ainda abaulada pelo medo, falaria depois com o marido. No instante, aproveitaria a euforia do filho, também para lhe cheirar a pele, confirmar a cor da íris e aprumá-lo tão bem como ao outro, que veio morto, no dia do próprio funeral.

Quando o editor parou o automóvel na dianteira da loja, cumprimentou o homem floreiro com um aceno desinteressado. José Luz respirou, apesar das poeiras e acúleos raros na garganta. Chamou pelo rapaz.

Manoel.

O rapaz desceu as escadas com encantamento.

Estou bem, pai?

Cauteloso, o pai floreiro acertou a gravata do rapaz. Depois, colocou-lhe nas mãos uma coroa de flores violetas ainda por rebentar. Como os crisântemos nos vasos. No mais privado, voltou a repetir o entendimento. *Que o coração dele não se espante com a grandeza de fora. Mas de dentro.* E, enquanto o via a acomodar-se no assento do automóvel de Rodolfo Prudente, continuou, ainda, num rumorejo de desconsentimento. *Viva a liberdade.* O rapaz acenou pelo vidro, a coroa de violetas rente ao peito. No coração, terá sido como ver o filho ser levado por polícias do regime. Ou o sepultamento da mais limpa probidade.

46

Vou começar a pagar os teus afazeres.

O rapaz, a um palmo da altura do editor, encurvou os ombros.

Pode ser em livros, senhor Prudente.

Ele abanou a cabeça.

Não, Manoel. Sabes que a nossa Angélica tem vontade de estudar dança no estrangeiro e, sem um par de mãos onde acomodar esta livraria depois da minha morte, nem tenho uma explicação certa para continuar.

O rapaz maior ficou desmaiado na cor.

Porque fala de morte, senhor Prudente?

O homem grande ficou comovido pelo apego do rapaz da rua secundária e contornou o corpo ainda magro com os braços volumosos.

Ainda tenho nos meus planos fazer de ti um grande homem.

O rapaz acomodou-se no abraço, os ventrículos a bombearem o líquido inflamado. Apesar de saber muito mais da ossatura duvidosa do homem aliançado ao regime, o afeiçoamento tinha vindo a ampliar-se. Sempre. Depois, com um andamento mais seguro, voltou para a tipografia para procedimentos de excessivo apuramento. Com os dedos emotivos, apreciaria o acabamento de cada livro: a precisão na cosedura do caderno, o corte nas arestas do papel, o acerto colorido da ilustração e o carimbo faustoso da editora. Sopraria as poeiras com um bafo limpo, os dentes alinhados. E acenaria com a cabeça aos homens de macacão azul. Mais incomodados. E calados, também. Aos operários, numa verticalidade mais deformada, Manoel começava a parecer-se muito com o senhor patrão.

47

Manoel, eu também posso pagar os teus afazeres.

O rapaz ficou comovido. Sabia do amor incondicional do homem floreiro.

Trabalhar com livros faz de mim uma pessoa mais contente, pai.

O vendedor de flores descontinuou as delicadezas aos jacintos, limpou os dedos sujos no avental e levou as mãos aos ombros do rapaz. Manoel falou, ainda.

Desculpa.

O homem pai com as esferas oculares humedecidas. Cansadas, também.

Que par de mãos ficará com a casa das flores?

O rapaz curvou o corpo, melindrado. Mas não podia separar-se em metades, como a criança desejada diante do rei Salomão. O pai ainda levantou a boca e beijou a testa do filho maior. Gostaria de ter dito que os livros têm um sentido muito chegado ao das flores, mas ficou com as mãos prendidas nas de Manoel e acenou em silêncio, num consentimento afeiçoado. Por um tempo minúsculo, o rapaz desejou ter mais vontade por dálias e cravinas do que por ensaios e poemas.

48

Apesar do cargo declarado na Bem Comum, Manoel, a meio palmo da maioridade, ainda inclinava o corpo para ajudar o pai no negócio das flores. Continuava sem usar os dedos para o acompanhar ao redondo da praça com as pegaduras do carro de mão e as flores mais desmaiadas, ao cair da tarde, mas oferecia todas as unhas para levar encomendas ao despontar do dia e por horas do almoço na bicicleta ainda mais alta, comprada com os primeiros ordenados pagos pelo senhor Prudente. Acostumado a acumular no cesto da viatura margaridas ou gerberas para os compradores acercados da livraria, Manoel levantava-se com os alvores ainda refrescados e apenas a bondade do pai floreiro poderia compensar o custo num rapaz em tempos de utopia e até contradição. Pelas escadas mais íntimas, o mesmo cheiro a cravos, gardénias e camélias. Também o mesmo homem de avental a alumiar o mundo resumido da casa das flores com o mesmo riso descomplicado. Sobre a banca antiga, molhos de tulipas e jacintos atados com fio cru e um pano húmido a cuidar das hastes com um corte enviesado. Limpou as mãos no tecido e, achegado ao rapaz com afeição, explicou que a entrega seria muito delicada, avessa ao calor e à mais abreviada demora. O rapaz maior acenou com a cabeça, obediente. O pai, agradecido por cada assopro de vida, levou os dedos à pele mais amadurada e Manoel respirou os perfumes entranhados em cada vinco. Falou, depois.

Estou com atraso, pai.

Conformou o cesto das flores na bagageira da bicicleta alta e desandou pelas ruas mais apertadas da cidade. Na cabeça, o número setenta e nove do prédio da senhora dona de robe amarelado, que apreciava muito o primeiro chá com um frasco de tulipas na marquise, e a taberna bem ordenada pelo capitão com um só braço, mas tanto desvelo a decorar as mesas antigas com um jacinto ou lírio dentro dum copo de vidro completado com água e uns pingos de cloro. Na curva com a rua principal, o raciocínio ainda em números e tintas, também cortes e outros acabamentos, uma rapariga de cabelo curto com os braços atados à volta de figuras geométricas enfardeladas em papel natural. Ela recuou o corpo urgente. O rapaz ainda aprumou o volante, mas, nas curvidades e agonias, o cesto das flores desconjuntou-se no passeio, assim o coração rebentado como uma bomba. Homens e mulheres desviavam-se das hastes floridas, um cão imundo achegou-se para cheirar a desordem inesperada e a rapariga, já com as figuras geométricas encostadas a uma parede de todos os prédios, começou a apanhar as tulipas e os jacintos com a maior agilidade. Manoel, inflamado pelo susto, vinha transpirado com a bicicleta pela mão. Na primeira cobertura da pele, a vontade de apontar o dedo pela imprudência, também o cálculo preciso do desaproveitamento floral e um aviso para o pagamento. Mas as esferas oculares ficaram afincadas no riso despachado da rapariga a acercar-se com meio braçado de flores.

Desculpa.

Na boca, os dentes ligeiramente separados a celebrar a protagonista dum filme francês visto sem consentimento maior numa sala de cinema para adultos. Ele gostaria de ter apresentado uma gravidade corpulenta, mas acabou por aprontar apenas um sorriso muito manchado pela vergonha.

Andamos num frenesim a acabar os preparativos para a inauguração da galeria. Como recompensa, poderias ser nosso convidado.

Apontou com o dedo.

Número vinte e sete, amanhã, ao começar da noite.

Manoel reparou na porta pintada de preto e no rapaz comprido e atento.

As telas, Laura?

A rapariga apontou, novamente.

É o meu irmão. A ideia da galeria de arte é dele e duns amigos. Ainda é uma criação minúscula, mas precisamos de começar por uma ponta. Podemos contar contigo?

Manoel encurvou os ombros. Nunca tinha sido convidado para a inauguração dum espaço de arte, muito menos por uma rapariga moderna e descuidada e com os dentes a lembrarem tanto a protagonista do filme estrangeiro. Tinha ido a alguns jantares com o grande editor mas a nenhum agrupamento de novos artistas. Sabia mais de livros, publicados e recusados. Acertou o cesto e o corpo na bicicleta, ainda enrubescido. Ela falou com desembaraço.

Ficas a saber que gosto muito de flores, particularmente de papoilas.

Ele acenou com a cabeça.

Vendes flores?

Ele gostaria de ter explicado a condição das flores e dos livros e declarar, com a maior altura provável, que cumpria um cargo principal numa livraria importante e contaria ainda ser muito achegado a um conhecido editor, também sabedor de homens importantes do grande governo. Mas veio novamente o rapaz comprido.

Laura, as telas?

Ela acenou com a mão.

Esperamos pela tua pessoa.

A rapariga atou novamente as figuras geométricas enfardeladas em papel natural com os braços, e ele desandou pela rua, ainda as pernas fracas. *Laura.* Nas mãos, as flores mais estragadas, mas o coração vivo. E nem se incomodou com o lamento dos compradores pelas tulipas murchas e os jacintos tão deformados.

49

No escritório envidraçado, leu num livro aberto por casualidade.

Pode fazer-se política com o coração, mas só se pode governar com a cabeça[*].

O senhor Prudente acenaria com a cabeça, levantado.

[*] Declaração de António de Oliveira Salazar, no livro *Férias com Salazar*, de Christine Garnier.

50

Com os sopros opacos da noite, num vestido estendido aos pés tão pesados pelo tabuado da sala, a mãe Aurora ficava ainda mais estranha. Ou inexplicável. Na boca, os dentes apertados mordiam palavras doentias e quase proféticas. Manoel, mais alto do que o corpo circunflexo da mãe, também com a rábia inculcada no peito, esperava a lucidez do homem maior. O pai floreiro falou muito depois, já o silêncio das borboletas mortas tão metidas nos envelopes de papel vegetal se tinha acumulado nas paredes da casa. Levantou-se.

Aurorinha, o nosso filho é um rapaz feito. E tem a cabeça em afloramento.

Sabia que, pelo apelido do editor, um apoiante do regime com privacidades e proveitos, o rapaz estaria conservado das cismas da polícia de defesa. Mas Manoel era também filho do vendedor de flores, despontado em ideias políticas de operário e com a revolução a aferventar-se na seiva, também com acúleos de manifestante e até plantador de reuniões clandestinas. Poderiam, por vontade, os agentes informadores desmemoriar o nome do patrão da Bem Comum e levar o rapaz para umas horas de perguntas e emendas na sede dos despejamentos da alma. Mas nem os braços cautelosos duma mãe poderiam atar o pensamento juvenil com o embuste do medo. O homem pai preferia o filho anotado na lista dos senhores policiais do que abafado num andar subido com pavor de ser livre. A mulher ficou desapontada com a imprudência do marido. Achegou-se ao rapaz e, com as mãos nervosas, acertou o nó da gravata e vincou a gola no casaco de fazenda.

Sabes dos perigos que andam por essas ruas. Podem confundi-lo com um bastardo.

O homem pai engoliu em seco. Depois, falou devagar.

Circula de lugar se o tema maior for o governo. Se a polícia aparecer, vem direito a casa. Sabes que não temos muitas estimas para te libertar duma acusação contra o estado moral da nação.

Manoel podia mais entender os andamentos políticos do país. Encurvou o corpo, obediente, e, depois dum olhar demorado no floreiro, num bafo de afeição e respeito, rodou a maçaneta da porta estreita que dava para as escadas interiores da casa. Ainda ouviu o aviso do pai.

Leva o ramo de margaridas que está no balcão. Para a rapariga.

O rapaz ficou duvidoso na loja das flores desalumiada. A rapariga teria dito que gostava particularmente de papoilas, mas seriam flores bravias e complicadas de conservar. Depois, levantou-se também o medo de ser ridículo. Na cabeça, o homem multiplicado. *Todas as cartas de amor são ridículas*[*]. E completou, com o movimento acertado dos lábios. *Não seriam cartas de amor se não fossem ridículas*[**]. Aprontou um riso nervoso, também avivado. Envolveu as hastes cortadas em viés num pano humedecido, colocou com cuidados o ramo no cesto da bicicleta e, apesar do frio ainda inverneiro, pedalou até ao ponto geográfico da galeria. A rua, movimentada. Manoel acanhou as pálpebras pela flamância das luzes. No peito, os batimentos da música. Ficou atento ao deslocamento de figuras vivas pela casa vinte e sete. Na porta, um crucifixo grande pintado de branco com manchas rúbidas. Nos corpos, calças de ganga decoradas, camisas desabafadas e soltas, cabelos arejados sem pomada nem risca. Importou-se com a gravata bem passada e a fazenda primitiva. Recuou dois palmos dos rapazes de barbas compridas e das raparigas de vestidos muito resumidos. A rapariga viu-o.

Rapaz das flores!

---

[*] Verso do poema «Todas as Cartas de Amor São Ridículas», do heterónimo Álvaro de Campos de Fernando Pessoa.

[**] *Ibidem.*

Ela acenou, ainda. Ele estancou no passeio, a bicicleta na mão. Laura deveria ser das criaturas mais novas, numa condição muito primaveral. Achegou-se a ele, animada. Também as calças de ganga com perneiras alargadas, muito bordadas com duplicados florais, uma camisola de gola alta e um lenço a dar um nó nos cabelos tão sucintos.

Ias embora sem ver a nossa primeira exposição?

O rapaz acorcovou os ombros, metido num fato justo e com uma gravata apertada. Ela reparou nas pétalas dum amarelo forte que despontavam do pano.

Mais flores?

Ele acenou com a cabeça.

Para ti. Se gostares.

Ela adiantou-se para o ramo e tomou-o nos braços. Sorriu com os dentes separados. Depois, achegou-se novamente e beijou, sem impedimento, a pele do rapaz. Ele avermelhou-se.

Entras comigo? A maioria é gente do meu irmão. És o meu único convidado.

Ele acenou que sim. Ela meteu o ramo entre as pernas e, com os dois braços libertos, desatou a gravata do rapaz.

Mais condizente.

Com a bicicleta alta, acompanhou-a ainda reservado. Todos pareciam reparar no rapaz curvado e nas flores amareladas de Laura. O irmão olhou estranhamente para as margaridas e para o visitador de fato, depois falou com precisão.

O Antoine procura por ti.

Laura explicou que Antoine era um rapaz francês, os dedos de pintor e um nome provavelmente maior na futuridade, encantado pelos bafos revolucionários que se levantavam em Portugal depois de ter conhecido o irmão dela num encontro de novos artistas pela liberdade em terras espanholas. Acumulou ainda que ele terá decidido ficar pela poesia andante na seiva lusíada, também pelo abeiramento dum revolvimento popular, que se previa nos cheiros das ruas. E pelas raparigas de curvidade bem cumprida. Riu-se. Mais, calculou que poderia ser principal viver num estado de absolutismo, contemplar o comportamento dos ditadores e evolucionar o pensamento lógico sobre o poder e as criaturas humanas. Continuaria em chão português para viver a revolução, que ele supunha ser para breve. Como a maioria. E tinha desafiado o irmão dela para apontarem, clandestinamente, uma galeria. A Vinte e Sete. Uma bolha de ar solto num país proibitório. O rapaz continuou calado, pasmado com as ideias de Laura.

Também esperas uma revolução?

O rapaz corou. Lembrou-se do aviso do pai. Também sabia que o editor desaprovaria tantas suposições sobre os senhores governantes. Falou, ainda com medo.

Através dos livros.

Ela ficou com a vista alumiada. Também gostava muito do verbo ler. E de alinhar vocábulos. Em poemas. Espontâneos. Brutos. Salvos da regra impedidora e do polimento artificial. Manoel poderia contar do espanto pelo homem multiplicado, dos entendimentos da senhora dona Ofélia e dos rascunhos possíveis em bocados de papel, mas os lábios ficaram atados, num encurtamento completo. Encostou a bicicleta à parede tosca e entrou no compartimento minúsculo, tingido dum branco imperfeito, com umas lâmpadas fluorescentes fincadas em fios para iluminar as fotografias penduradas por ordem invulgar. No centro, um busto que lembrava muito o Presidente do Conselho de Ministros, pintado de preto, com a palavra *liberté* riscada a branco na testa e um garfo dum vermelho intenso espetado numa das esferas oculares. Laura parecia contente com as margaridas e apontava para todas as peças. Manoel ainda pasmado com o riso natural e a rebeldia tão ingénua. Na boca dela, os dentes separados a chamar um beijo. O coração dele a ficar avolumado, o latejo confundido. E o fato sempre mais apertado. No compartimento tão abafadiço, respirou devagar. Depois, um rapaz mais amadurado achegou-se. Na mão, um LP com uma capa clara e figuras também avermelhadas. Como o garfo na vista do presidente. Ela pousou as flores numa mesa também branca com um telefone de fio cortado por uma faca azul e abraçou o rapaz homem. Manoel, cuidadoso. Pela boca espantada da rapariga, seria um disco muito esperado. Até louvado. E agradecido. O sopro estrangeiro adiantou a Manoel o pintor francês. *Antoine.* O redondo de vinil, *Venham*

Mais Cinco, de José Afonso. A rapariga apontou para o disco: num dos poemas, o compositor tinha usado o nome dela. *Laura.* E proclamou, com euforia, que sabia a canção de cor. *Nos degraus de Laura, / a tinta caía / no móvel vazio, / convocando farpas, / chamando o telefone, / / matando baratas, / a fúria crescia / clamando vingança*[*]. Ela e o rapaz estrangeiro voltaram a abraçar-se. Manoel curvou os ombros. Na cabeça, o pai floreiro. Depois, o grande editor. Tão acostumado a baldes de zinco, também a bolbos enfiados na turfa humedecida e a maquinaria de tinta e corte na oficina dos livros que nem o corpo se parecia acomodar a uma galeria de génio moderno. Ainda as esferas oculares atentas do irmão de Laura. Incomodou-se mais. Com as pernas fracas, subiu para a bicicleta e avançou pelas ruas sem o mais envergonhado adeus. Gostaria de estar com a rapariga das flores, mas o ar parecia raro. Quase ausente. Precisava de maior tamanho para não ser espancado pela brutalidade da imprudência. E do amor.

---

[*] Verso do poema «Era Um Redondo Vocábulo», composto e cantado por José Afonso, do álbum *Venham Mais Cinco* (1973).

51

Como poderei eu quebrar esta vaga de independência feminina que se abate sobre o nosso mundo? [...] Não compreendem que a felicidade se atinge pela renúncia e não pela posse. As grandes nações deveriam dar o exemplo, mantendo as mulheres no seu lar[*].

[*] Declaração de António de Oliveira Salazar, no livro *Férias com Salazar*, de Christine Garnier.

52

Acordou com atraso. Ao usar as escadas para declinar o corpo para a loja das flores, o rapaz explicou ao pai que, pela hora adiantada, não poderia levar as encomendas aos apreciadores de tulipas e jacintos. O homem floreiro sabia. Falou, com encanto.

Ela gostou das margaridas?

O rapaz viu ainda o riso apontoado na boca do pai, mas acomodou os braços na bicicleta alta e saiu a rascunhar na cabeça o aclaramento que daria ao senhor Prudente. A girar os pedais, lembrava a rapariga tão esperta e o busto do presidente tingido de branco. Com o garfo dum vermelho-vivo. Entrou pelas traseiras da Bem Comum, como os empregados de macacão azul, e andou com pressa até ao grande escritório do editor. Ausente. Na livraria, esperou agitado que a rapariga do balcão e das matinés com o soldado resolvesse um senhor de laçarote, que pedia livros sobre os feitos financeiros do Estado Novo ou a aliança na Segunda Guerra, e perguntou pelo homem grande. A empregada explicou sem interesse que o patrão teria saído com urgência e de particular mau humor. O rapaz ficou incomodado. Poderia estar o grande homem assanhado pelo retardamento. Ou outro defeito vindo das suas mãos. Não gostava quando os ventrículos do editor pulsavam num batimento raivoso, assim a língua mais afiada e até com vocábulos descabidos. Com a deformidade inesperada na cabeça do senhor presidente, e a morte anunciada, o editor começou a manifestar provas de ampliado nervosismo e até inseguridade. Declarava de boca maior que não aplaudiria o homem suplente e fartava-se de antecipar o acabamento do regime por falta de competência ou exagerada abertura. O rapaz voltou para a tipografia, entre homens de movimentos muito mecânicos que sabiam fazer perfeitamente o mais delicado dos livros. Ele continuava a confirmar a precisão nas arestas, a cosedura dos cadernos e os letreiros da capa. Tinha vontade de louvar o empenho dos empregados mas sabia das suposições do patrão sobre a condição humana. *Para cada braço, uma enxada**. Para o senhor Prudente, o ofício de cada homem seria um dever, até um boletim de identidade, uma honra. *E não se elogia a honra dum homem. Se grande, curvamo-nos diante dela.*

O editor voltou ao escritório envidraçado com a luz corpulenta do meio-dia. Atirou o casaco para uma das cadeiras e sentou-se na maior para pegar no telefone. Começou uma conversa e, quando alinhou a vista pela altura do rapaz ainda na tipografia, acenou com alvoroço. O rapaz depurou as mãos no lavatório comum, limpou a humidade na camisa de flanela e entrou no lugar privado. O editor falava de premências, exigências e incumbências. Desligou. Contrariamente ao mau humor esperado, o livreiro contemplou-o com demora.

Estás pálido.

O rapaz encurvou o corpo.

Tive uma noite mais curta.

O homem grande riu-se.

Temos rapariga na cabeça?

Ao rapaz, escapou um riso conspirador, mas ainda reservado. Rodolfo Prudente apontou para a cadeira com o casaco.

Conta-me. Afinal, vieste atrasado. Só te livras de compensar a hora se tiver sido um glorioso instante. Já tens o juízo quase pronto para te enamorares por uma rapariga de bem.

O rapaz sentou-se. Com os dedos laçados, falou sem variância.

Ontem estive na inauguração duma galeria artística até ao começo da madrugada.

O editor ficou subitamente mais assisado.

---

* Declaração de António de Oliveira Salazar, num discurso a 28 de maio de 1953, na apresentação do Plano de Fomento.

Uma inauguração duma galeria pela madrugada? Cheira a artistas bastardos.

O rapaz encurvou os ombros, ainda com o riso descomplicado dela na memória.

Lembras algum nome?

O rapaz falou do pintor francês e do pressentimento duma revolução, do filho dos proprietários da casa ocupada, também com seiva espanhola no corpo, e do novo português com inspiração na palavra comprida da liberdade.

Antoine Blanche. Murilo Ortega. E o irmão de Laura.

Continuou encurvado.

Devem ser esses modernistas.

Riu-se, no grande volume do corpo.

Consideram uns rabiscos numa tela ou a fotografia dum amontoado de lixo uma celebração da arte. E estimulam a rebeldia nos santos, ateiam fogo nos lugares ingénuos e desenham nas paredes imaculadas. Sabes que os agentes andam atentos, não sabes?

O rapaz acenou com a cabeça.

Se fosses apanhado num lugar desses, poderias colocar em situação embaraçosa a Bem Comum. Lembra-te disto, Manoel: nenhuma curvatura feminal merece que se ponha em risco o património. Muito menos se ela apontar o dedo ao regime. A nação é uma família. E o governo é o nosso pai.

Levantou-se e andou em reduzidos círculos.

Se tens vontade de saber mais sobre arte, procura os nomes do circuito expositivo, os artistas de referência. E os clássicos. Depois de apreciares um António Lobo ou um Vieira Lusitano, vais entender o que te digo.

Parou, depois.

E a rapariga?

Uma bafagem avivou o rapaz.

Gosta de escrever poesia.

O editor riu-se com leviandade.

É bonita, pelo menos?

O rapaz avermelhou-se. O homem grande apontou o dedo.

Lembra: a poesia não mata a fome. Os mais velhos acabam por morrer, Manoel. Vem o tempo em que terás de comer pelas tuas próprias mãos.

O editor voltou a sentar-se.

Até podes gracejar com ela mas, na hora da casamenteira, é muito conveniente que se acautele a futuridade. Desposar não deve ser a divisão por dois, mas a multiplicação pelos dois. Se tiveres fome, não é um poema que vai apetecer às tuas mãos. A boca falará mais alto. E com a maior rábia de dentro que possas imaginar.

Manoel sabia que, muito provavelmente, o editor nem conheceria o sentido da palavra fome e, por uma dianteira vez, veio-lhe à boca um jáculo de saliva amargada. A vontade seria de resmungar. Rosnar. Defrontar. Mesmo assim, calou-se. Dobrado, como a mulher mãe. Pensou na língua mais domesticada do pai floreiro, nas unhas sujas, mas tão delicadas. Respeitosas. Respirou. A estima pelo senhor Prudente seria grande, muito pela altura e aumentado volume. E, apesar do amor preciso pelo pai verdadeiro, desejava mais do que vender flores numa praça. Com avental. E os dedos metidos na terra. Os livros poderiam ser um começo e o editor servia muito bem como conselheiro. Sabia que Laura pertencia aos que denunciavam a austeridade do regime, o mesmo que o editor elevava pela linha direita de pensamento e eficiência na gestão financeira. Também pela instrução que impunha aos habitadores mais revoltados e os cuidados no falatório de exageros e difamações. O rapaz levantou-se para voltar ao armazém. O editor apontou os dedos aos empregados.

Faz por não te afeiçoares muito a eles. Quando cresceres, e tiveres de mandar, não vão obedecer a uma palavra da tua boca. Fala o indispensável.

Depois, apontou à cabeça.

Esta é que manda neste.

E levou a mão toda ao coração.

O contrário pode complicar excessivamente a vida.

53

Ficou espantado com a notícia no jornal, numa das tabacarias da praça.

Jornalista do diário francês, enviado a Lisboa em sessenta e oito para explorar o que mudara em Portugal com a elevação do novo Presidente do Conselho de Ministros, revela agora que o antigo vivia numa farsa imaginada por quantos o rodeavam. Mais, ainda acreditava ser ele o chefe do governo.

Manoel começava a desentender os amores do senhor Prudente pelo homem morto.

54

Laura ficou um rasgo inflamado na memória. Sabia o nome da rapariga, também o encanto pelas flores bravias e a imprudência nas declarações sobre os homens do governo. Mais a caverna moderna com o número vinte e sete. Provisória. Provocatória. Proibida. Um braçado de dias depois, espantou-se com a galeria circundada por uma orla da defesa nacional, uma corrente a trancar o tabuado da entrada e o edital de impedimento, selado e rubricado, fincado na parede. Imaginou o coração tão desfeito na rapariga revolucionária. Poderia ter interrompido o andamento dos pedais e, num procedimento romanesco, retirado o aviso de interdição, mas continuou caminho. A salvo. Sem incomodar o interior quebradiço da mulher mãe dos vestidos compridos nem abreviar o tamanho diante da vista do grande editor. Mas, no vão da boca, a saliva acidulada por cobardia. E obediência ao princípio da altura. Lembrou o discurso do pintor sobre um Portugal abatido na geografia do chão universal, com valores políticos e ideológicos desusados e um abismo social e artístico quando comparado com o vigor estrangeiro da contemporaneidade. Sentia-se dividido, quase desordenado. Nas manhãs já primaverais, com os cheiros e os calores a aferventar o corpo, também as flores acomodadas no cesto da bicicleta, começou a orientar-se para a livraria por outras ruas. Também estreitas. E secundárias. Mas preferia assim. *Nenhuma curvatura feminal merece que se ponha em risco o património. A nação é uma família.* Silabou, com vagar. *E o governo é o nosso pai.* O grande editor era muito importante para ele. Mais do que um patrão, um salvador. E Laura, com o seu riso ventilado, poderia claramente confundir as prioridades. *Laura.*

55

Orgulhosamente sós[*].

E sentia o peso dum interior despejado de vontade.

[*] Declaração de António de Oliveira Salazar num discurso sobre o isolamento de Portugal do Estado Novo perante a comunidade internacional, em tempos da guerra colonial, a 18 de fevereiro de 1965.

56

O corpulento editor estava inesperadamente calado. A empregada dos cabelos desengraçados cumpria o dever ao balcão, mas os homens de macacão azul ainda não tinham chegado à tipografia. O rapaz encostou a bicicleta e estranhou os ares despejados da oficina: nem o odor a tinta ou os vapores das máquinas. Andou até ao escritório e percebeu a apatia do senhor Prudente. O telefone tocou. O editor posicionou o auscultador no ouvido, acenava com a cabeça. O rapaz recuou. Nas mesas brutas, começou a ordenar os labores tipográficos para o dia. Da livraria, um grito. O rapaz circulou com urgência para acudir a rapariga, eufórica nas compridas vidraças a ver o andamento dos homens tropas pela rua. O editor também veio, numa caminhada mais grave.

Filhos da puta.

Voltou o corpo e encaminhou-se, novamente, para o escritório. Ainda falou.

Fechem os estores e a porta. A Bem Comum está encerrada por hoje.

Continuou, com os dentes mordidos. *Ou para sempre.*

A rapariga apontou para o soldado libertador e, num coração acalorado, saiu também ao encontro do rapaz das matinés que encorpava o revolvimento militar. Manoel correu os estores, pasmado. Homens, mulheres e crianças completavam as ruas, panos estendidos com a palavra *liberdade*, buzinas e clamores. Tanques volumosos chegavam, gente subida nas árvores e os rebeldes fardados com as armas ao ombro. Um dos vidros da Bem Comum partido com uma pedra, Manoel encobriu-se pela parede. Ouviu. *Fascistas de merda.* Com os estores corridos, continuou a espreitar por algumas abertas. No meio da multidão, viu o pai floreiro com um braçado de cravinas. O coração pôs-se encolhido. Ou dividido. Novamente. Teve uma vontade repentina de celebrar com o pai aquele andamento contente. Viu também Antoine e o irmão de Laura, os braços no ar, a gritarem: *o povo é quem mais ordena**. Também ela estaria na revolução popular. Maior. Destemida. Venturosa. Recuou, novamente. Voltou ao escritório envidraçado, a tipografia ainda despejada dos bafos e latidos da maquinaria. O editor estava sentado, as mãos a segurar a cabeça. Achegou-se ao homem grande, duvidoso.

Senhor Prudente?

O homem levantou a pele, a vista avermelhada.

A Bem Comum acabou, Manoel.

O rapaz achegou-se mais.

Eu ajudo-o, senhor Prudente. Até não poder mais.

O homem inventou um riso desmaiado. Chamou-o, com as mãos.

Anda cá.

Abraçou-o pela cintura, precisado dum enlaço. O rapaz acomodou as mãos ainda imperfeitas nos ombros do homem volumoso. Com os dedos, percebeu a camisa bem vincada num algodão fino. E a carne mais flácida. Mas sabia que, depois da encorpadura ligeiramente dobrada, continuaria a bater um coração grande. Potente. Invencível. Na rua, os soldados avivavam os corpos fardados e as espingardas armavam a luta com cravinas metidas no cano. Ouviam-se os rugidos de todos os homens, assim os estalos dos ossos e dos músculos no interior de cada um. Até as flores deveriam rebentar numa adiantada primavera, sem as suposições calculadas do calendário ou um exagero no adubamento do chão. Na livraria, a revolução pendia sobre uma criatura desfeita, mas novos muros se levantariam para suportar o ampliado império.

---

* Verso do poema «Grândola, Vila Morena», composto e cantado por José Afonso, do álbum *Cantigas do Maio* (1971), usado pelo Movimento das Forças Armadas como segunda senha de sinalização para a Revolução dos Cravos em 1974.

57

O Movimento das Forças Armadas solicita aos estabelecimentos comerciais de todo o país para encerrarem as suas portas e insiste com a população para que se mantenha em casa com a maior tranquilidade até que seja normalizada a situação decorrente deste movimento que, com o apoio do povo português, está neste momento histórico libertando a nação do regime que há longos anos a oprime[*].

O rapaz desligou o televisor do escritório grande e voltou para a casa das flores.

[*] Declaração no noticiário da Rádio Televisão Portuguesa a 25 de Abril de 1974.

58

Pai, estás contente?

O homem floreiro tinha ainda uma cravina carmesim no avental.

Com esperança, filho. Com esperança, pelo menos.

E podiam ver pela janela um país a ser desgovernado.

59

A loja das flores também fechada. O rapaz ficou em casa, com o pasmo da mãe Aurora e a esperança do homem floreiro. Na cabeça, a vontade maior de saber do grande editor. As borboletas mortas nos envelopes de papel já não lhe avivavam os ventrículos do peito e os livros na mesa de apoio do quarto repetiam-se na língua por mais que uma vez. Nem uma revolução noticiada nos jornais do mundo podiam ocupar o vazio no músculo cardial.

Preciso de ir à livraria.

O homem pai pousou a mão no corpo dele.

Fica. Esta luta também é tua.

O rapaz ficou entorpecido diante do homem que o criou. Depois, explicou.

Gostava de saber do senhor Prudente. Ele parecia muito abatido.

A mãe Aurora apertou os lábios. E o coração. O homem pai falou.

Ao senhor Prudente sempre se anunciou o luxo, Manoel.

O rapaz ficou espantado com os acúleos inesperados.

Mas ele cuidou da livraria com tanto apego.

E censura. E poderio.

O homem floreiro soltou o corpo do rapaz, num procedimento tão invulgar.

Pai.

Ausentou-se da sala. A mãe ficou mais endireitada.

O teu pai tem sido um santo. Ouve as tuas impropriedades sobre um homem que nunca soube o amargo da fome. Eu andei com os pés nus. E o teu pai nunca estudou apesar do grande engenho que tem nas mãos. E na cabeça.

O rapaz, com a pulsação tão ligeira, inclinou o corpo pelas escadas para a loja das flores. Apesar das chuvas de abril, ouviram a porta da rua ser fechada.

60

O senhor Prudente?

O homem fardado acenou com a cabeça.

E a dona Ofélia?

O homem fardado voltou a acenar com a cabeça.

Retirados por tempo indeterminado.

O rapaz curvou os ombros, com as chuvas primaverais a encharcarem o desapontamento. Na bicicleta alta, andou pelas ruas principais e secundárias. Sonhou com os braços da rapariga em revolução. Despejou-se. Cansou-se. Voltou a calcar a casa das flores com a opacidade da noite. O homem floreiro ainda acordado, também inclinou o corpo pelas escadas. Aluminou a lâmpada pendurada por um fio.

Filho.

O rapaz, sentado no escadote mais abreviado, dobrou a cabeça e abandonou a humidade nas roupas e nas vísceras ao abraço morno do homem criador.

61

Nenhuma curvatura feminal merece que se ponha em risco o património. Engoliu o ardume na boca pelo amor acautelado aos livros. E ao tamanho do corpo. Afinal, o editor continuaria a ser um homem grande. Apenas ligeiramente mais curvado.

62

Ficou aliviado por ver a luz falsa na livraria, apesar dos estores corridos e do aviso pendurado a anunciar o fechamento da loja. A entrada pela tipografia dos homens de macacão azul também impedida, provavelmente com o trinco metálico. Recuou. Depois, bateu com os dedos na chapa pintada. Esperou. Ouviu o andamento da porta envidraçada, as pernas enervadas do homem grande. Na cabeça, imaginou o coração desfeito do antigo livreiro. Falou com a maior bondade na língua.

Senhor Prudente.

O homem volumoso apresentou-se mais airoso do que o esperado.

Ó, rapaz, que tanto tenho lembrado.

Manoel encostou a bicicleta na oficina, mediu cada passo do homem subido até ao escritório. Sentou-se na cadeira, atento. Podia ouvir a respiração mais gasta, mas o riso sempre acumulado a avisar a envergadura do corpo.

Estive uns dias fora com a Ofélia por estes revolvimentos populares e, na herdade, tive uma ideia muito precisa sobre o futuro da Bem Comum.

O rapaz entendeu que teria estado agoniado demais. Como explicou o homem floreiro, *ao senhor Prudente sempre se anunciou o luxo*. Sentiu-se ridículo. Enganado, até. O homem grande continuou a falar.

Gostaria muito que ampliasses a tua dedicação à livraria.

O rapaz incomodou-se, uma mão sobre a mesa.

Mas eu dedico-me muito, senhor Prudente.

O homem riu-se.

Eu sei, Manoel. Mas mais ainda. Gostaria que visses este lugar como teu.

O rapaz curvou-se, envergonhado pelo impulso. O homem mais antigo continuou.

Estamos os dois neste caminho; eu tenho a memória e a esperteza pelo tempo no ofício, tu tens a juventude e a ilusão que nos faz desbravar novos carreiros. Mas precisas de polir o teu saber, aumentar a tua máquina de pensamento.

O rapaz recuou a mão colérica.

Posso ler ainda mais, se assim considerar.

O homem acenou com a cabeça.

Estudar mais, rapaz. Na faculdade. Depois, quando voltares, tens o meu lugar à tua espera e os meus braços, mais cansados, para te receber.

O rapaz avermelhou-se ainda mais pela privacidade e bondade no homem faustoso que começava a estragar-se no mecanismo imaginativo. Depois, lembrou-se do tamanho resumido do pai floreiro.

As flores do meu pai não devem pagar estudos superiores.

O editor riu-se.

As flores do Luz não pagariam nem metade do que tens merecido.

O rapaz ficou incomodado, novamente. Espantado, também. Sabia que uma simples e sumariada frase declarada pelo homem maior vinha com mais substância no intervalo entre as letras do que a calculada. Já há muito que suspeitava dum estranho negócio entre o antigo livreiro e o pai, talvez uma dívida do passado ou o descomplicado facto de o avô ter sido mordomo na casa dos Prudente. Uma sobreposição de humanidade, a disparidade de classes, a benevolência ditatorial. Levantou-se. Teve uma vontade repentina de sair do grande escritório, despedir-se da encantadora livraria e desviar-se, nem que por um tempo provisório, do homem volumoso que não prendia a língua para falar da fracura dos outros. O subido editor cortou o enervamento do rapaz com a precisão duma faca.

Respira com inteligência, Manoel.

O rapaz continuava em ardimento. O homem grande continuou.

Eu espero muito encaminhar-te aos posicionamentos mais elevados.

O rapaz fincou as esferas oculares inflamadas no homem grande. O ar invadia e abandonava o corpo com mais velocidade. Perguntou ao editor o que tinha sufocado na garganta.

Porque se tem dedicado tanto a mim, senhor Prudente?

O homem maior ficou atribulado. Levantou-se, também. Depois, começou a alinhavar resumidos círculos com os pés. Falou com a voz mais duvidosa.

Digamos que se trata dum investimento para o futuro deste lugar.

O rapaz, ainda trémulo. O homem apavorado continuou.

Bem sabes como a minha Angélica está encantada com o estrangeiro e o seu bailado de pés estreitos e contados. Nem esta terra nem os livros têm poderio suficiente para ela voltar.

Descontinuou e encarou o rapaz.

E eu não terei assim tanto tempo, Manoel.

O rapaz ficou comovido, livrou os ombros da raiva. O editor, ainda acautelado. Achegou-se com o volume todo e, numa nervosidade camuflada, deslocou a conversa.

Direito ou Gestão Comercial?

O rapaz, acomodado aos apontamentos explicativos do homem maior, falou com os músculos mais delicados.

Eu gostava muito de Letras, para ser escritor.

O homem grande riu-se.

Ó diabo, tive sempre o cuidado de te seduzir para o comércio dos livros sem te enamorares pela escrita. É um verbo ingrato e desgraçado. Sabes agora quanto pagamos aos que escrevem. Mas também não poderíamos pagar muito mais. Também sabes das caixas de cartão com excedentes acumulados, títulos e títulos de que vendemos apenas um exemplar. Manoel, o coração serve para ser comandado pela cabeça.

Pousou a grande mão no ombro do mais novo.

Direito ou Gestão Comercial?

63

Quando contou ao pai floreiro, o homem ficou inclinado, num riso muito incerto. Depois, abraçou-o com o cheiro a verbenas nos dedos e as unhas tão sujas por estarem a acomodar os bolbos dos futuros gladíolos nos baldes de zinco.

Vai, filho. Tens uma florescência a ser feita.

O rapaz alegrou-se, mas podia sentir a encharcada alma do pai. Supôs, ainda.

A mãe vai ficar enervada quando souber do oferecimento do senhor Prudente.

O pai beijou-o na testa.

Vai ficar, por te estimar tanto. As mulheres paridas têm este medo por todas as crias.

Mesmo assim, o rapaz parecia entupido por dentro. O homem voltou a falar.

Não te desacomodes. Eu conto à Aurorinha.

O rapaz ocupou as mãos do homem floreiro, os lábios soletraram perfeitamente cada sílaba.

És muito principal para mim, pai.

O homem ficou comovido, limpou a vista ao avental. Tinha esperado pacientemente por este depoimento, sem impor o seu amor nem privar o do outro. Sentia-se completo. Mais ainda. Falou com a boca complicada pelo choro.

E tu és a terra para o meu plantio.

64

Manoel voltou a ter o manual de ensinamento nas mãos, salvo do caixote dos livros tingidos pela humidade ou pespontados pelos bichos comedores de papel num canto da oficina. *Arte de Ser Português**. Com o dedo apontado, silabou na folha vincada. *Quem fez comunicar os homens com Deus foi o poeta. E os homens, desde então, conceberam, além da sua existência animal, uma outra, mais bela, esse longínquo centro de gravidade para que devem tender as suas mais altas aspirações.*** Colocou o manual novamente na gaveta, com as borboletas mortas. E o cheiro a éter. Levantou-se. Estava pronto para converter o interior romanesco numa cabeça de negócios.

---

* *Arte de Ser Português*, de Teixeira de Pascoaes.

** Excerto do livro *Arte de Ser Português*, de Teixeira de Pascoaes.

65

A mala em tecido floreado sobre a manta branca e os braços tremidos da mulher mãe a dobrar as camisas e os medos. Manoel, com a rapariga das papoilas na memória. *Laura.* No peito, a vontade de se despejar pelas ruas secundárias e principais à procura do riso iluminante, também ocupar as suas mãos com as dela e dizer, com tanto vagar, o que ainda se levantava por dentro. Sabia que o pai floreiro aprontaria um braçado de dálias ou margaridas e celebraria a declaração de amor. Como o batimento dum engenho metálico, a fiada de vocábulos do homem grande, também benfeitor da ampliação da sua pessoa, a formar um calculado aviso. *Nenhuma curvatura feminal merece que se ponha em risco o património.* Apreciou demoradamente os movimentos braçais da mãe. Esperou o desaplauso, um contra-aviso. Que o comprometesse a ficar. Mas a mulher dos vestidos compridos nunca falou. Apenas a senhora dona Ofélia usou a boca para recomendar.

Leva este livro contigo.

O rapaz comoveu-se.

Mais se salva aquele que tem a poesia dentro do corpo.

O homem editor acumulou um apontamento.

E veia comercial, também. Que a poesia não mata a fome.

O homem fardado colocou a mala do rapaz na bagageira do automóvel. A senhora dona Ofélia acenou, também as pérolas redondas sobre a blusa acetinada e o casario da linhagem como moldura. O editor buzinou com frenesim, pronto para levar o rapaz ao embarcadouro dos comboios. O homem fardado ainda um fio vertical, obrigado. O rapaz acomodou-se no luzente veículo com o livro encostado ao peito e a suposição de que a vida estaria a endireitar-se. Para ele. E para o homem volumoso, também. Afinal, sabia o antigo livreiro que retornar ao passado para consertar enganos não seria praticável. Mas havia ainda o futuro. E, como tinha dito o senhor presidente numa conferência insular, *se não poderdes fazer deles santos, fazei ao menos deles cristãos*[*]. Ao subido editor, por mais fleumático que pudesse parecer, apetecia muito fazer de Manoel um rapaz importante. Seria o método mais provável para abafar a grande culpa.

[*] Declaração de António de Oliveira Salazar, num discurso a 6 de abril de 1925, numa conferência sobre *O Bolchevismo e a Congregação*, a convite do Centro Católico da cidade de Funchal.

66

Um braçado de anos depois, com a cabeça aprontada para os negócios e o peito ainda desocupado de mulheres, veio o tempo de entrar no comboio para voltar a casa. No frenesim do engenho a vapores e carvão, ficou na dúvida se calcaria primeiro o chão da livraria ou da casa das flores. Estava flamante por dentro. E até subido. Ou volumoso. Nunca formou o mais ordinário poema para a rapariga Laura, como imaginado. Um envelope em papel natural e uma papoila seca. Ou uma libelinha morta, a informar amores e urgência. *Não.* Mas ainda o riso iluminante dela na memória. E os dentes separados, a chamar um beijo. Pousou a mala no tabuado antigo e respirou o aroma a lírios e lilases. Com os dedos na porta, avisou a chegada. Da boca mais aperfeiçoada, o vocábulo maior.

Pai.

O homem floreiro quase desabou nas pernas fracas.

II

DEPOIS

SABE AGORA O HOMEM QUE A ALTURA É UMA PROPRIEDADE DE DENTRO

67

Depois do funeral cerimonioso de Rodolfo Prudente, o rapaz homem ainda sem calcar com os sapatos limpos o chão da livraria. Ou do casario da senhora dona Ofélia. Com o abafamento pela morte do grande editor, nem se tinha lembrado de minutar um aviso a anunciar a loja impedida por razões maiores. Como o acabamento inesperado do homem alto. E a incompetência administrativa dum coração ferido. Nas ruas mais despejadas, as folhas dum laranja fogo rodopiavam aos sopros amornados e o inverno parecia mais brando, como se soubesse que as criaturas nem sempre têm alento para acalentar as localidades mais privadas. Assim os ossos. E os músculos. Andava em abreviados círculos pelo minúsculo apartamento, a rever notas para a crónica do semanário, mas a saliva vinha em repentes amargos e nem o gin tónico tornava a boca mais confortável. Poderia dizer-se uma cabeça desordenada. Um homem desprevenido. A morte do senhor Prudente veio golpear a cicatriz ainda melindrada pela ausência do pai. Já tinha perdido as duas mãos perfumosas do homem floreiro, tão prontas a embalar o corpo e a podar os pensamentos mais imperfeitos do filho mais adiantado. Acabava de perder as que o apuraram para ser um governador do negócio livreiro, com estudos e génio para cuidar da Bem Comum e ampliar o tamanho do entendimento. E da altura. Sentou-se no sofá aveludado com os papéis rascunhados sobre a mesa de apoio. Pelo uso dos dedos, ofuscou as esferas oculares. Respirou, comovido. No ar, o cheiro nauseabundo a laranjas apodrecidas no cesto fruteiro. E o copo de gin tónico.

68

Acordou ainda resumido, um homem mais inclinado, mas com um alinhamento de palavras na boca. Como se, durante a noite, um embaixador dos defuntos tivesse curvado o corpo perto do dele para silabar muito devagar. *Levanta-te, que um homem começa a expirar quando amplia dentro de si o medo da morte.*

69

Ficou parado na dianteira da casa dos livros, com os estores corridos a lembrar tanto a manhã da revolução. Com a mão mais fraca, conformou a chave na forma metálica e impulsionou a porta num sopro de raiva. E abatimento. A escuridade do lugar comprovava a morte do editor, o primeiro a manifestar-se no escritório envidraçado, a inflamar as lâmpadas e a confirmar o caderno de encomendas, também os envelopes com manuscritos sem habilidade e as cartas registadas com propostas de compra da Bem Comum por editoras lucrativas. Sacudiu os sapatos no tapete por um tempo continuado. Depois, num corpo mais redondo, encurvado, entrou na livraria, inteira, sem nenhum desvio ou transformação, apesar da ausência do homem que a engenhou na cabeça. No chão, o correio acumulado. Curvou-se mais, ainda. Apurou o remetente dum invólucro ou outro mas pousou a correspondência sobre o grande balcão de madeira. Andou, sem alinho. No escritório, ainda um casaco do senhor Prudente sobre a cadeira. Recuou. Voltou à livraria com uma caixa de cartão abandonada na tipografia também morta. Levaria alguns dos seus livros para oferecer em horas convenientes e alguns instrumentos mais úteis, como o cortante em metal para inaugurar cartas e a máquina de café. Continuava descarnado, sem pele. Acomodou um punhado de exemplares do manual sobre o mercado livreiro em Portugal durante o Estado Novo e outro do ensaio que veio dum entendimento alucinado sobre a condição do homem moderno. Mais alguns de poesia de autores estrangeiros e um romance histórico dum escrevente mais novo, um auspicioso inventor da capital. Encostou a gaveta da máquina registadora, colocou o caderno de encomendas num dos armários e, com a caixa de cartão nos braços, encaminhou-se para a porta. Ainda com os pés no soalho antigo, contemplou a livraria com o batimento cardial demorado. Aos quarenta anos, apercebeu-se claramente que era o génio dos homens que ocupava as casas e outras interioridades. A loja continuava completa, o piano e os livros a preço especial, o grande balcão e a escada comprida, até as encomendas por despachar, mas seria já outra localidade. A livraria estava, inexplicavelmente, a transformar-se num lugar estranho. Tirou as chaves do bolso e respirou, num bafo corpulento de despedida. Ainda comovido, ouviu falar.

O se-nhor traba-lha nesta li-vraria?

O filho homem, de pálpebras encostadas, suspendeu o movimento giratório da chave e obedeceu, contrariado, a ordenar a mais ingénua composição de palavras. A boca feminal ainda usou a ponta dos dedos para tocar no braço do livreiro. Manoel falou com desapego.

Sim, mas acabámos de fechar.

Depois, inevitavelmente, virou o corpo e a pele clara ponteada por sardas muito despojadas e os cabelos pelos ombros adivinhavam uma rapariga com um braçado de anos somado aos vinte. O acento estrangeiro na língua combinava com a estranheza das roupas e o contraste nas tonalidades do corpo. Ficaram um diante do outro. Ele com a caixa de cartão nos braços, ela sem rigorosamente nada. Ou um saco abreviado.

Ama-nhã pode rece-ber a minha pe-ssoa?

Ele acenou com a cabeça.

Estamos fechados por tempo incerto.

Ela curvou os ombros mais despidos, apesar dos tempos refrescados. Manoel, em andamento duvidoso, cumpriu o temperamento de comerciante.

Procura algum livro em particular?

Ela acenou com a cabeça.

Traba-lho.

Ele acertou um riso desenganado. *Que poderia uma estrangeira saber sobre os grandes poetas ou as odes marítimas nos tempos dos descobrimentos?* Continuou o verbo andar, ela também.

Não tenho como ajudar, então.

Ela ainda falou.

Posso lim-par a loja ou a ca-sa.

Ele acenou com a cabeça.

Não.

Ela continuou.

Ou cui-dar de cri-anças e passar rou-pa.

Ele ainda a acenar com a cabeça. Depois, parou a meio da rua e, da caixa de cartão, tirou um exemplar de cada um dos seus livros, publicados pela Bem Comum.

Sei que os livros não matam a fome mas ampliam a vista. Se forem suportáveis. Doutra maneira, servem muito bem o fogo ou a feira da ladra.

Ela tomou os dois livros nas mãos. Leu devagar os títulos.

Teus?

Ele estranhou a intimidade do determinante mas acenou com a cabeça, ainda subido. A rapariga estrangeira nunca poderia aumentar o pudor num homem instruído. Ela compôs um riso inesperadamente natural.

A-gra-deço.

Ele curvou-se, num gesto mais apegado do que desejaria. Imaginou o que diria o editor se estivesse ao seu lado. Repararia, com certeza, no corpo novo da rapariga, nos cabelos compridos e sujos, nas roupas desengraçadas a acompanharem os redondos. Estrangeira, com o acento dos russos, mas a língua lusitana a pousar quase perfeitamente nos lábios. O senhor Prudente tiraria uma nota do bolso. Ou mais. Se a idade estivesse menos adiantada, até a convidaria para uma conversa no escritório envidraçado, perguntaria pelo alinhamento de estudos e ofícios, as origens e doutrinas e, a rematar, se estaria com vontade de saber como era um editor por dentro. Nos estendidos trinta anos de convivência, Manoel soube dos envolvimentos do homem grande com mulheres acabadas de rebentar, raparigas que se encantavam com uma pulseira de pedras falsas muito bem alisadas ou um casaco de pelos verdadeiros, vindo de países desgraçados. Os diamantes e safiras serviam apenas a senhora dona Ofélia, que, provavelmente, sempre soube dos desvios corporais do marido, mas esperou por ele com a mesma enormidade até o homem acabar, fraco, nos seus braços. A rapariga ficou para trás, com os livros nas mãos. Ele ainda voltou o corpo, mas continuou com a caixa até ao balcão do café. O rapaz servente falou.

O mesmo, senhor Luz?

O homem acenou com a cabeça. Também o editor o tinha convencido da cura imaterial pelo gin tónico. Riu-se. Teve uma vontade inflamada de levantar o copo e celebrar o senhor Prudente. Morto. Inútil. Grande.

70

A morte também cura muitos males. Poderia ter sido silabado pelo embaixador dos homens mortos.

71

Endireitou o nó da gravata e voltou a livrar-se do pano atado na garganta. Depois, desapertou o botão na gola da camisa conspurcada e sentou-se na cama, desocupado. Respirou. Com a morte inesperada, acumulou deveres e roupas num canto, sem a vontade importante de levar o amontoado de camisas e outras particularidades à lavandaria. Também o corpo precisaria dum banho. Por fora. Por dentro. *A alma deveria poder limpar-se na máquina de lavar.* Riu-se, curvado. A crónica por acabar na mesa da sala, o copo de gin tónico despejado e as poeiras a ofuscar a luminosidade natural de todas as coisas. Mais o inventário de vendas e encomendas da livraria, a correspondência ainda selada e os pagamentos muito prontos a ficar em atraso. Mesmo assim, tinha acordado muito certo da visita urgente e precisada aos raciocínios da senhora dona Ofélia: acomodar-se no regaço apurado da viúva e, se tiver braços para tanto, receber as suas dores e pérolas sobre a blusa acetinada. No funeral do homem grande, tomou a mão dela e beijou todos os dedos muito depurados e perfumosos, mas precisava de se sentar com a outra metade do editor morto, estender no colo dela a incredulidade pela ausência do senhor Prudente. E falar da Bem Comum. Sabia que a filha Angélica tinha vindo do estrangeiro e que ficaria por semanas. Apesar do nome vivo no bailado, poderia ter despontado nela, ao contrário da suposição do pai, a vontade de ficar com a casa dos livros. E até começar novos tempos no comércio livreiro. Levantou-se. Voltou a ocupar o primeiro copo de gin tónico. Sabia que estava a ser descuidado, até inconveniente, mas nada mais lhe parecia ter ordem na boca. Sem Rodolfo Prudente, nem sabia o que fazer com a livraria. Sentia-se meio homem. Incompleto. Imperfeito. E concluiu que a altura da sua pessoa seria apenas um reflexo do volume do outro homem. Ele, concretamente, não teria dez palmos. Menos, até. Uma criança, ainda. Sem razoamento nem fantasia. Desviou da vista os imperativos, a crónica tão inacabada e outros documentos penosos, e desceu as escadas estreitas do prédio antigo, virado à grande praça. Encaminhou-se num andamento adiado para a paragem do elétrico. Em rapaz, movimentava-se na bicicleta alta do pai até ao casario da linhagem. Mas tinha aumentado muito o corpo. E a cabeça. A bicicleta parecia agora um engenho metálico muito popular. Quase burlesco. Poderia ir no automóvel, mas estava demasiado sofrido para governar um motor. Assim o negócio. Lembrou-se do homem de farda, também do avô mordomo. E do senhor Prudente. Curvou-se. Ouvia-se o movimento da cidade. Num dos bancos da praça, a rapariga estrangeira estendida com um dos livros dele nas mãos. Virou o corpo, num desapego fingido, mas as esferas oculares voltaram a reparar. Na pele. Nas curvas. No livro. Com o coração enervado, andou noutro sentido. A rapariga seria apenas uma libertina sem senhorio nem pousio, mas avisava um título rubricado por ele. Como homem escrevente, tinha um nome a ser conservado. Assim inventou. Os velhos jogadores de cartas apontavam o dedo, até um cão de rua se achegou para lamber os dedos. Ela moveu-se, levemente. Como a cidade. Ele, duvidoso, sentou-se no banco.

Deve ter adormecido a ler o meu breviário.

Ela separou demoradamente as pálpebras.

Fico agradado por saber agora que cumpre um propósito maior: o adormecimento.

Ela rodou as pernas enfardeladas num cobertor fino e sentou-se, ainda o corpo deformado. Depois, testemunhou as mãos, também o banco. Respirou com obediência.

Leva-ram o meu sa-co.

Ele continuava num posicionamento discreto.

O que mais estimamos reservamos da rua. É o princípio da prudência.

Ela falou ainda devagar.

Den-tro, o teu ou-tro li-vro.

Manoel riu-se.

Devia ser muito desejado para servir um roubo.

Ela riu-se, também. Pousou o breviário no metal do banco e levou os dedos à boca. Esticou-se. Assim, despenteada, parecia ainda mais menina, acostumada ao uso do bem comum. E privado. Ele estaria muito incomodado por acompanhar o despontar duma criatura na luz primeira do dia. Uma estranha. Uma rapariga. Estrangeira. Numa praça pública. Com um livro seu nas mãos. Falou, novamente, com o peito ainda desacertado.

Está um frio inverneiro para estar neste banco.

Ela encarou-o com a mesma naturalidade.

Te-nho o cor-po ge-lado.

Ele ficou interrompido na linha de pensamento. Ela apercebeu-se.

Es-tou acos-tumada a dor-mir pelo mun-do.

Ele virou ligeiramente o corpo para o dela.

Vive na rua?

Ela acenou com a cabeça.

Não.

Continuou a compor os cabelos.

Vim pa-ra Por-tugal para estu-dar, mas aca-bei a traba-lhar em es-tufas de flo-res por fal-ta de di-nheiro. On-tem, vim em-bora. Vou começar de no-vo.

Manoel ficou desordenado, sem saber se haveria de se levantar para a conversa importante com a senhora dona Ofélia ou levar a rapariga estrangeira, também com os dedos perfumosos como o pai, para um ambiente mais morno. E acautelado. Poderiam falar de jacintos e begónias. Continuou com lucidez.

O que planeia fazer?

Ela encurvou os ombros finos, num redondo perfeito.

Procurar tra-balho.

Ele inclinou a cabeça.

E se não encontrar?

Ela acertou um riso descomplicado nos lábios.

Dor-mir na pra-ça.

Ele levantou-se, para voltar a sentar-se. Tinha o corpo nervoso, ainda.

Posso oferecer uma bebida acalorada?

Ela aprontou-se sem impedimento, o livro nas mãos. Dobrou delicadamente o cobertor fino, ele ficou comovido. Depois, começaram a andar sem alinhamento geográfico muito preciso. Ele reparou nos homens da manhã, com a chávena de café nas mãos ardidas e as vistas inflamadas na rapariga sem dono. Também o servente, num riso escarniado de infante acendido. Abrandou. Com demora, tirou as chaves do bolso para abrir a entrada do prédio. Estava calado, na dúvida de cada movimento. Sabia do verbo cuidar pelo homem floreiro, mas da palavra prudência pelo grande editor. Poderia dizer-se um rapaz comprido e confuso entre dois homens altos. E mortos. Continuou. Subiram as escadas estreitas, ele rodou a maçaneta do apartamento minúsculo. Podia apalpar o medo de lamentar-se vivamente. Veio a suposição duma emboscada da máfia de Leste. Ou do génio sedutor duma messalina sem leis nem culpas. Falou, com frialdade.

Pode acomodar-se no sofá.

Ela ficou suspensa no curto corredor, ainda com o livro nas mãos e muito atenta aos insetos emoldurados numa das paredes. Na sala, ele aprumou as almofadas no sofá, alinhou as peças decorativas na mesa de apoio e levou os copos com gin tónico para a banca da resumida cozinha. Depois, procurou-a. Ficaram em silêncio. Ele apontou, espontaneamente.

É uma Lysandra Bellargus, *da família* Lycaenidae.

Ela achegou-se à moldura com a borboleta dum azul metalino. Ele continuou, com o dedo apontado.

Pode encontrar-se no país entre a primavera e o outono, principalmente nas encostas rochosas. A fêmea é dum castanho embaciado, descondizente com este azul quase alucinante do macho.

Ela falou com poesia.

De-ve ser su-blime voar com tan-ta le-veza.

Ele evaporou-se em memórias: os domingos e as correrias com o pai floreiro a apanhar borboletas, o coração tão generoso do homem simples. Contemplar, nas horas modernas, os bichos de asas assim parados numa moldura de vidro avivava a noção de morte. E da efemeridade dum grandioso instante. E da mais divina criatura. Provavelmente, também o pai se perguntaria se seria merecido decorar uma parede de cimento com insetos que tanto pareciam estar achegados ao divino. Acenou com a cabeça. E falou sem ornatos verbais.

Deve.

Ela tocou na moldura duma *Iphiclides Feisthamelii.* Ele lembrou-se, claramente, de a ter oferecido à mãe, Aurora, ou Aurorinha, num aniversário tão pardacento como todos os outros, sem lume nas velas nem cantiga de celebração. Ainda o incomodava muito pensar na mulher mãe. Tinha sido uma figura de frialdade maior, duma estranheza corporal. Depois da morte do marido, ao ampliar-se o vácuo interior, a mulher terá renunciado ao estado de lucidez. Por prudência do médico da cabeça, terá sido aconselhado a contratar um lar de recebimento. Manoel ficou desacertado. Sem o coração grande do pai e o seu amor estendido por Aurora, parecia muito mais melindroso ocupar-se da mãe alucinada. Apesar das visitas regulares à casa das flores, a loja despejada e a ausência do homem bom aumentou a demência em medidas doentias. No dia em que acompanhou os homens de bata branca na mudança da mãe para o lar, ela já nem sabia o seu nome. Falava, sem sentido. *José. Eugeninho.* Nunca soube quem seria Eugénio. Pensou até num amor primeiro. Ou tardio.

É uma borboleta-zebra, também relativamente comum em Portugal durante quase todo o ano. Tem um pormenor curioso: a fêmea pode chegar a ser maior do que o macho.

A rapariga riu-se.

Como nos seres huma-nos.

Ele ficou espantado com o riso escarniado. Riu-se, também.

Tens uma pre-fe-rida?

Ele voltou a vista para as molduras com os insetos devidamente colocados com alfinetes de aço e etiquetados com data e lugar. Lembrou-se do éter para uma morte imediata. Lembrou-se também do editor. Falou sem estar convencido.

A Lemonia Philopalus.

Ela procurou localizar o exemplar pelo alinhamento dos olhos dele.

Essa continua nos ares do mundo. É rara, temos apenas duas raças em território português. É uma borboleta da noite, o corpo dum castanho escuro com linhas brancas e antenas grosseiras e alaranjadas. A Lemonia Dumi é, então, uma preciosidade.

Ela ficou mais grave.

Es-pero que não pre-fi-ras também as pe-ssoas que não es-tão.

Ele curvou os lábios, incomodado. Nem com o editor falaria tanto da polpa privada.

Um gin?

Ela abraçou o próprio corpo esfriado.

Po-de ser um chá?

Ele riu-se, ainda pasmado com a naturalidade da visita inesperada. Deveria ser uma rapariga amoldada à sobrevivência, sem pudores nem impedimentos. Bem-parecida, também. No engenho mais desalumiado da cabeça, alinhavou a hipótese explicativa de ser uma comercial de erotismo ensaiado e coito mecânico. Talvez o gin tónico combinasse mais com um corpo libertino, nunca uma água fervida com ervas e um dedo de açúcar.

Claro, um chá.

E andaram para a sala.

72

O pai floreiro pousou o balde de zinco.

Filho, a altura dum homem conta-se mais pelos palmos de amor do que pelo comprimento da herança.

O rapaz falou sem precisão.

O amor complica o entendimento, pai.

O homem pai abanou a cabeça.

Não, Manoel. O amor é que, para ampliar-se, precisa que sejamos mais simples.

E mudou as águas das tulipas estrangeiras.

73

Pousou bruscamente a chávena na mesa de apoio, sobre as folhas rascunhadas da crónica ainda tão imperfeita. A rapariga estrangeira estendeu os dedos para se ocuparem da cerâmica ardente com a água tingida. Ele sentou-se numa cadeira, a contemplar o movimento lento do chá improvisado com casca de laranja tardia a ser levado aos lábios volumosos. A rapariga ficou estancada, num provável abalo de temperatura. Avermelhou-se pelo fogo. Depois, com a língua mais morna, falou. Novamente.

Te-nho gos-tado do teu en-saio.

Ele continuou o verbo contemplar.

Ape-sar de se poder fa-zer uma lei-tura muito eli-tista, mar-cada ain-da pelo vosso an-tigo regime.

Ele esticou o corpo, espantado. Perguntou-se como poderia uma rapariga acordada num banco da praça, provavelmente sem estudos, empregada nas estufas das flores e com grande probabilidade de ser comercial da volúpia, apontoar, sem embaraço, uma apreciação crítica ao ensaio dum negociante de livros e entendimentos. Ficou mais vertical na cadeira. Maior, portanto.

Percebes assim tão bem a nossa História?

O entoamento do homem veio com um sopro de altura, já sem a prudência do verbo conjugado com formalidade.

Na Mol-dávia, es-tava a fa-zer Es-tudos In-terna-cionais.

Ele encobriu-se de suspeitas.

Na universidade?

Ela acenou com a cabeça.

Na Universitatea de Chisinau.

Ele movimentou-se na cadeira.

E como vens parar a Portugal?

Ela levou o chá de laranja à boca.

Es-tudos In-terna-cionais?

E riu-se, com um arco ligeiro nos lábios.

A Mol-dávia é o lu-gar mais po-bre da Eu-ropa, sem mi-nério nem gen-te para ver as te-rras sem mi-nério. A nossa economia de-pende muito das cir-cuns-tâncias na-turais e da mão dura da Rússia, que nos ilu-mina as casas, mas apo-drece a al-ma.

Ela calou-se. Ele, também. Mas a rapariga decidiu continuar.

Sa-bes dos nossos desen-tendi-mentos com a U-nião So-vié-tica, a de-sordem pela e-manci-pação da an-tiga repú-blica socia-lista sovié--tica e a se-pa-ração ima-ginária da Transdniéstria. A Mol-dávia a-inda é um pa-ís de cor-das e a-çaimes.

Manoel levantou-se para um copo de gin tónico. Se ouvisse mais as falas de dentro, saberia que estava a sentir-se abreviado diante duma rapariga que, aparentemente, tinha abandonado o comodismo e a elevação do pensamento num curso superior para operar nas estufas de flores mais a sul, certa dum lugar mais respirável para o raciocínio e sem medo de encurtar a sua altura. O coração apressou-se. Duvidou de todas as coisas. Ela pousou a chávena. Riu-se, depois.

Sa-be mui-to mal.

Ele riu-se, também. Nervoso.

Um gin?

Ela acenou com a cabeça. Ele consultou os ponteiros do relógio de pulso e inclinou a garrafa com ares mais desacomodados. Apesar de pasmado com os caminhos epopeicos da rapariga, continuava com a crónica inacabada na cabeça, também a urgência da visita à senhora dona Ofélia e o problema maior do alojamento incerto da estrangeira. Uma hora depois da metade do dia. Telefonaria para o café a encomendar duas refeições regulares, numa ementa sem alternativas nem linhas para reclamação. O servente viria na bicicleta de cesto com dois pratos de arroz de feijão branco e ovos fritos. Há muito que Manoel não abastecia a despensa do apartamento minúsculo, entre almoços alumiados com o editor e outras figuras de apelido e racionalidade e jantares modestos ou quase miseráveis na companhia do rapaz do avental. Demoraram o olhar um no outro. Ele poderia avisar-se embaraçado, ela apontou para o peito.

Elena. Elena Vladimirovich.

Ele espantou-se. Talvez o nome da matéria não tivesse, afinal, a importância esperada. Na cabeça, a afirmação da senhora dona Ofélia. *A poesia leva-nos ao invisível de todas as coisas.* Falou, com a língua fraca.

Manoel Luz.

Ela riu-se, também.

Eu sei. Vem na ca-pa dos teus li-vros.

Ele riu-se, desarmado, e continuou a apreciar os lineamentos na rapariga. *Elena.* Ainda com a suposição duma visita com tanto de estrangeira como de enganadora, mas a encantar-se com o acontecimento inesperado e tão deslocado das regras comuns. Apenas Rodolfo Prudente conhecia o apartamento virado para a grande praça, mas até ele começou a ausentar-se pelas compridas escadas até ao terceiro andar e um coração mais fraco ou entediado. *E Laura.* Laura, a mulher interrompida.

74

Senhor Prudente, talvez esta revolução até tenha apurado o país.

O editor continuou a escrever na máquina antiga.

As revoluções servem o imaginário do povo. Como se tivessem sido salvos. Em menos duma mão de anos, reclamarão novo revolvimento. E assim se faz uma nação convulsiva, doente, rapaz.

75

A vinda tão imprevista da rapariga moldava adiou novamente a ida importante ao casario da senhora dona Ofélia e o futuro da Bem Comum. Poderia ter perguntado mas, depois de esticadas conversas na sala abreviada, com o pardo das horas avançadas, terá ficado muito claro que ela ficaria alojada provisoriamente no apartamento do livreiro. Elena também não perguntou.

Deves ter vontade por um banho escaldante.

Ela acenou com a cabeça.

Tens outra roupa?

Ela acenou com a cabeça, novamente.

O sa-co que me rouba-ram tinha as mi-nhas coi-sas de so-bre-vivên-cia.

Ela riu-se. Ele, não. O desapego material da rapariga incomodava-lhe o íntimo mais suspiroso, o propósito de se ampliar. Calculou a probabilidade da mentira. Recuou. Incrédulo, contemplava ainda cada movimento dela para confirmar a bondade de dentro. A boca volumosa. O redondo nos ombros. A dança das mãos. Dela, o génio natural. Provavelmente iludido e num impulso emotivo que avisava a alma devidamente podada pelo pai floreiro, falou com cuidados.

Então, sobrevive hoje. Amanhã, vou levar-te a um lugar.

Ela alinhou um riso mais grave. Também a visita poderia duvidar do temperamento do homem recebedor. Despovoado. Desordenado. Doente. Duvidoso ainda, Manoel apontou a casa dos banhos e ela tirou as sabrinas manchadas antes de entrar. Os pés nus da rapariga sugeriam a intimidade que não havia. Ele ficou na sala, num andamento vago, como se a esperasse. Depois, resolveu ausentar-se para livrar a cabeça de pensamentos cismáticos. Ela que se inundasse nos líquidos do conforto sem o semblante vertical do proprietário. Riu-se. Ainda alinhavou a hipótese cinematográfica de não poder voltar ao apartamento, se a visitadora cambiasse, repentinamente, a fechadura, com cinco ou dez homens, também enganadores, a supervisionar a porta. Depois, uma escritura contrafeita, mas incontestável, em nome dela. *Elena Vladimirovich.* Com os dedos leves, bateu na porta da divisão. Ouvia a água do chuveiro. Pelas aberturas, a temperatura maior dos vapores. Esperou. Depois, o corpo despido e chuviscado a invadir-lhe a cabeça. Culposo, falou com urgência.

Já volto, Elena.

E saiu, com o coração mais complicado.

76

O rapaz de avental a limpar os copos de vidro com um pano sujo e Manoel a perguntar-se pelas razões de não ter ainda uma mulher mais íntima. Seriam cabeças problemáticas. E corações engolidores. Percebeu que o fio comprido da vida teria sido particularmente pespontado por nomes feminais, embora nenhum deles continuasse fincado. A mãe desvariada no lar, a aperfeiçoada viúva do homem grande no casario, a rapariga da livraria que veio despedir-se por amor ao soldado das matinés, a visita estrangeira de linhas moldavas e duvidosas. E Laura, claro, deitada nos lençóis de linho com as mãos atadas num nó. Raramente falava dela. *Laura.* O procedimento de cortar o amor ao meio veio dele, mas acabou por concluir que terá sido um impulso. Ou uma circunstância evitável. Um engano, portanto. Laura apresentava uma afeição incondicional. E a afeição duma mulher amplia o tamanho dum homem. *Milagrosamente.* Por mais úteros que experimentasse, nenhum fogo como o outro. E nem um milímetro a mais na estatura. Também o acomodamento fingido ao apartamento despejado. E ao coração solto. Bebeu o líquido transparente até o copo ficar despejado, também. Respirou pela boca. Talvez o peito estivesse mais estragado do que imaginava. E as mãos seriamente vazias. Movimentou demoradamente os dedos, como se comprovasse o funcionamento de cada prolongamento do corpo. O rapaz de avental pousou o pano sujo no ombro, achegou-se ao livreiro.

Mais um gin, senhor Luz?

Ele acenou com a cabeça, sem estar muito convencido.

77

Ao retornar do anacrónico café, numa rua abreviada até ao número do prédio antigo, o pressentimento duma criatura a espiar-lhe os ombros. Olhou, continuamente, em volta: as árvores, os bancos e as sombras da grande praça, mais os íntimos embebedados a vozearem aos pombos. Ficou parado na porta maior com a suspeita de estar a ser observado. Lembrou-se, novamente, da suposição cinematográfica da rapariga moldava e dos mafiosos de Leste. Riu-se, o coração nervoso. Tirou a chave do bolso e continuou muito certo de ter ouvido o batimento dum homem em corrida. Olhou, novamente. Apenas o pio avivado dos pássaros em ramos pardos. Também os latejos acelerados no peito. Ficou a respirar na entrada em pedra e cerâmica, o corpo apoiado numa parede. Depois, com as esferas oculares achegadas aos minúsculos vitrais da porta maior, examinou todos os pormenores com movimento. Viu um rapaz vagabundo com uma pasta antiga nas mãos camuflar-se nas grandes árvores. Veio, em ordem repetida, a ideia da rapariga moldava sem ponto geográfico para ficar e a entrega perigosa do seu próprio apartamento microscópico e desordenado. Engoliu a saliva. Num sopro de ousadia, subiu as escadas apesar dos pés contrariados e, no terceiro andar, apresentou-se com o cuidado dum visitante. Entrou. Depois do corredor de borboletas mortas, a rapariga em roupa interior. Ele recuou.

Elena, desculpa.

Ela tapou-se com o cobertor fino.

Po-des vir, Luz.

Luz. Nunca uma boca de mulher o tinha reclamado pelo apelido. No bafo, o líquido transparente. Ainda de coração agitado, apareceu, enrubescido, depois do ângulo do corredor. Os cabelos aguados da rapariga, os braços nus e vivos e o cobertor fino como os panos compridos das divindades de ossos e músculos. Encantou-se verdadeiramente com a forma como ela declarou o seu apelido. *Luz*. Teve vontade de se sentar numa cadeira, encher outro copo de gin tónico e afirmar, num riso corpulento, como a estaria a ver cumprida e deslumbrante. Mas calculou tempos. Seriam vinte os anos entre um e outro. Mais. Menos. A pergunta poderia avisar intenções despropositadas. Embargou a língua, cauteloso. Numa curvatura inesperada de pavor. Nunca poderia inferir sobre os conteúdos na cabeça da rapariga estrangeira. Nem no coração. Ou no útero. Seria um homem provável? Calculou, depois, a altura aos palmos. Um livreiro, bem posicionado e com tantos acontecimentos importantes para contar a um estranho. Falaria do Presidente do Conselho de Ministros, do subido editor e do Pantera Negra. Riu-se. Sentiu-se ridículo. Saberia Elena do homem Eusébio? Ela, sentada no sofá, envolvida no cobertor fino. Movimentava delicadamente as mãos para pentear os cabelos húmidos. Ele achegou-se, inseguro. Voltou a usar um envoltório de vidro para dois dedos de bebida incolor.

Mais um chá?

Ela acenou com a cabeça.

Um gin, então?

Ela acenou com a cabeça, novamente.

Po-sso ver os teus li-vros?

Ele formou um riso discreto. Ela levantou-se. O alinhamento de lombadas na circunscrevida prateleira da sala nem se comparava aos metros continuados da livraria. No terceiro andar, apenas os títulos que, por acaso, acabaram por ficar sobre a mesa de apoio. Por tédio, desprendimento ou desilusão. Como os poemas de Laura. Calou-se, enquanto ela explorava os letreiros com o dedo. Ela apontou para a capa amarelada, *A Era do Vazio**, um empréstimo adiado da mulher das pérolas sobre a blusa acetinada.

Filó-sofo?

---

* *A Era do Vazio* (1989), de Gilles Lipovetsky.

Ele abanou a cabeça, com a memória da senhora dona Ofélia a avisar do aprendiz de pensamento moderno. Ela apontou para os livros de Laura.

Poe-ta?

Ele bebeu um dedo de líquido.

Também não. Estudei Gestão Comercial. Sou um vendedor de livros.

O cobertor mais declinado consentia ver o contorno das omoplatas.

Mas es-creves?

Ele movimentou os ombros.

Sem a precisão dos génios.

Como Fer-nando Pe-ssoa?

Ele ficou espantado.

Sabes quem é?

Ela riu-se.

To-dos sa-bem quem é.

Ele sentou-se no modesto sofá, o copo quase despejado na mão. Ela veio também acomodar-se nas almofadas, os pés encostados ao senhorio sem impedimento. Ele endireitou-se, consumido pela intimidade. Apreciou a curva perfeita dos calcanhares.

Po-demos levan-tar mui-tas per-guntas so-bre a poe-sia.

Ele ficou interessado.

Ima-gina que pa-ra ti o Fer-nando Pe-ssoa é o maior poe-ta do mundo. De-pois, en-con-tras Ber-nardo So-ares e, sem sa-ber que é tam-bém Fer-nando Pe-ssoa, lês O Li-vro do De-sa-ssosse-go.

Ele ficou deslumbrado com o entendimento dela sobre o homem multiplicado.

Fer-nando Pe-ssoa con-tinu-aria, pa-ra ti, a ser o maior poe-ta do mundo. Ber-nardo So-ares, não.

Ele continuou atento.

Até a poe-sia mais pu-ra pode ser con-tamina-da com o que sa-bes dela e das mãos que a es-creve-ram. Co-meça a ler sem sa-ber o nome.

Ele riu-se, ainda espantado.

Se me a-pro-vares, vou ler os poe-mas da Lau-ra. Como nem ima--gino quem po-ssa ser, vou ficar mais a-tenta ao ofi-cio ar-tístico do que à i-deia que te-ria dela.

Mesmo envolvida no cobertor, ele podia inventar as pernas claras da rapariga. As gotas dos cabelos aguados ficavam como pérolas alojadas no peito, os fios castanhos colados na pele limpa. Os dedos com as unhas rasas e descoloradas mas tão melodiosos no mais simples deslocamento. Manoel tinha vindo a relacionar-se com algumas mulheres, mas sempre sem o compromisso maior de rubricar um contrato ou ampliar a linhagem. Havia Laura, o amor mais achegado a uma composição geométrica, todos os pontos possíveis num rascunho circular. Mesmo assim, um caso imperfeito, sem que ele dispusesse por ela o mesmo pasmo que imaginaria por outra mulher mais racional. Em Laura, desencantou o excesso de lirismo. *A poesia leva-nos ao invisível de todas as coisas.* E a brevidade com que o deslembrou pelo pintor estrangeiro.

Es-tás a ou-vir, Luz?

Ele espertou, subitamente. Riu-se, ainda ensimesmado, e bebeu o outro dedo de gin tónico. Sepultou Laura, novamente, e obrigou-se a contemplar os fios de Leste no corpo estrangeiro. *És tão bonita, rapariga.* Engoliu o líquido e o aplauso. Levantou-se. Uma efervescência acontecia por dentro. O vácuo ainda por Laura e a vontade mecânica de se envolver em invenções e suores com a visita inesperada. Recuou na inclinação corporal.

Podemos continuar amanhã, Elena?

Ela acenou com a cabeça, desafinada.

Espero que tenhas uma noite agradável.

Ela acenou com a cabeça, novamente. Obediente. Tentadora. Ainda no curto corredor até ao quarto, calculou que teria sido mais delicado oferecer a comodidade da sua cama a uma ossatura dormida num banco da praça. Pensou voltar à abreviada sala, trocar com ela de quarto, mas a respiração mais apressurada avisava a urgência em retirar-se. Poderia ser o efeito fantasioso do gin tónico. Ou a tendência animalesca para libertar os pavores pelo procedimento exagerado da cópula. Imaginou que encontraria a rapariga mais desenroupada, numa nudez desimpedida que poderia desencadear um comportamento vergonhoso de contemplação ou acometimento. Deitou-se a inventar o sono de Elena. Mas também Laura parecia estar deitada a seu lado.

78

Se sabes dentro de ti que não é rapariga para casar, nunca a leves para a comodidade da tua casa. Ouve bem, Manoel. O dinheiro que possas gastar no quarto mais sujo dum motel pode limpar o teu nome, anos mais tarde.

O editor parecia tão certo do que avisava, como se um procedimento vivo na sua engrenagem de amores. Manoel nunca terá contado o apontamento prudente ao homem floreiro. Por saber que ficaria incomodado. Mas também por já ter morrido.

79

Acordou sem saber se a rapariga estrangeira seria apenas um desvario de um interior despejado ou um descuido no raciocínio dum homem a contar os primeiros anos depois da idade do meio. Conformou a roupa ao corpo sem aperfeiçoamento e recuou, num impulso de animal formatado, para comprovar a aparência no espelho. Sacudiu a camisa e os cabelos complicados. Depois, imaginou a rapariga ainda adormentada no sofá, as pernas compridas, também despidas, os lábios ligeiramente separados num sopro de divindade. Perfumou a pele com a colónia desusada. E contemplou-se. Formou um riso pela frivolidade. Estava a aprumar-se para uma emigrante de Leste que dormia na rua e, provavelmente, já teria acordado e levado com ela tudo o que poderia apalpar com os dedos vagabundos. Lembrou-se do editor. Se soubesse, estaria a acenar com a cabeça, num movimento reprovador. *A nossa casa é para as mulheres limpas. As outras, de coração sujo e corpo experimentado, aproveitam-se nos cantos, também usados como urinol.* Contestou os batimentos no peito. Depois, com a desafeição dum soldado atirador, andou pelo abreviado corredor das molduras com borboletas mortas e, para espanto maior, a rapariga estrangeira ainda a ventilar os bafos do compartimento minúsculo. O sofá aprumado com as almofadas, o cobertor fino dobrado num volume geométrico e os vidros da janela abertos para o deslocamento de ares frescos. Também um balde de plástico, com espuma e cheiros limpos, para restaurar as cores vivas de todas as coisas tão desbotadas pelo empoeiramento. Levou os dedos à cabeça e movimentou-se, com o desconforto dum discurso culposo. Tinha-se deslembrado do envelope com o papel numerado para a mulher pesada que vinha assear o apartamento a cada semana e nem reparou que não se apresentava havia uns tantos dias. Por descumprimento. Do negociante de livros. Respirou. E, apesar de ter ficado impressionado com a naturalidade da visita a manusear a propriedade dos outros, falou ainda com as suposições cinematográficas sobre a máfia moldava no engenho imaginoso.

Elena.

Ela aprontou um riso descomplicado, a limpar os vidros com um tecido humedecido.

Bom dia, Luz.

Ele achegou-se ao corpo ágil.

És a convidada.

Ela acenou com a cabeça.

Mais a vi-sita in-conve-niente.

Num impulso, procurou nos bolsos também sujos e ofertou uma nota com valor maior ao esperado. Ela aceitou. Depois, voltou a estender o papel valioso às mãos do homem senhorio.

Para pa-gar a noi-te.

Ele riu-se. Ela, também. Ficaram calados. Ele tinha considerado falar com o servente do café sobre os quartos na pensão, pagaria o alojamento da rapariga até ela consertar o estado de sobrevivência. Porém, diante dela, essa vontade ficava mais encurtada, quase curva, num encanto redondo e apropriado. Os livros estavam minuciosamente ordenados, o cesto despejado das laranjas apodrecidas, os odores renovados aos tempos de inverno. Ele achegou-se ao canto onde estavam as garrafas de gin tónico. Ela voltou a falar.

Um chá mor-no com-bina mais com a ma-nhã.

Ele voltou o corpo para a rapariga. Depois, pousou o copo, conformado. Sabia que a despensa estava desocupada, um lugar sem as mãos duma mulher. E dum homem completo. Pegou no telefone, discou o número do café, que também servia como pensão e uma mercearia muito contida na pluralidade mas importante em horas de improviso. Não sabia como explicar o pedido. Mais, não sabia como ofuscar que se movimentava uma visita invulgar no prédio.

Fala Manoel Luz. Diz à tua senhora dona que gostaria dum cesto com o mínimo de tudo. Esperarei pela encomenda, em casa.

Sabia que o servente viria na bicicleta alta, com os sacos de papel ou um cesto de junco, a lembrar a sua infância. A rapariga voltou a falar.

Po-sso la-var a rou-pa, também. Pa-ra com-pensar o dia de hoje.

Ele abanou a cabeça.

Sobreviverei, Elena. Sem explorar as tuas mãos.

Ela acumulou.

Fi-ca-ria mais con-ten-tada.

Ele movimentou os ombros, obediente.

És sempre assim tão desarmante?

Os ombros dela pareciam alumiar as paredes mais nubladas.

On-tem di-sseste que me le-va-rias a um lu-gar?

Ele pôs-se mais vertical. Sabia da privação da rapariga estrangeira de material mínimo para desencardimento privado, agora em uso pelos dedos espertos duma criatura da ladraria. Pelo cálculo, precisaria dum braçado de roupa, também de ferramentas e escovas, mais um livro sobre o homem moderno e outras ridicularias usadas nos cuidados do corpo. Lembrou-se das gavetas ainda completadas da mãe no andar subido da casa das flores. Depois da ida de Aurora, ou Aurorinha, para o lar de recebimento pelo diagnóstico de demência adiantada, Manoel nunca mais avivou a morada da linhagem. Com a morte do pai, a contar dez anos e outro punhado, a loja fechou-se por ausência de braços dedicados ao complicado ofício de floreiro. Pela simplicidade precisada. E afeição incondicional. Os baldes de zinco, as tesouras de poda e o balcão de madeira continuaram nos pontos geográficos precisos, num tempo suspendido pela falta de batimento cardíaco acertado. A mãe Aurora, na sua boca sempre silenciada, já avisava loucura antes da partida do marido morto. E muito aperfeiçoado. Ela seria apenas uma continuidade do corpo dele, uma haste razoavelmente florida pela seiva espessa que vinha do outro maior. E incólume. Depois da colocação da pedra com o nome dele nas terras revolvidas do cemitério, a mulher mãe entrou num estado de emurchecimento progressivo. Assim todos os bolbos e rebentos da casa das flores. O cheiro a gardénias e camélias mortas ainda inundava as narinas e as memórias do filho grande. Mas Manoel, também cortado em metade, respirava ainda o alento do editor volumoso e dos avivados livros. Na linha temporal, também o amor de Laura, a mulher mais achegada ao estado amoroso da sua condição. E as crónicas que escrevia sobre o estado social da nação. Continuou calado. Pensou no senhor Prudente, depois do homem floreiro. As falas principais vinham agora de bocas rasuradas, despejadas de vida, devidamente colocadas numa moldura, como as borboletas na parede de cimento. Dentro, ampliou-se o desengano. Estaria completamente só. Ela achegou-se ao corpo dele. Falou numa conjugação perfeita.

Tens sido mui-to deli-cado comigo, Luz. De-mais, até. Mas tal-vez seja a hora de de-so-cupar a tua ca-sa.

Ele olhou demoradamente para ela.

Fica, Elena.

Falou com mais encanto, depois.

Afinal, tenho um lugar principal para te levar.

80

O rapaz de avental tocou à campainha. Depois de Manoel consentir a entrada, o servente subiu as escadas estreitas com os sacos nos braços e, no terceiro andar, inclinou a cabeça para o interior do apartamento numa curiosidade invulgar. Provavelmente, uma recomendação da senhora dona do café, também pensão sem luxo e mercearia desacautelada, para saber da ausência do livreiro para o gin tónico da manhã. O homem estendeu o papel valioso e o rapaz acenou com a cabeça. Na sala abreviada, a rapariga compunha a louça e outras ferramentas para a dianteira refeição. Dos sacos, o aroma a pão fresco. Sentaram-se, numa conformidade inesperada. Riram-se, até. Tanto o senhorio como a visita imprevista sabiam da estranheza em cada procedimento. Também ele poderia ser um homem desnaturado. E ela, apesar da boca flácida, um verdadeiro engano da máfia de Leste.

81

Nunca temas o verbo dar, filho.

Manoel estava a ter uma conversa grave com o pai. Depois dos estudos em Gestão Comercial e dos ensaios acumulados na livraria, tinha também a vontade de ampliar os negócios do floreiro.

Pai, podes vender cada flor com o número duplicado. O teu corpo transpira sem ter lucro. Podíamos melhorar a loja, também a casa, aumentar a clientela e até começares a viajar com a mãe.

O homem abanou a cabeça.

O meu lucro é o contentamento.

Manoel respirou contrariado.

Percebes agora porque me encantou mais o negociamento dos livros?

O homem floreiro curvou o corpo, o rapaz filho continuou.

O senhor Prudente tem um propósito maior. Ser importante.

O homem pai tomou a mão do outro.

Quando se é contente é porque se tem tudo o que é mais importante. Eu sinto-me muito contente, Manoel. E tu, filho, também te sentes?

O rapaz homem nunca respondeu.

82

Duma gaveta do móvel discreto no corredor das borboletas mortas, uns dedos de chaves na mão. Manoel podia contar precisamente os anos e, com menor verdade, os dias sem pisar o tabuado antigo da casa das flores nem respirar o cheiro fétido a dálias apodrecidas. Depois da ausência da mãe do andar subido, a morte do pai parecia ainda maior. E invasiva. Acabou por calcular que a demência da mãe Aurora teria vindo como um sopro de salvação. Quando a vistoriava ainda na rua secundária, ela falava continuamente com o homem falecido, aprontava um chá de lavanda e camomila e lavava as camisas e o avental como se ainda avivado. Depois, despedia-se com um abraço inesperado. *És muito parecido com o teu pai, Eugeninho.* E ficava tão comovida. *Eugeninho.* Parecia alegre, apesar da loucura. Mais do que nalgum tempo primeiro. Voltaria agora com Elena, para que ela pudesse usar os bens ainda inteiros da mulher mãe. Mas também para perguntar a dor, com mais duas mãos para reparar a ferida. A rapariga alinhava as cadeiras desusadas quando ele apareceu na sala.

Vamos?

Ela acenou com a cabeça. Pelos vidros lavados, um céu pardo e as dianteiras chuvas a depurarem o chão. Provavelmente, as senhoras vizinhas sabiam já da rapariga mas teve vontade de dar continuidade a uma maior reserva. Inventada. Utópica, até. Ainda raciocinou pedir a Elena que se apressasse para a rua sem a sua companhia, mas, diante da naturalidade dela em cada movimento, tanta a simplicidade e quase ousadia, conteve o impulso acabrunhador. Engoliu a saliva espessa e encaminhou-se para a porta.

Vamos?

Ela acenou com a cabeça, novamente. Com a roupa do dia anterior, avançou pelas escadas estreitas do prédio antigo. Ele ficou a rodar a peça metálica na fechadura e a alinhavar suposições e explicações para ocasionais perguntas sobre a visita da rapariga. Ela parou num degrau, ele encontrou-se com ela.

Vamos?

Apontoaram um riso duvidoso, como um amor imprevisto ou uma vergonha inflamada. Aos pingos das nuvens, ele despiu o casaco e deslocou-o para o corpo dela. Andaram na grande praça, curvaram numa rua à direita, continuaram adiante, entraram na avenida principal, viraram numa linha perpendicular. Estavam inesperadamente calados, como se apenas agora se apresentassem um ao outro como verdadeiros estranhos. Ele movimentou repetidamente as esferas oculares pelo ombro, ainda a incomodar-se com a suspeita duma sombra conspiradora. Depois, abrandou até estancar diante dum prédio com aparência também antiga, o azulejo mourisco, as aberturas demarcadas por traves de pedra e uma porta alta pintada num azul forte, decorada com um alinhamento de flores cinzeladas por mãos cumpridoras. Tirou os dedos de chaves do bolso. Olhou novamente pelo ombro. Elena estava já inebriada com os alindamentos florais metidos na madeira, as mãos a apalpar cada pétala, estame e carpelo.

Tão bo-nito, Luz.

O coração dele apressurado de mais para complementar a declaração de entusiasmo da visitadora. Com uma mão na grande maçaneta, obrigou o tabuado a ceder ao peso do corpo. Ela entrou depois do adiantamento dele. Tudo tão bem acomodado, a confirmação de que o tempo é apenas uma poeira que cai sobre as coisas. Quase esperou que o pai floreiro viesse das escadas e se aprontasse por trás do balcão com o riso simples e afeiçoado. Poderia ter procurado a mão dela mas sabia da inconveniência. Ou exagero. A rapariga moldava andou pelas prateleiras e bancas de madeira, tocou nos vasos e nos baldes de zinco, no carro de mão com uma roda metálica e no armário com bolbos bolorentos e ferramentas. Depois, sentou-se no escadote mais curto e esperou que Manoel falasse.

Ele respirou. Pensou nas saudades florais. Também no editor. Depois, declarou com precisão. E brio.

O meu pai vendia flores.

Ela continuou calada.

Esta casa fechou depois de ele não poder vender mais nenhuma.

Ela continuou calada.

Por ter morrido.

Ele andou até ao grande balcão, pegou na tesoura de poda ainda sobre o tampo.

É tu-do tão bo-nito, Luz. Tam-bém o teu pai deve-ria ser um ho-mem bo-nito.

Ele acenou com a cabeça, ainda de costas.

Porque não vol-tas tu a ven-der flo-res?

Ele riu-se, virou o corpo para ela.

Eu?

Ela acenou com a cabeça.

Flo-res com poe-mas fei-tos por ti.

Poemas?

Ela acenou, novamente. Depois, levantou-se.

Fei-tos por ti.

Ele riu-se, ainda.

Apesar da minha vontade pela poesia, falta muito o talento.

Ela sacudiu as mãos, achegou-se ao homem levantado na penumbra do balcão e tocou com um dedo no peito dele.

A poe-sia não é tan-to o ta-lento mas a hones-tidade.

Ele curvou os ombros, inseguro. Na cabeça, ficou agradado ao imaginar a loja novamente com flores metidas nos baldes de zinco, vasos com lavanda e urze, o carrinho de madeira e a grande roda metálica colocados no passeio com os mais delicados rebentamentos florais: violetas, miosótis, jacintos, tulipas e amores-perfeitos. Depois, nas bancas amovíveis, as begónias, também os lírios, os narcisos e os antúrios. Poderia dizer que ouvia as tesouras nas mãos do homem pai, os aguadores a librinarem as plantas mais melindrosas e as bocas a aplaudiram da rua. Nas prateleiras, bolbos, sacos de turfa, adubo e outros instrumentos para cuidar da flora.

E ele a rascunhar poemas em papel grosseiro. Comoveu-se. Andou precipitado para a porta mais estreita e convidou Elena a subir ao primeiro andar. Ela parecia tão iluminada no tabuado subido.

É a vossa ca-sa?

Ele inclinou a cabeça.

Era.

Ela emendou, com encanto.

E po-de vol-tar a ser, se tive-res von-tade de a-cordá-la.

Manoel calou-se, incomodado. Ela achegou-se delicadamente às molduras com retratos desbotados. Ele ficou a contemplar os ares invernosos pela janela e poderia jurar que viu um semblante ocultar-se na curva da rua. A dor da memória ocupou-se com uma suspeita. Novamente mais resfriado, abreviou a visita.

Viemos particularmente para te servires do que precisares.

Encaminhou-a até ao quarto dos pais e abriu o armário desusado.

Podes levar tudo o que te convier.

Ela olhou demoradamente para ele.

Tens a certe-za?

Ele acenou freneticamente com a cabeça.

Fica à vontade. Esperarei por ti na sala.

Elena demorou-se nos vestidos estendidos até aos pés com flores sobre fundos escuros, nos lenços de seda grosseira também com floreados e cornucópias, nos aventais de bolso dianteiro, nos casacos de lã com pérolas falsas e nas blusas duma cetineta macia mas embaciada. Depois, saias compridas, de roda, plissadas e com machos, meias até ao umbigo e botins ou sapatos pardos sem um dedo de tacão. A rapariga cheirou ainda a colónia de jasmim, confirmou o pente de plástico, a escova de cerdas duras e o alfinete amarelado de acomodar ao peito. Também o xaile dobrado, a manta em flanela e o robe numa fazenda pesada. Manoel falou mais alto.

Ainda viva, Elena?

A rapariga veio enfiada num vestido com a cor da terra e flores maiores dum alaranjado morto. Rodou num movimento alegrado, os cabelos soltos a tombarem nos ombros. Nos mesmos panos compridos e nublosos, a mãe Aurora, com os pés pesados e os fios capilares atados num nó, apresentava-se uma criatura dolorosa e até intimidante. Elena, apesar do corpo muito sumido no tamanho do molde, avivava os ares deslumbrativos das mulheres naturalmente sublimes.

Gos-tas?

Ele acenou com a cabeça. *Muito.* Falou sem denunciar o encanto.

Leva o que gostares.

A rapariga de Leste terá sido muito discreta. Veio, um bafo de tempo depois, com um braçado de roupa e alguns instrumentos de uso mais privado. Ele levantou-se.

Vamos?

Ela apontou para os tecidos florais.

A-grade-ço mui-to, Luz. Mui-to bo-nitos.

Ele fez um gesto com a cabeça, ainda incomodado.

Vamos?

Ela rodou o corpo.

Gos-tei tanto desta ca-sa. Por-que não vens vi-ver para este lu-gar?

Ao inclinar-se pelas escadas para a antiga loja do pai, Manoel ficou espantado com o apontamento da rapariga. Nunca se terá ocupado do pensamento de voltar ao prédio das flores. E das memórias. O negócio floreiro precisava de mãos muito aperfeiçoadas. Também um coração polido. Sabia de bolbos por rebentar e terras adubadas para maior aflo-ramento mas o seu génio temperou-se entre a maquinaria de impressão e os relatórios editorais. Num golpe inventivo, imaginou-se no balcão de madeira, com um caderno para rascunhos de poemas e os perfumes entranhados nos dedos. Riu-se. Por um respirado instante, avolumou-se até no contentamento. Sentiu-se ampliado, assim o grande editor. Mas sem o desejo imperialista do livreiro, apenas a genuinidade do pai. *Flores. E poemas.* Riu-se, novamente. O primeiro andar seria maior em tama-nho do que o apartamento minúsculo e ficava numa rua mais acalmada, sem as teses explicativas dos homens bebedores nem as luzes intermi-tentes dos comércios fechados. Ficou calado, ainda. Elena, também. A usar as mãos na grande maçaneta, com os fios de chuva a lavar a pele, estava um homem mais inflamado, um senhor adiantado no calendário com o encantamento dum rapaz ainda a despontar.

83

Elena, tens mais gente em Portugal?

A rapariga abanou a cabeça. Manoel voltou a apurar os movimentos na grande praça e, duvidoso, abriu a porta principal do prédio antigo.

Estás inteiramente singular, portanto.

A rapariga confirmou. Com vestidos floridos e saias plissadas, subiram as escadas estreitas num respiro comum. A vizinha de robe rosado veio espionar. Manoel inclinou o corpo, ainda sem suposições nem teorias explicativas para a vinda de Elena. Entraram no apartamento minúsculo. Manoel situou as roupas da mãe na mesa da sala e achegou-se à janela, numa curvidade desconfiada. Depois, ficou a contemplar a rapariga em sacudidelas e vincos nos tecidos que despontavam dores e lembranças. Voltou a olhar para a grande praça e poderia jurar que viu novamente um semblante a esconder-se no tronco duma árvore. Pegou num copo e verteu o líquido transparente. A rapariga perguntou.

Te-mos ra-zão para ce-le-brar?

Ele riu-se, mecanicamente, e levantou o envoltório de vidro.

A tua vinda, Elena.

Ela corou, inesperadamente. Ele, não. Estava incomodado com a suspeita. Num movimento abreviado, bebeu o gin tónico e encaminhou-se muito acertado para o corredor com as molduras das borboletas mortas.

Volto num tempo muito curto.

E nem reparou no olhar comovido da emigrante de Leste.

84

Andou com pólvora até ao alinhamento de árvores primitivas na grande praça. Numa bestidade invulgar, levou uma mão à garganta do suspeito e apertou num ebuliente impulso. A pergunta veio num bafo enervado.

Falas português?

A rábia no corpo nem o levou a considerar a magreira do rapaz curvado e o movimento tão obediente, quase inocente, metido numa gabardina muito grande para o tamanho e peso. A mala de pele rompida tombou no chão humedecido pelas primeiras chuvas e voaram papéis amarelados no vento lento. Manoel soltou a garganta delicada do acusado e viu o rapaz agoniado a apanhar obsessivamente as folhas rabiscadas que circulavam pela praça. Sentiu até a pulsão para o ajudar, mas obrigou-se a uma verticalidade inflamada. Ainda em fogo, esperou pelo suspeito com os pingos a caírem na pele. No café, os homens estavam curiosos. Até o servente veio acumular apontamentos do estranho caso. Manoel respirou. Achegou-se ao semblante, ainda sentado no chão a reservar com sofrimento os documentos na mala de pele. Também se encurvou para falar novamente.

Falas português?

O rapaz acenou com a cabeça.

Tenho reparado em ti. És jornalista?

O rapaz apresentou a sua voz.

Mais ou menos. Escrevo biografias.

Manoel levantou-se e tomou um braço do rapaz para o levantar também.

Biografias?

O rapaz acenou com a cabeça. A chuva adensou-se.

Acompanha-me. Falaremos num lugar mais abrigado.

A livraria ficava a uns palmos. Considerou o balcão do café pela prudência, mas incomodou-o a vontade dos ouvidores. Adiantou-se pela rua, o rapaz ainda a consertar-se da revolta do livreiro. Na cabeça, a incredulidade perante os acontecimentos desde a morte do editor. Elena, a rapariga moldava. E um espiador desajeitado. Ainda em silêncio, rodou a maçaneta da Bem Comum e entraram na escuridade dum lugar com tantas parecenças a um compartimento morto. Ligou o quadro da claridade falsa e um abajur na mesa de apoio. Apontou para uma poltrona aveludada. Manoel ficou esticado, num posicionamento ainda moldado pela nervosidade. O rapaz parecia espantado, a reparar em todos os pormenores que a fraca luz consentia contemplar.

Biografias, então.

O rapaz acenou, novamente, com a cabeça, dentro da gabardina larga e comprida. Também encharcada. Pousou a mala rompida nas pernas, abriu as peças metálicas já soltas e tomou alguns dos papéis amarelados e franzidos pela humidade.

Tenho andado a escrever sobre individualidades de valor principal.

Manoel encostou-se ao balcão em madeira. Beberia um gin tónico.

Completei recentemente o primeiro Ciclo de Apontamentos Biográficos – As Memórias, Volume Um.

O rapaz olhou demoradamente para o homem na sombra.

Egas Moniz, Greta Garbo, Honoré Balzac, Winston Churchill e São João de Deus.

Manoel parecia ainda rabioso, também soprado por uma vaidade ridícula. Por mais burlesco que o rapaz fosse, estava incredulamente agradado por haver uma criatura com verdadeiro interesse nas suas memórias. Levou os dedos aos olhos e respirou.

Continuo sem saber porque me tens importunado.

O rapaz curvou o corpo.

A intenção é a melhor. Tomar notas ao vivo, para um preâmbulo mais naturalista.

O homem falou devagar.

Pensavas escrever sobre mim sem que soubesse?

O rapaz acenou com a cabeça.

Claramente que não aceitaria se viesse a saber.

Manoel respirou.

Mas por que raio meteste na cabeça escrever sobre a minha pessoa?

O rapaz levantou-se, inseguro, e voltou a sentar-se.

É o único escritor vivo que conheço. Assim, em corpo.

O homem começou a andar em círculos. Como o editor.

Escritor? Deves encontrar outros com maior talento.

O rapaz tirou outra folha da mala.

Tem dois títulos publicados pela Bem Comum: Breviário sobre o Mercado Livreiro em Portugal, *em oitenta e sete, e* Discurso sobre os Homens em Tempos Modernos, *em noventa e um. E continua com uma crónica no semanário* Ontem e Amanhã *e outra para a revista mensal* Depois.

O homem riu-se, voltou a encostar-se ao balcão de braços juntos.

Tens andado a ler sobre mim?

O rapaz acenou com a cabeça.

Se me autorizar, o seu nome ficará no volume dois do meu Ciclo de Apontamentos Biográficos, *com General António Spínola, Nicolau Copérnico, Adelaide Cabete e Albertino Bento Maior.*

Manoel ficou mais sombrio.

Deves ter tempo a mais para o gastares de maneira tão desnecessária.

O rapaz curvou-se num aperto, Manoel ficou comovido.

Compensa a minha pessoa com um poeta mais conveniente ao peso dos outros nomes. De escritor tenho apenas a vontade.

O rapaz levantou a cabeça.

Eu apreciei muito o seu segundo livro.

Manoel ficou pasmado.

Leste?

O rapaz acenou com a cabeça.

Encontrei-o, na praça.

Na praça?

O rapaz incomodou-se, o homem riu-se.

Apesar de ser livreiro, sim, os livros deveriam ser públicos. É o lugar certo para se encontrar um.

Lembrou-se da teoria do editor sobre os que escrevem e os que vendem o que os outros escrevem. *Se podes ser o lobo, porque tentas ser a ovelha?* Depois, do saco roubado de Elena. Olhou demoradamente o rapaz. Os ares extravagantes anunciavam mais um lunático do que um bandido. Talvez tivesse vindo por interesse.

Procuras uma editora?

O rapaz abanou a cabeça.

Não. Este Ciclo de Apontamentos Biográficos *é ainda muito privado.*

Manoel afastou-se do balcão, posicionou-se diante das muitas prateleiras e veio com alguns livros. Achegou-se ao rapaz ainda sentado na poltrona.

O outro meu que ainda não leste, um do poeta multiplicado e a biografia formal do estadista, também Presidente do Conselho de Ministros, até a morte ter vindo.

Tem cara de louco.

O homem ficou grave.

Começo seriamente a considerar que temos todos.

Olhou novamente para o rapaz.

Posso compor a sua biografia?

O homem acenou com a cabeça. Depois, apagou a luz e encaminhou-se para a porta de vidro. Sem as mãos do senhor Prudente, a casa dos livros parecia um lugar estrangeiro.

Vamos?

O rapaz levantou-se depois de ter reservado desajeitadamente as escrituras e os livros na mala. Falou com afinidade.

Prometo ser o mais respeitador do seu privado.

O homem acenou novamente com a cabeça.

Vamos.

Ainda chovia no desmaiar da tarde. O rapaz continuava intencionado.

Gostava que visse as biografias dos outros nomes antes de dizer que não.

Manoel respirou, a mão na maçaneta da casa comercial. Depois, inclinou o corpo para fechar devidamente a porta. O rapaz em silêncio. O homem falou, sem saber.

Em cinco dias, neste lugar?

O rapaz alegrou-se.

À mesma hora?

O homem acenou com a cabeça. Sem explicação, o rapaz sumiu por uma das ruas. Manoel pareceu ter despertado dum devaneio fantasioso. Ou dum guião cinematográfico para amadores do sobrenatural, com uma criatura duvidosamente lúcida mas com tantas propriedades para figura principal. No apartamento, também a rapariga estrangeira. À espera. Riu-se. E abanou a cabeça.

85

Veio encharcado pela água do céu, nem sacudiu o casaco chuviscado. Com a boca ainda calada, andou em círculos abreviados pela sala e ficou a contemplar a grande praça. Elena estranhou o estado mecânico do corpo do livreiro. Depois, ele ocupou mais um copo com gin tónico.

A ce-le-brar de novo?

Manoel olhou para ela demoradamente.

A acordar duma historieta sobre a loucura.

Ela acomodou-se nas almofadas do sofá moderno. Ele levou o líquido transparente aos lábios e veio sentar-se também.

Al-guma aluci-nação?

Ele bebeu a maior parte.

Praticamente.

Pausa.

Andava com a impressão exagerada de estar a ser seguido e confirmei as suspeitas. Um rapaz, numa gabardina desmedida para o corpo magro, com o desvario de escrever biografias de gente importante. Disse que completou o primeiro volume e gostaria que o meu nome estivesse no segundo. Balancei entre a raiva e a pena.

Ela subiu as pernas para o sofá, num encurvamento de menina.

Por ele?

O homem riu-se.

Achas que seria por mim?

A rapariga riu-se, também.

A mim pa-rece-me uma expe-riência espan-to-sa.

Ele resumiu os lábios de pasmo.
Estás a brincar, Elena?
Ela acenou com a cabeça.
Não.
Experiência espantosa para ele?
Ela acenou com a cabeça, novamente.
Não, pa-ra ti.

86

As noites acumularam-se e a companhia de Elena também. O proprietário obrigava-se a aprovar o admirável caso da visita inesperada sem muitas perguntas ou apontamentos lógicos. Ela poderia ser anunciada como a nova costumança sem urgência para emendar. Ou uma fórmula insólita para abrandar a desordem de dentro. Nem Manoel ia para a livraria despejada do homem grande nem ela se inaugurava num ofício para retomar os estudos superiores. Ficavam no apartamento minúsculo, ou na sala ainda mais limitada, a ler ou a conversar sobre todas as particularidades da vida animal. Ele, com o gin tónico. Ela, mais inclinada para os chás de ervas e até biscoitos simples da mercearia do rapaz servente. Coabitavam num sincronismo improvável. Quando Manoel se levantava, já a rapariga tinha a janela aberta aos ares ventilados da manhã. Como se nem repousasse, apenas uma mulher divina que o esperava ao rebentar do dia com a beldade natural e a utilidade das ideias maiores. A estrangeira parecia tão afeita ao território do homem livreiro. E Manoel já nem poderia imaginar aquele lugar sem os contornos de luz que vinham do corpo dela. Até a morte do editor se tinha dissolvido neste enamoramento invulgar. Mas, apesar dos privados muito chegados, ainda nenhuma das bocas tinha falado sobre vontade ou afeição. Continuavam numa engrenagem corporal com tanto de encantamento cumprido como duvidoso: um senhorio imprudente e uma emigrante avivada. Ela contou muito sobre a Moldávia. Ele, da livraria. A história da nação poderia ser explicada pela biografia da Bem Comum. Talvez as biografias se apresentassem importantes por este fundamento analítico. As particularidades íntimas e quase escusadas dum homem ou dum ponto geográfico poderiam declarar muito sobre a verdade camuflada por comportamentos bem planeados com o maior propósito de impressionar. Provavelmente, somos mais o que escondemos do que todo o inventário de feituras e depoimentos. Lembrou o rapaz louco da gabardina maior para o corpo. E repetiu, com os lábios quietos. *Louco.* Elena ainda vestia os tecidos floridos e compridos da mãe Aurora. Aos mais largos, comprimia a cintura com um pano estreito e usava os lenços de seda barata para atar os cabelos num nó de floreados e outras linhas decorativas. Manoel consentia estar encantado. O desembaraço dos braços, a leveza nos pés. E a conveniência da boca. Mais as curvas simples mas declaradas. Também os seios despontados com o levantamento ainda subido da abreviada idade. Seria a rapariga mais completada. E provável. Apesar da singular apresentação. Teve tanta disposição para dedicar a única cama disponível mas vinha o medo de ser entendido com defeito. Como homem, um corpo cortado a direito e sem maiores complementos, poderia simplesmente cumprir o sono obrigatório nas linhas retas do sofá. Ela, com tantos pormenores feminais, mais precisava da seguridade dum colchão e da brandura de lençóis de linho. Calou-se. E, no privado mais desejoso, chegou a imaginar como seriam os dois estendidos no mesmo plano horizontal. Ele sabia da complicação. A visita inesperada começava a ser uma metade principal. *Lembra-te disto, Manoel: nenhuma curvatura feminal merece que se ponha em risco o património.* E nunca poderia saber se para o senhor Prudente também o coração seria matéria patrimonial.

87

O que mais sa-bes das bor-boletas?

Manoel lembrou o livro *Le Monde Extraordinaire des Papillons*, o invólucro sedoso e as mãos grandes do senhor Prudente. Gostaria de ter-se levantado e explorado as páginas desbotadas com a rapariga mas estaria ainda numa das gavetas do primeiro andar, na casa das flores, como os vestidos floreados e estendidos da mãe avariada e o éter para executar com urgência os insetos alados. Comoveu-se.

As borboletas podem ver por glóbulos formados por milhares de lentes minúsculas. Cada lente tem o seu nervo visual e uma inclinação particular. E o que poderia ser um mecanismo perfeito de visão acaba por apresentar-se uma forma de ver muito imprecisa.

Ela ficou calada. Falou, depois.

A maior preci-são da vis-ta vem de den-tro.

Ele curvou-se, incomodado. Bebeu mais gin. Seria insuportável contemplar as esferas oculares da rapariga depois dum entendimento tão despido.

88

E o ra-paz das bio-gra-fias?
Manoel movimentou os ombros.
Que tenha mais vontade pelo Bonaparte ou pelo Sartre.
Ela riu-se, com um braçado de crisântemos comprados por ele.
O cele-brado Ma-noel Luz tam-bém me pa-rece muito bem.
Ele avermelhou-se, muito parecido a uma criança.

89

É a hora de seres mais homem, Manoel.

O rapaz aumentado acenou com a cabeça. O editor continuou.

As dálias e os jacintos e os poemas ficam por conta dos vendedores de praça.

Provavelmente, o senhor Prudente não tinha a vontade de desonrar o pai floreiro, mas o filho experimentou o amargo da deslealdade na boca. Deveria ter-se levantado para defender o ofício das flores, mas abaulou-se, obediente, diante do grande vendedor de livros.

90

O funcionário com o cargo mais achegado à chefia do semanário telefonou. Com lume na língua. E uma anotação muito descomplicada: Manoel tinha as horas dum dia inteiro para compor a crónica inacabada e levar, em mãos, à oficina de escritaria do *Ontem e Amanhã*. O mais encurtado descumprimento levaria a que fosse imediata e informalmente dispensado. Com direito a despedimento protocolar na semana depois. Avisou Elena que estaria ausente por uns dedos de horas e sentou-se, subordinado, ao balcão do café, com os rumores dos outros homens e até da senhora dona. O servente com a língua convulsiva, também mordiscado por uns tantos para saber mais sobre a rapariga e o vulto da praça. Manoel levantou o braço. O servente veio com a garrafa de gin tónico. No papel tão branco, apenas rascunhos e figuras geométricas recalcadas com a tinta da esferográfica. Poderia até estar ocupado com Elena na cabeça mas seria o rapaz duvidoso, fabricador de biografias ridículas, que alinhava gravemente as linhas da boca.

Pensativo, senhor Luz?

O rapaz servente limpava as mãos no avental.

Espantado. O mundo está completo de alienados.

O rapaz curvou-se no balcão, falou mais baixo.

Fala da rapariga que levou para casa?

O livreiro continuou calado. Depois, olhou demoradamente o empregado.

Tanta curiosidade poderia servir para saberes quem terá sido Balzac.

O servente endireitou-se, avermelhado. Acenou com a cabeça.

Ou Tolstói.

O rapaz começou a limpar os copos com o pano encardido. Depois, num inesperado pedido de absolvimento, voltou a completar o vidro redondo do cliente com gin tónico. Falou mais baixo. E confirmou a ausência da senhora principal.

Este é por conta da casa, senhor Luz.

Manoel riu-se. O rapaz voltou a abrilhantar as peças de vidro. O livreiro averbou.

É uma discípula de Estudos Internacionais que estou a orientar.

O rapaz achegou-se, ainda a esfregar os copos.

É muito bonita, senhor Luz. Os homens têm conversado sobre ela.

O livreiro voltou a cabeça para os jogadores de cartas e outros prosadores ordenados pelas mesas de madeira estragada. Também ele estaria a ser vigiado, com métodos ingenuamente camuflados. Encarou novamente o rapaz.

É entendida de mais para estes ambientes. Tem uma cabeça invulgar.

O rapaz riu-se.

Mas eles nunca falam da cabeça dela, senhor Luz.

O livreiro riu-se, também.

Vai namoriscar, rapaz. Que bem precisas de libertar esses fogos.

O empregado curvou os ombros. Com a garrafa de uísque, cuidou dos outros copos despejados. Manoel ainda a circular com a tinta pelo papel muito em branco. No músculo cardial, nem a mais resumida vontade de escrevinhar o que fosse. Pelo entusiasmo com Elena, a desejada pelos bebedores do café. E a imprudência do rapaz magro, de gabardina maior e uma mala de pele rompida com biografias burlescas e apontamentos privados. Nunca havia percebido um mundo assim disparatado. Curiosamente, também se sentia mais avivado, numa contradição que só o homem multiplicado poderia explicar.

91

A rapariga perguntou com o acento de Leste.

Sem-pre es-cre-veste a cró-nica?

Ele acenou com a cabeça. Depois, ainda direito num fato de fazenda, virou-se novamente para a janela da sala abreviada. Pelo vidro, podia contemplar os movimentos da rapariga com os pés nus. Ela sentou-se no sofá moderno. Emoldurada pelos vestidos compridos e florais, começou a circular os dedos pelos cabelos. Os lábios polposos, os braços vivos. O tempo parecia inclinar-se unicamente para os movimentos da visita inesperada. Como se nada mais importasse no mundo: nem as negociações políticas nem as conferências sobre o mercado livreiro e os homens mortos. A vontade maior seria achegar-se ao corpo em afloramento e movimentar a boca pela pele, assim uma sonda a explorar o chão dum planeta ou a espessura da floresta. Inventou-se a oscular as pálpebras finas, também a garganta vigorosa. Depois, a desatar o nó do tecido floreado com os nervos do cio, sem que as lembranças da mãe Aurora lhe embargassem a carnalidade. O cheiro de Elena era outro, como carpos amadurados a temperatura certa. Olhou para ela, provisoriamente ousado. Ela riu-se, natural. Contorceu as pernas, encurvou o peito. As mãos dele, nervosas. O coração, incomodado. Um espasmo na alma. Ou no imaginado lugar anatómico de todas as almas dos bichos. E doutras coisas. Despejou o gin tónico no copo. Bebeu. Respirou. E obrigou o levantamento do sexo a amainar.

Eu po-sso a-prontar um chá.

Ele acenou com a cabeça e abriu a janela aos ventos invernais.

92

Gostarias de procriar, rapaz?

O editor parecia despreocupar-se muito com a conveniência das perguntas. Manoel moveu os ombros e, complicado, voltou a confirmar os títulos no caderno de encomendas. O homem subido ainda interrompido. Avisou, depois.

Amplia a linhagem quando estiveres pronto para governar um coração fraco. Atenção: ficas com a roupa a cheirar a pó de talco, o que é um problema maior no exercício de sedução, e começas a duvidar muito do mais resumido andamento dos pés.

O homem grande desatou uma gargalhada empolada e continuou a usar as teclas da máquina de escrever. Parou. Mais agravado, apontou o dedo.

Nunca duvides de que és um filho para mim.

93

Tocaram na campainha. Elena levantou-se do sofá moderno mas ele aprontou a camisa e antecipou-se pelo corredor. Esperou. Poderiam ser os rapazes da publicidade. Ou o vizinho cismático do condomínio. Bateram na porta, depois. Manoel ficou parado diante da madeira, como se esperasse ouvir o respiramento ou catalogar o cheiro exclusivo do inesperado visitador. Também poderia ser o servente com os sacos de papel embalados pela mulher gorda da mercearia. Ou o estafeta do semanário com a ordem de deposição para rubricar. Riu-se, despejado de lucidez. Mas muito mais leve. Ainda contemplou Elena, um poema rebentado. Depois, num movimento lento e reservado, abriu dois dedos de porta para comprovar a fisionomia. Espreitou, como o animalejo mais prudente. Espantou-se o mais que podia.

Antoine?

O homem elevado e mais pesado curvou a cabeça num gesto apropriado. O companheiro de Laura, também de linhagens estrangeiras, ainda avivava uma nervosidade quase espumosa em Manoel. Apesar do amor interrompido com a mulher da revolução, vinha uma rábia de dentro por saber que o pintor francês se adiantou a abraçá-la na semana do tempo separador. Numa espera doentia, desnaturada. Ou até conspirada. Antoine tinha oferecido as suas mãos para restaurar a alma fendida. Mas Manoel sabia que Laura tinha grandura a mais para precisar de conserto. Ou lambeduras. Soube das exposições e dos aplausos aos cenários artísticos do pintor. Também da ridícula domesticação das raízes francesas ao declarar-se lusíada. E do convite para representar a nação em galerias de pintura contemporânea por terras europeias. Mesmo assim, mudaria de rua para se livrar de ser obrigado a governar um riso falso ou convencional, com a vontade de cuspir na cara do homem louvado e vociferar com a dicção mais perfeita que ela o tinha preferido. Sempre. E que se contentasse com os despojos dum amor esgotado. Ele, de cabelos brancos. Estragado. Lírico. Medíocre.

O pintor francês falou com cálculo e afeição. O acento estrangeiro parecia ter-se dissolvido com os poemas da rapariga revolucionária.

Talvez até merecesses mais tempo para te habituares a esta nova circunstância, mas a Laura já esgotou a maioria do seu tempo.

Tempo?

Antoine continuou com os ares brandos, o que o incomodou ainda mais.

Vamos estar ausentes por uma semana e precisamos das tuas mãos.

Manoel ampliou a abertura da porta, ainda prudente e quase despropositado. O pintor movimentou-se ligeiramente e o senhorio reparou na criança que nem contaria dez palmos de idade. Antoine acomodou os dedos premiados nos ombros dela. Depois, falou com grandeza.

Papoila, a nossa filha.

Manoel ainda espantado. A criança aprumou um riso embaraçado, o pintor amansou com os mesmos dedos os cabelos lisos e iluminados. A primeira vontade do livreiro terá sido o impropério ao intruso francês. Uma punhada, até. Ou o batimento brusco da porta com um verbo insultuoso a escoar da boca. A vista ainda colocada na menina de riso encoberto, o vestido tão floral e a credulidade da mulher dos poemas. O pintor completou a declaração.

A Papoila sabe de tudo, portanto, podemos falar com todos os nomes.

A criança encostou-se às pernas compridas de Antoine e o homem alto acomodou as mãos novamente nos ombros dela.

A Laura está muito doente e precisa que o pai de corpo saiba mais da filha. O pai de coração estará com a mãe no estrangeiro e voltarão os dois o mais depressa.

Apesar de Manoel gostar particularmente da palavra corpo, aplicada pela língua enviesada do pintor num alinhamento falado com desafinada simpleza pareceu uma peça tão mecânica, um *bibelot* escusado ou matéria inútil. *Pai de corpo* nem parecia ser um entendimento certo, com importância ou explicação racional. Contemplou novamente cada linha na rapariga ainda muito menina. A pele mais branca e o verde nublado na íris acusavam maior parentesco com o livreiro do que o azul popular do criador francês. Também o comportamento mais reservado. E prudente. No peito, os batimentos vieram atardados. O ar que podia ter encorpado o uivo dum animal abismado nem se manifestou no mais curto vocábulo. Manoel continuou a deslocar a vista da criança para o pintor. Depois, ainda impreciso, consultou Elena. Outra visitadora inesperada. Antoine falou, novamente.

Espero que a tua companheira seja generosa.

Pensou explicar que Elena era apenas uma emigrante, quase vinte anos mais nova, encontrada a dormir num banco da praça com um livro dele na mão, que andou em Estudos Internacionais na Universidade de Chisinau e que estava acomodada, provisoriamente, na sua sala. Poderia ter dito ainda que era a empregada da limpeza, mas os pés nus declaravam maior intimidade. Também uma prima vinda dum país afastado. Ou outra suposição ridícula. Calou-se, então. Seria mais apropriado consentir a inferência errada de que Elena era, decorosamente, a sua acompanhante.

Voltamos numa semana, Manoel. Vamos estar numa clínica especializada.

O pintor abaixou-se e falou para a criança.

O que precisares pede ao Manoel, o teu pai de corpo. Se houver um acontecimento grave, tens o número de emergência. A mãe e o pai de coração voltam numa semana.

A criança acenou com a cabeça. Tinha uma mala mínima na mão, a combinar com o apartamento. E a simplicidade da mãe Laura. Entrou, devagar, com os olhos levantados ao senhorio. Manoel acompanhou os movimentos da criatura divina, a criança andou para o riso estendido de Elena. Ainda incrédulo, falou ao pintor.

Posso perguntar pela Laura? Eu devia ouvir tudo isto da boca dela.

Antoine pousou uma mão sobre o ombro dele, os olhos aguados.

Eu espero que a Laura volte para poder falar contigo.

Também ele se sentiu estranhamente comovido.

É assim tão grave?

Antoine falou com certeza.

Um tumor na cabeça.

Depois, riu-se.

Sabes o que ela diz? Que é por excesso de poesia.

Manoel curvou-se. Depois, olhou novamente para a rapariga de Leste a movimentar os braços com a criança inesperada. Ou a filha de corpo.

Antoine, o que é uma filha de corpo?

Custou muito pronunciar o nome do pintor francês. O homem alto aprontou um riso amadurado.

Vais saber pelo ensaiamento. Só te posso dizer que temos uma filha de encanto, com o intervalo de tempo preciso em que saíste e eu entrei na vida dela. É o que basta, por agora.

O homem também estrangeiro acenou à criança e, tanto ela como a rapariga moldava, usaram os dedos para responder ao cumprimento. Depois, Antoine estendeu a mão ao senhorio.

Desculpa a inconveniência mas é um caso urgente.

Manoel continuou calado. Ainda pasmado, apertou a mão do outro e fechou a porta com retardamento. Ficou interrompido nas duas criaturas sentadas no sofá minúsculo da casa minúscula. Respirou, devagar. Com ele, apenas as borboletas mortas do corredor. Depois, andou para a luz que vinha da janela virada à grande praça, num impulso imprevisto. A rapariga estrangeira continuava airosa, até acostumada e particular. A criança, também. Poderiam ser uma composição familiar. Estranha. Desaprovada. Mas anatomicamente possível. Riu-se. Sem saber a causa principal. Com a morte do editor, tudo parecia tão desarticulado. Louco, até. E mais completo.

94

Soube, depois, que Laura tinha nas veias a seiva e o apelido dum capitão de abril, cabeça também do plano operacional do Movimento das Forças Armadas e Secretário de Estado nos governos provisórios da futuridade. Sabia, também, das suposições políticas do grande editor e da gravidade dum envolvimento controverso no seu processo de aumento do corpo. E do génio. Voltaram a encontrar-se duas mãos de anos depois da revolução. A Bem Comum sobrevivia com as cortesias do editor a antigos servidores do Estado Novo e o ardimento vivo de Manoel para governar um negócio com apenas vinte anos e mais um punhado deles. Mas a casualidade apropriou-se na casa das flores. O pai enfardelava cuidadosamente um ramo de cravinas avermelhadas quando Manoel entrou com a chave do automóvel na mão. Na boca, a flamância dum rapaz homem ofuscado.

Pai, anda ver a novidade.

O engenho mecânico era ainda abreviado demais para a vontade de dentro mas um começo auspicioso para um principiante no comércio dos livros. O pai floreiro brotou um riso aliado embora nunca tenha aspirado o motor faustoso e encardido dum automóvel. Os ares ventilados da bicicleta alta com um cesto de flores na dianteira seriam mais limpos e até inspiradores. O pai continuava a receber o filho de maior altura com o mesmo contentamento. E bondade. Falou sem acúleos, apenas pétalas.

Vou só completar este braçado de cravinas tão perfeitas, Manoel. Para uma menina também muito chegada à perfeição.

Manoel, ainda num corpo nervino, reparou na rapariga muito vertical e com o cabelo curto. O coração rebentou, ainda impreciso. Ela falou, com a mesma afinidade.

Tive de esperar dez anos para saber o teu nome.

Apesar do fato bem vincado, da gravata combinada com a regra da camisa e a chave do automóvel na mão, ele avermelhou-se. Tanto como as cravinas. Na língua, o travo dum rapaz declarado fraco. Ou medroso. Apesar de ainda tão menino, deveria ter voltado à galeria. Ou enviado um simples ramo de flores com um cartão de agradecimento. E amor. Como as criaturas mais duvidosas, camuflou-se. Como se o tempo abreviado com ela nem tivesse valido um descomplicado verbo. Ou beijo. Curvou-se. O pai, na banca dedicada aos envoltórios, cortes e podas, retardava, com propósito, o nó a fio cru. O rapaz falou com precisão.

Laura, da galeria.

Ela acenou com a cabeça.

Agora percebo de onde vinham as flores. Tão bem ordenadas.

Ele incomodou-se, novamente. Ficou calado.

O teu pai é encantador. O que ele faz é pura poesia.

O homem pai achegou-se com o braçado de cravinas.

Que exagero, menina. É o meu ofício, com mais afeição do que mestria.

E estendeu as flores avermelhadas. A rapariga deslocou os dedos na bolsa.

Fica assim, menina. Uma celebração por este ajuntamento com o meu filho.

Ela ficou comovida.

O senhor é muito delicado.

Depois, falou com impulso.

Tem é um filho muito escondido.

O floreiro contemplou demoradamente a boca calada de Manoel. Esperaram. O rapaz explicou, numa fórmula que combinava o medo e a vaidade.

Andei por outras cidades. Primeiro, na Escola Industrial e Comercial. Depois, na universidade. Voltei a pisar este chão há um verso de meses.

Ela continuava iluminante. Mais ainda, com um braçado de cravinas despertas.

Eu, também. Línguas. Devo ter contado do meu amor pela escrita.

O rapaz homem acenou com a cabeça. Ela adiantou-se.

Posso convidar-te, novamente?

Ele encurvou os ombros. O pai floreiro voltou o corpo de avental para a banca de madeira. Com os mesmos dedos, começou a amansar os caules das rosas brancas. Ela explicou com naturalidade.

O meu irmão e o Antoine têm uma exposição numa galeria da avenida principal. Podemos vistoriar juntos, a lembrar o dia que aconteceu há quase dez anos.

E completou com um riso maior.

Se não houver uma rapariga que se inflame por teres sido convidado por outra.

O homem pai limpou as mãos no avental e afastou o corpo para as prateleiras com vasos e sacos de adubo. O rapaz ainda avermelhado. Falou, depois.

Não, estou livre. Podemos combinar a ida à galeria.

Ela acenou com a cabeça. Depois, achegou-se ao homem floreiro, descorado entre os crisântemos e as begónias, e começou um abraço perfumoso.

Agradeço as flores. Estimo-o muito.

Depois, olhou para o rapaz homem.

Amanhã ao cair da tarde?

Ele acenou, sem vocábulos. Ela continuou.

Venho ter à casa das flores mais bonita da cidade.

O pai floreiro alinhou um riso comovido. Tinha ficado impressionado com a seiva tão domesticada na rapariga das cravinas. Voltou a limpar as mãos no avental para se achegar ao corpo do filho. O homem mais novo desbravou o silêncio.

Conhecias a Laura, pai?

O homem floreiro beijou o rapaz na pele. Depois, voltou ao verbo amansar nos caules bravios das rosas brancas.

Ela tem vindo encomendar flores. Só não sabia que era a tua Laura, a rapariga dos malmequeres.

Manoel falou no vão da boca. *E das papoilas*. O coração ainda adiantado. Com as chaves do automóvel no bolso, inclinou o corpo mais alto pelas escadas até ao primeiro andar. A mãe Aurora, com os cabelos atados, a rastejar os pés pelo sobrado antigo. Manoel entrou no quarto, estendeu o tamanho na cama sempre mais encurtada. Nas narinas, ainda o cheiro floral vindo dela. E também o éter das borboletas desmaiadas.

95

Esperava muito que a boca de Papoila nunca viesse a perguntar mas saberia contar o primeiro tempo com a mãe Laura, num embate inesperado com a bicicleta e o cesto de flores completado, também a ousadia duma galeria de arte sem o consentimento maior dos governadores e o riso muito descomplicado duma rapariga da revolução. Poderia ainda apontar o dianteiro beijo, o excesso de poesia nos ossos e a singularidade de ter sido a única criatura feminal a dormir com o corpo dele no apartamento minúsculo. Ou a primeira. Elena, também. Depois. Em circunstâncias muito invulgares e provavelmente provisórias. Nas horas da uniformidade com a mulher da revolução, chegou a encantar-se com o assobio da chaleira em vapores a anunciar o café da manhã, o batimento das teclas da máquina de escrever ao corrimento do dia e a maneira delicada como o celebrava depois duma noite em suores e movimentos. Respirou, com os olhos na criança que veio do ventre dela. *Papoila.* Como todas as flores bravias que tanto a inspiravam. E explicavam. Depois, olhou para Elena, também mansa, esperta e tão estrangeira. Ela aprontou um riso descomplicado. Como o da mulher maior. Ele continuou evadido em tantas memórias.

96

Em Laura, o mais vulgar comportamento parecia conveniente. Natural. Encantador. Até no movimento das mãos se podia antecipar a ardência nas vísceras. Também a escrupulosidade da substância mais achegada ao território da alma. A saliva humedecia a cavidade capaz de articular versos comovedores ou ordenar reformas estadistas a bem dos mais desgraçados. E o andamento muito preciso dos pés. Tanta genuinidade poderia até entranhar-se na pele dos outros, perfurar carne e ossos, como se o mais privado dela se pudesse verter no mais particular de todos os homens. Apesar do sopro agitador, Manoel parecia deslumbrado. Novamente. Laura tinha o bafo das criaturas líricas ou mágicas. E resolvidas, também. Com ela, a comprovação da cabeça mais virada para o ofício comercial. Poderia até incomodar-se por não se antecipar um aplaudido escrevente mas conservou a altura pelo engenho no negócio, a vontade de ser grande e o automóvel estacionado na rua principal. Ela apontou com inflamação a nova galeria, a fachada subida em vidro e tão contornada por afloramentos em gesso. A saia plissada levantava-se com o vento, ela prendia o tecido com os dedos. Ria-se. Simples. E inexplicavelmente sedutora. Explicou, sem melindres.

A nossa galeria Vinte e Sete foi proibida na manhã depois de ter sido inaugurada.

Ele ainda embaraçado por tanto tempo sem anunciar o mais abreviado vocábulo.

Ausência de lucro?

Ela falou, espantada.

Liberdade, Manoel. Na arte, há sempre lucro: a ampliação do homem.

Ele curvou-se num gesto mecânico. E falso. Sabia dos impedimentos do Estado Novo e das ideias fundamentalistas do grande editor. Mas ofuscava o entendimento pela serventia ao negócio. E ao plano muito favorável de ficar um homem maior.

É estranho saber o teu nome, agora. Foste todos estes anos o rapaz das flores.

Riu-se, novamente. Ele tinha o coração avivado: esperava muito ser entendido como o subido homem livreiro. O rapaz das flores seria apenas o começo duma biografia ainda a ser acertada. Na galeria, apercebeu-se do pintor francês. Também alto. Laura silabou com amor.

Antoine.

O rapaz homem, mais madurado em duas mãos de anos, veio com a mesma luz na aparência. Abraçou-a, novamente. Com a brandura de quem ama. Também.

Antoine, lembras aquele rapaz da bicicleta na única noite da Vinte e Sete?

O pintor observou demoradamente Manoel, num fato de fazenda bem vincado e uma gravata. Como na única noite da *Vinte e Sete*, ainda as bocas dos homens tinham de pedir licença para falar.

O dos malmequeres.

Manoel riu-se, desacomodado. Ela adiantou-se.

Sim, o dos malmequeres. Voltamos a nos encontrar na casa das flores do pai dele.

O homem pintor apertou a mão do rapaz homem com compromisso.

A vida leva-nos sempre aos lugares certos. Bem-vindo. Antoine.

O livreiro falou com encurtamento.

Manoel.

O senhorio ampliou os braços.

Espero que gostes da exposição. Pelo menos, esta é legal e está mais ordenada.

Laura e Antoine riram-se, aliados. Manoel desviou-se para uma das pontas do corredor com telas a óleo. Ela veio, sem o criador. E amador, também.

Continuas no negócio das flores?

Ele ficou mais vertical, sentiu a chave do automóvel no bolso das calças.

Dos livros. Sou gestor comercial da Bem Comum.

Ela ficou mais calada. Sabia o que diziam do senhor Rodolfo Prudente. Ele falou, depois, sem dedicar maior cuidado aos tantos pormenores da pintura.

E continuas encantada pela escrita?

Ela acenou com a cabeça, estranhamente enrubescida.

O meu livro de poesia mais recente foi lançado no começo deste ano.

O mais recente?

Ela acenou com a cabeça.

O terceiro, em papel. Na gaveta, outros tantos.

Ele ficou subitamente calado.

Também gostas da escrita?

Ele acenou com a cabeça.

Mas não tenho habilidade.

Ela enovelou o braço no dele.

O talento vem de dentro, da naturalidade. Basta seres, simplesmente.

Ele ficou inesperadamente enervado com o aviso da rapariga da revolução. Apontou, secretamente, a leviandade. Escrever seria um verbo grave. E preciso. Ela, desviada do nervosismo, falou com vagar, a ampliar-se em cada sílaba.

Para ser grande, sê inteiro: nada teu exagera ou exclui. Sê todo em cada coisa[*].

Ele completou, vaidoso.

Põe quanto és no mínimo que fazes[**].

Sabia muito do homem multiplicado. Riram-se, apesar da desconformidade.

E o teu livro?

---

[*] Versos do poema «Põe Quanto És no Mínimo que Fazes», do heterónimo Ricardo Reis de Fernando Pessoa.

[**] *Ibidem.*

Ela acompanhou o andamento ligeiro.

Os Cravos e Outras Flores – Poemas de Abril II. *É a continuidade dum primeiro, escrito nos tempos em que nos conhecemos naquela rua, publicado no ano depois:* Nos Degraus de Laura* – *Poemas de Abril I. Entre um e outro, Os Homens e os Bichos – Falas Poéticas do Mundo Natural.*

Ele parou, subitamente.

Tens feito por ser quem gostarias.

Ela ocupou-se dele.

Tu não?

Estavam parados diante duma tela com o título *O Ditador e a Virgem*. Ele continuou desatento à composição figurativa, com um nevoeiro fingido em cores cinabrinas e posicionamentos fleumáticos dos braços e cabeças.

Gostas do jeito do Antoine? Tem sido muito elogiado, no estrangeiro.

Ele encurvou os ombros.

Sou ainda inexperiente para falar de pintura.

Ela riu-se. Depois, recuou-lhe o corpo num movimento afeiçoado e regulou o ponto geográfico a uns palmos da moldura. Apontou.

Olha, agora.

Ele riu-se, incomodado. Mas obedeceu.

Gostas?

Ele demorou-se. Depois, num funcionamento convulsivo, informou.

Não.

Ela tomou-o pelo braço.

Anda, vamos beber um chá gelado.

Acenou a Antoine. O homem pintor encostou os dedos nos lábios para soprar um beijo inventado. Manoel, ainda prudente. Contrariado. O comportamento romanesco do pintor francês, de talento a parecer tão medíocre, assanhava-o muito por dentro.

---

* Verso do poema «Era Um Redondo Vocábulo», composto e cantado por José Afonso, do álbum *Venham Mais Cinco* (1973).

97

A criança apontou para as molduras na parede do resumido corredor.

Como ficaram assim?

O homem, ainda deformado nos pensamentos, falou muito incerto.

Penduradas?

A criança apontou novamente para a parede.

Mortas.

Manoel ficou calado. Elena levantou-se e levou a criança pela mão. Depois, com os dedos, amansou os cabelos lisos e inesperados da menina.

O Luz a-pa-nhou as bor-bo-letas na rua, como as fo-lhas de ou-tono.

Já mortas?

A rapariga moldava acenou com a cabeça.

Sa-bias que as bor-bo-letas vi-vem me-nos de um ano?

A criança olhou para as molduras com piedade.

A minha mãe também está a morrer.

Manoel engoliu a saliva mais amargada. Na criança, a bravura ou limpidez de declarar o que um homem livreiro de maior altura nunca poderia articular no vão da boca. Ficou consumido. Incapaz. No apartamento tão privado, propriedade jurídica do senhorio, sentia-se obrigado a ser perfeito para as duas criaturas estranhas. Imprevistas. E sem manual de cuidados. Nem os filmes das matinés poderiam explicar como proceder com uma visita estrangeira inexplicavelmente instalada. E até amada. Ou uma filha de corpo. Sem o mais imbecil entendimento da matéria de dentro. A acumular todo o medo por nunca ter cuidado dum vivente. Nem dum pássaro frenético na minúscula gaiola. Ou o gato desapegado nas almofadas do sofá. Também o mais atrofiado arbusto com rebentamento aos sopros primaverais. Nenhum. Assim a mãe Aurora numa casa de recebimento. Apeteceu embriagar-se até tombar no chão, como as borboletas estáticas nas molduras de vidro. E acordar num andar despejado ainda com o cheiro fétido a laranjas apodrecidas.

98

Filho, dedica sempre um dedo do teu tempo para lembrares o principal.

Depois de ter respirado com nervosidade, explicou.

Pai, todo o meu tempo é principal para ampliar-me, ficar maior, completo de vida.

O pai terá pousado as mãos cortadas pelos acúleos das flores mais bravias.

Somos bichos a correr para a morte, Manoel. E ficar maior nunca mudará o verbo.

O homem rapaz terá olhado para o pai floreiro com a comiseração duma cabeça deslumbrada. Ou estouvada. Raciocinou, num impulso imprudente, que o tão delicado homem de avental seria apenas o descendente dum mordomo. Perguntaria, se o amor não o amordaçasse: que saberia um vendedor de flores da altura dum fato bem vincado ou duma rubrica num relatório de aprovação? Manoel precisaria de mais tempo para saber que até a mais apurada suposição filosófica se formou na cabeça dum homem a comer o simples fruto.

99

Papoila veio encostada ao corpo da rapariga moldava. Depois, achegou-se um palmo ao homem ainda à janela. Comprovou a sua existência com um dedo. Manoel curvou a cabeça para a criança, formou um riso mecanicamente educado. Da boca abreviada, um braçado de vocábulos.

Estou com vontade.

Ele continuou calado.

Estou com muita vontade.

A criança movimentava as pernas, ele ainda espantado. A rapariga estrangeira riu-se. Depois, levou a criança demasiado líquida à divisão dos banhos. Voltou, sem a cria inesperada. Manoel, com desespero na vista. Ela completou o silêncio.

Eu fi-co por mais tem-po, se preci-sares.

O homem acenou com a cabeça, desalinhado.

Preciso muito das tuas mãos e da tua cabeça.

Elena ficou levantada na sala.

De-ves es-tar con-fuso mas acei-ta es-te im-pre-visto como um poe--ma ras-cunha-do no can-to duma fo-lha dum li-vro cien-tí-fico.

Um poema?

Ele perguntou com esfriamento, numa contradição à ardência interior.

Um poe-ma ser-ve tan-to ao homem como um teo-re-ma mas dis--pensa a ex-pli-cação ló-gica. A poe-sia fala das coi-sas mais im-por--tantes sem a limi-tação da regra da evi-dência ve-ri-ficável.

E que sabes tu, Elena, de poesia?

Ela recuou o braço que se estendia para tocar no ombro dele.

Na-da.

Ele virou a cabeça para o vidro. *A poesia é a arte da regra perfeita.* A austeridade aparecia no coração minguado, um erro comum para contrariar o medo da arbitrariedade com a ilusão de se poder controlar o mais ordinário acontecimento. Até a métrica dum verso. Manoel chegou a imaginar-se poeta, louvado pelo apuramento na composição de estrofes e também pelo entendimento sublime de todas as coisas. O amor dolorido ou a formosura provisória seriam já apontamentos muito vulgares. Gostaria de explorar a estatura nos homens com sentido estético superior e a verticalidade do pensamento lógico até nos casos mais complicados de desamor. Apesar de ter sido formatado para razoar a vida pelos princípios e procedimentos dum gestor comercial, ainda rascunhou uns abreviados poemas num caderno especial operado na tipografia. Apresentou o ajuntamento poético ao homem maior, mas o editor riu-se da ingenuidade. *Se podes ser o lobo porque tentas ser a ovelha?* Para o senhor Prudente, um verdadeiro entendedor da escrita deveria usar o génio de dentro apenas para apostar numa nova publicação com probabilidade maior de glória, acertar no valor mercantil dum autor começante ou ainda lavrar documentos de utilidade indiscutível como um contrato ampliado com cláusulas de proveito certo para a casa dos livros. Para ele, a conjugação do verbo escrever no fabrico de poemas ou romances seria muito achegada ao avermelhar-se. Por apoucamento. Ou, num cenário ainda mais claro, ao medíocre artista de circo. *Manoel, os escreventes, ou ingénuos, têm o coração desocupado de visão e futuro e despejam a matéria recalcada nos versinhos com dedicatória e até assinatura. E muitos ordenam os corpos para comprar o desperdício sentimental dos outros. É esta a nossa poesia.* Talvez se tenha enamorado por Laura pela teimosia dela em compor alinhamentos poéticos, assim, licenciosamente, sem esperar pelos aplausos nem obedecer a temperamentos superiores de patrão ou patronato. Com ele, o caderno ficou metido numa gaveta. Depois, foi cortado com a grande tesoura dos acabamentos grosseiros e colocado num saco de plástico com outras sobras de papel. Para ser grande como o subido editor deveria ouvir os avisos do antigo livreiro. Poderia ser lobo. Deveria ser lobo, então. Mas, dentro, Manoel sentia que o senhor Prudente começava a ser mais um freio do que uma máquina de asas.

Elena falou com maior gravidade.

Mas con-sinto que a poe-sia en-tre por mim aden-tro. Por-que me como-ve. E a-credi-to muito no so-pro cu-ra-tivo de ca-da ver-so.

Ainda completou.

Pa-ra mim, é a lin-gua-gem uni-ver-sal. To-dos po-dem ser poe-tas menos a ca-beça que se recusa como-ver.

Ele encurvou o corpo, abatido. Depois, acenou com a cabeça. Ficava sempre pasmado com a naturalidade da rapariga estrangeira a operar a língua. Repetiu a proposição da senhora dona Ofélia. *A poesia leva-nos ao invisível de todas as coisas. É inseparável da maior verdade.* E veio a memória de Laura, novamente, o compasso nas teclas da máquina de escrever e o riso tão simples como o da emigrante moldava. Também o tumor doentio na cabeça, no lugar de todas as regras. E não no coração. Salvo. Completo. Inviolado. Riu-se do pensamento absurdo. Talvez nunca tenha percebido o sopro curativo dos versos, como Elena. Ou o verdadeiro comprimento de Laura, uma mulher de deslumbramentos. Seria provavelmente muito maior do que tinha calculado. Grande. Subida. Desproporcional, até. Com as utopias e outros combates inventados a não caberem na pele. Respirou. *Laura.* A criança chegou como uma divina aparição. Elena estendeu os dedos, mais fleumática. Mesmo duas bocas estranhas se podem ferir com apenas palavras.

100

Depois do acaso na casa das flores, e apesar do apontamento acidulado do livreiro sobre a exposição do outro francês, começaram a ver-se com maior vontade. E império. Manoel desprendia-se da Bem Comum com pontualidade e o grande editor e o homem floreiro podiam supor, cada um pelo seu caleidoscópio racional, que o rapaz em ampliamento andaria encantado com a rapariga da revolução. Novamente. Ela lia poemas de José Afonso e Miguel Torga num clube cultural provisório, com cadeiras raras e apreciadores a sentarem-se pelo chão em mantas e almofadas emprestadas pelos mais desafeiçoados à matéria. Bebia-se chá de ervas, café amargo e havia sempre biscoitos baratos para ludibriar a fome. Corporal. Que a alma parecia sempre ocupada. Ele demorou muito a acontecer no clube. Poderia ter explicado pelo tempo abreviado como gestor comercial duma livraria grande, também pela ausência de espaço no resumido e esfriado coberto temporário, mas seria mais pelo tamanho dilatado que o verbo recitar cumpria na geografia no corpo dela. Sabia dos aplausos a uma voz tão visceral e sublimada, como se os músculos e a seiva de dentro se movimentassem unicamente para incorporar a linguagem. Muitos apreciadores iam abraçá-la, numa celebração emocionada que também Manoel esperava por todo o seu esforço como futuro editor duma casa de nome comprido. Laura curvava o corpo na sala de animais líricos e ele ainda com o corrimento azedo nas entranhas. Depois, num respiro fraudulento, acolhia a rapariga da revolução com os braços dum apreciador completo. E proprietário. Ela, sempre embrumada na principalidade de levantar a poesia no mais privado de todas as criaturas, incorporava uma mulher tão libertada como libertadora. Manoel começou a declarar que deveria ser mais prática, até ambiciosa. Perguntava-se continuamente como poderia sentir-se inteira com umas aulas pontuais de Literatura Portuguesa na fundação, as noites de palavrório visceral no clube cultural sem honorários nem benfeitorias e os livros publicados por uma editora menor e sem lançamento internacional. Ainda apontava as deformidades nos cantos do papel, os defeitos gráficos no miolo e a gramagem resumida da capa, sem uma ilustração gloriada e tentadora. Apesar do riso flamante de homem amador, gostaria ainda de vê-la em roupas mais feminais, os tacões subidos a avisar maior altura e os cabelos compridos e estendidos nos secadores das cabeleireiras. Também o colar de pérolas, as blusas acetinadas em tecido dourado e carmesim. Laura não parecia entender muito da engrenagem do triunfo. A prudência engenhosa com o estado de florescência do inimigo, o temperamento impulsor da aspiração e o respeito obediente pela grandura dos homens maiores. O frenesim dos desafios e rivalidades enervavam o peito, num avivamento muito chegado ao ato raivoso do coito animalesco. Poderia ser uma besta. Um míssil. Também um homem avolumado. Mas a rapariga da revolução parecia-lhe mais minguada a cada dia. Apesar do amor absoluto e da alegria pulsante, Manoel considerou precisar duma mulher que se ampliasse à sua medida. Assim repetia no mais privado do seu entendimento. *Preciso duma mulher maior, Laura. Que se levante à altura dos homens grandes.* E ela continuava a entregar-se com a completude dum poema exemplar.

101

Os livros duram para sempre, pai. As flores, até as mais rebentadas e esplendorosas, compram-se em processo de morte.

Ao homem floreiro incomodou mais o verbo da negociação do que a frivolidade do comentário. Ainda demorado no enterramento de bolbos em vasos compridos, poderia ter dito que os livros apenas se avivam quando um homem os incorpora. Um livro que nunca tenha sido tocado é também matéria esplendorosa em decomposição. Como os homens. Todos eles. Até o mais elevado. Mas José Luz entendia que nunca poderia falar com precisão sobre livros. Apenas de flores. E, mesmo assim, com a prudência dum sabedor sempre incompleto.

102

Na livraria, o grande editor começava a curvar-se ao peso natural da idade. Com o acabamento do regime e dos acordos nos gabinetes e outros corredores da Assembleia, todo o alento de comerciante e elevado conselheiro tinha sido domesticado pelas aragens populares do novo entendimento político, que lhe parecia sempre mais baldio, infrutuoso e até deplorável. Com o recuamento do senhorio, Manoel encorpou o levantamento da Bem Comum no mercado livreiro, com publicações ligeiras para renovar sopros antigos e ideias reavivadas para a exposição da montra e consagração do lugar na agenda cultural da cidade. Quando o curvado editor telefonava a avisar que ficaria em casa com a senhora dona Ofélia, num amor rebentado em tempos de caducidade, comprava revistas estrangeiras e ficava no grande escritório a anotar novos sentidos e aparências para a casa dos livros. Parecia importante reformar a loja para uma também galeria, com paredes brancas e lisas para pendurar telas e retratos, e também com um canto mais feminal, dedicado à venda de postais, livros de culinária e até dedais com desenho inglês. Quando mais acalmado do processo frenético de ampliação da livraria, apontava também ideias modernas para a casa das flores. A eleição duma ordem floral por semana com preço encurtado, a escrevedura duma lista com o simbolismo de todas as flores prováveis e a entrega de composições enfloradas com recado amoroso por remetente anónimo. Ao cair da tarde, conversaria com o pai floreiro, que, apesar da oposição romântica aos avanços hodiernos, já tinha concordado com as promoções ao sábado para os ramos em risco de decadência e a contratação dum estafeta pelo custo de meio homem.

Apesar da circulação tipográfica ter acabado, a Bem Comum começava a ampliar as vendas e também as publicações, imprimidas em oficinas mais amodernadas e até convincentes, depois do desmaio mercatório com a revolução de abril. O senhor Prudente aplaudia o labor do rapaz homem, estendia sempre mais o salário do novo governador da livraria e até incentivou a compra dum apartamento na avenida principal. Manoel andava encantado e poderia dizer-se verdadeiramente maior. Em altura. E espólio. Continuava a gostar dos movimentos da chave metálica do automóvel, do letreiro quase manifesto de homem gerente e de estar a alinhavar o seu livro inaugural, mais racional do que gostaria, mas com o consentimento do grande editor. *Breviário sobre o Mercado Livreiro em Portugal.* Ainda sem ter celebrado a terceira década de vida. Ficava deslumbrado com os convites para estreias e aberturas, também para reuniões e representações em feiras internacionais. Madrid. Roma. Copenhaga. Com outros homens de fato e colarinho, gravata ou laçarote, a perguntarem pelo senhor Prudente. Apurou o verdadeiro tamanho do grande homem. E teve vontade de ampliar-se ainda mais. Na cidade, andava em visitas a andares restaurados e aperfeiçoados, com porteiro e elevador, salas envidraçadas e banheira com esguichos de água. O editor acenava com a cabeça, contente. Manoel sentia-se muito agasalhado nos braços mais lassos do antigo livreiro, como se ele fosse uma grua corpulenta que o levantava sempre mais ou um sinaleiro erudito a avisar o mais perfeito caminho. Chegou a considerar que tinha sido relativamente fácil. E explicou sempre com o provável talento da cabeça. Nunca com o despropósito da sorte. Ou outras circunstâncias que poderia ainda desconhecer. Inesperadamente, impressionou-se com um apartamento minúsculo mas confortável no terceiro andar dum prédio antigo virado à grande praça. O subido editor acenou com a cabeça, novamente. Sem perguntar ao rapaz nem à senhora dona Ofélia, o senhor Prudente adiantou um sinal de compra ao empreiteiro e afiançou a Manoel que acreditava muito no seu engenho para recuperar o investimento com brevidade. O rapaz avermelhou-se. Com um compromisso ainda maior. Mas acreditava também nas duas mãos que tinha, muito polidas pelo homem floreiro, que sabia tanto do movimento dos dedos como dos acúleos das flores mais bravias, e instruídas pelo grande editor com alianças soberanas pelo mapa universal. Estava empolado para contar ao pai. E a Laura, claro. Ao cair da tarde, a livraria ficou ao cuidado da nova rapariga e ele adiantou-se para chegar à casa das flores ainda com a luz natural. O livro estava muito perto de ser editado e tinha agora uma morada na avenida principal, com radiadores de calor e uma sala com vista para a grande praça. Estacionou o automóvel como tanto observou o editor fazer e entrou, num corpo bem vestido e vivo, na casa das flores. No tabuado, pés a mais. Como se o exercício da flor da semana tivesse já efeitos convincentes. Misturou-se. Ao fundo, depois do balcão, a mãe Aurora mecanicamente levantada. Procurou o homem floreiro, com o coração enervado. Apesar do fato bem vincado e da mala com os rascunhos mais revisados do livro, começou a afastar freneticamente os corpos até encontrar o pai palidamente deitado no chão. Curvou-se, sem se importar com a mala a cair no velho soalho nem com as costuras a abrirem no casaco de tecido fino. *Pai.* Sacudiu a cara do homem ainda tão sereno; nas mãos, um braçado de jacintos. *Pai.* As outras criaturas recuaram, um senhor de chapéu pedia ar. *Comprei uma casa, pai. Venho para levar-te a ver as vistas.* Pousou a cabeça no peito do homem morto. *E o meu livro, pai. O meu livro está quase pronto.* Chorou, desconsoladamente. *Pai.* Quando os homens da emergência se encurvaram, já o vendedor de flores estava arrefecido. Manoel Luz pegou na mala com os rascunhos revisados, olhou demoradamente para a mãe fleumática e saiu, desalinhado, da loja. Apesar do entendimento impreciso pela incisão profunda de dor, sabia onde poderia estar Laura. E Antoine. Despido de vanglórias, apresentou-se na galeria com o corpo fraco, partido e infinitesimal. O pintor francês recuou e a mulher da revolução ocupou os braços sagrados com a metade do homem livreiro. Com os lábios domesticados, beijou a pele de cada dedo. Sem usar o vão da boca para declarar a mais imaculada palavra. Manoel engoliu a dádiva, disciplinado. Ficaram horas assim até ao falso tempo do funeral.

103

A casa das flores ficou fechada. Manoel inclinou-se pelas escadas, a mãe ainda no balcão com a tesoura de poda nas mãos. Incomodou-se. Com o interior desenflorado, achegou-se ao corpo estático e segurou no cortante metálico. Numa língua despejada de verbos, o homem filho atou os dedos nos dela e andaram, numa afinidade inesperada, até ao andar subido. Manoel sentou-a no sofá modesto. Sentou-se, também. Depois, em alinhamentos partidos, contou do apartamento minúsculo que tinha acabado de comprar. A mãe Aurora continuou parada. Apenas um fio corrido pela cara. Levantou-se. Nas mãos, o retrato do marido floreiro. Também Manoel não sabia ainda como sobreviver. Na livraria, o editor abraçou-o, pai provisório, mas nenhum outro par de braços parecia tão completo como o do homem das flores. Dentro, uma fenda. Ou um buraco. Fraco ainda, convidou Laura para o acompanhar nas mudanças. Que viesse viver com ele. Ou perto dele. As dubiedades sobre a conveniência duma mulher de poemas na sua vida ainda ardiam mas Laura tinha a devoção de que precisava para se recuperar. Ela, sem ouvir as prudências dos outros, deslocou-se. Por fora. Mas também por dentro. Uma mala resumida de roupas e os cadernos rascunhados numa caligrafia de impulso. Toda a outra bagagem seria um amor destinado, também perigoso, e a força duma rapariga que pensou a revolução. Vivia para ele. E para as disposições dele. Tempos. Beijos. Aplausos. Particularmente aplausos. Sabia do livro inaugural de Manoel, da contagem para a dianteira publicação. Ele, ainda em emendas e apontamentos, num retiramento doentio. O corpo dobrado começou a levantar-se. Na boca, novamente o palavreado sobre o tamanho dos homens. E os procedimentos para ampliar altura. O andamento ficou mais aligeirado, os dedos enervados, o coração impaciente. Os convites. Os telefonemas. As inaugurações. As reuniões. E todo o movimento dum homem de negócios. E escrevedor. Ela entendia. Ou simulava entender. Com o propósito maior de curar o livreiro da morte do pai de dedos perfumados, continuou a cumprir cada ato afeiçoado. Na mesa. Na cama. Na rua. Com uma paixão completa e sem os impedimentos da lucidez. Parecia sempre tão descomplicada. Livre. E sem o apavoramento da pretensão. Quando Manoel se experimentou recuperado, numa aparência muito mais vertical, sentou-se no sofá moderno. Falou, sem vírgulas.

Laura.

Ela acenou com a cabeça.

Preciso dum tempo comigo.

Ela acenou, novamente. Depois, pousou as mãos no ventre e levantou-se. Ele nunca terá suspeitado de que Papoila já se formava nas infusões poéticas da mulher.

104

Manoel, cuidado com as crias indesejadas.

O rapaz livreiro incomodou-se com o apontamento do editor.

A carnalidade amplia o espírito, mas um descendente incalculado pode sufocar o génio. Fica um homem levantado em metades, entre o remordimento pelo erro e a afeição pelo bastardo. Nunca mais se poderá ser uma criatura por inteiro.

Ao discípulo veio a vontade de perguntar ao senhor Prudente pelas raízes do entendimento sobre a procriação. Parecia saber de corpo a bestialidade de ter frutos inesperados. Ou abastardados. Mas reservou a língua. E o coração. A verdade pode perfurar tanto como o engano. E tinha um amor maior pela senhora dona Ofélia, com o colar de pérolas sobre a blusa acetinada a avisar altura e divindade.

105

Ouvia a criança a falar com Elena no quarto e ainda perguntava a verdade da circunstância. Muito inesperada. Duvidosa. E até ridícula. Esperava acordar, espantado, transpirado, mas sem a morte do grande editor a complicar a futuridade, a rapariga moldava com raciocínios instruídos e o rapaz louco das biografias com comportamentos de perseguição. Nem a filha em metade com o pintor francês. Recuou. E ficou a contemplar a criança com ares tão divinos. Gostaria antes de livrar-se da doença de Laura. Respirou. *Laura.* Com o coração fraco, calculou que a emigrante de Leste poderia ficar por maior tempo. Apesar do apartamento minúsculo, a parecer ordenado para uma única criatura, estava convencido que o peito sufocaria num amor desabitado. A maquinaria de dentro pedia a multiplicação, como no senhor poeta. E nenhum homem poderia viver orgulhosamente só. A menos que inventasse uma multidão subordinada no interior duma cabeça demente.

106

O ar despejado circundava cada partícula do corpo e das coisas. Também as poeiras, num descair lento e embaçante. Com as camisas e as gravatas acumuladas no cesto da roupa conspurcada, conformou-se às mãos muito perfeitas duma empregada que vinha nas horas combinadas. Também desacertadas pelas dele. Gostava de rodar a maçaneta da porta e entrar numa ambiência que lembraria os apuros da rapariga revolucionária, assim o fingimento que teria sido ela a compor as flores na jarra de vidro e a alinhar as camisas pela tinta e temporada. Encobria, ilusoriamente, a ausência de Laura. Mais doloroso seria comprovar o erro por ter deformado o caso de amor. Raciocinou, depois, que poderia ser mais proveitoso recuperar o deslumbramento dela mas, numa pontaria inexplicável, o grande editor acabava sempre por afiançar avisos e profecias sobre bens e granduras que lhe embargavam o propósito das pernas. Com as chaves no bolso, consentiu encantar-se por uma mulher de curvas avolumadas e vestidos apertados no redondo das ancas. Os cabelos em labaredas mais pareciam arder nos lençóis encardidos do motel. A boca, fácil. E os dedos nunca poderiam compor o verso mais simplório mas sabiam manipular a fortuna dum pai cônsul reformado que estaria fechado em casa com suposições hipocondríacas. No quarto, Manoel manuseava o corpo anafado com o desejo dum bicho, mas sem a caixa torácica se completar pela bafagem dum amor verdadeiro. Ela inflamava-se mais pela vulgaridade do quarto. O colchão imundo e flácido, as cortinas rompidas e as paredes com buracos no reboco. Para ele, um procedimento cauteloso para uma intimidade maior.

Raramente se viam ajuntados na rua. Numa manhã transpirada, a uns metros do ordinário motel e em linha direita com uma estatueta levantada aos combatentes da Grande Guerra, a mulher de fogo procurou a mão dele. A respiração do homem livreiro apressou-se. Num gesto impulsivo e mal fingido, apontou ridicularias no céu. Livrou-se do nó sufocante. Desapertou o pano na garganta, também. Na cabeça, Laura. A plenitude de Laura. Com os pés a calcar o tapete da casa dos livros, inventou teorias e fórmulas para explicar a urgência de estar, novamente, só. Mas a mulher de fogo continuou a vistoriar a livraria, a segredar ao ouvido o número do compartimento público e a lamber os lábios fleumáticos. Silabava ainda o apelido do cônsul cismático e o comprimento da esperada fortuna. Manoel, obediente e apoucado. *Laura.* Continuaram a ver-se. A engolir-se. Até, entediado, resolver a imprudência dum amor leviano com a falsidade nos dentes. Numa tarde adiantada, curvado ao balcão para pagar o uso do colchão imundo, depois de mais uma cópula mecânica e desinflamada, informou a mulher de fogo que estaria em viagem. Por um aumentado intervalo de tempo. Ela pendurou-se nos ombros, ele chamou um táxi. E adiantou-se pela rua depois de ter acenado ao motorista. O corpo enervado, muito certo. A vontade de falar com Laura tinha transbordado como a água nos bidões de plástico em anos de chuva. Lavou-se da outra mulher. Perfumou-se, até. E encaminhou-se para o clube cultural ainda provisório com a determinação de que a convenceria do seu lugar tão principal. Não levaria flores, pela morte ainda perfuradora do pai floreiro. Livros, de poesia. Um do homem multiplicado, numa nova edição de capa dura com prefácio e apontamentos dum analista celebrado, e outro dum senhor estrangeiro, com a boca tão aplaudida por se manifestar contra o armamento dos soldados através dos vocábulos. Sabia que Laura ficaria alegrada. Estacionou o automóvel num palmo geográfico proibido, o movimento da chave no bolso. Entrou no coberto também minúsculo e ainda tosco, o cheiro a tabaco barato e o pó acumulado na mobília estragada. No estrado improvisado, a voz completa de Laura. Andou em círculos, respirou. Incorporou-a. Com os braços trémulos, recuperou o riso por ter a rapariga da revolução mais perto. Depois, avançou pela abundância de apreciadores, o coração nervoso.

Com as esferas oculares vivas, espantou-se. A mulher dos poemas com o ventre empolado. Ainda contou pelos dedos. Enganou-se. Voltou a contar. Antoine também no estrado no verso de fechamento. Os aplausos dos apreciadores. O curvamento dela por gratidão. E o beijo do pintor francês. Poderia jurar que o estrangeiro a beijou nos lábios, num ósculo muito usual. Recuou. Rabiado. Desapontado. A aparentar-se maior numa falsa altura. *Puta.* Saiu, raivoso, e começou a andar pela rua sem ordenamento. *Puta.* Com os lábios feridos, voltou ao clube cultural para descompor a declamadora vadia e o pintor medíocre. Laura circundada, num contentamento limpo. Voltou ao automóvel. Com o punho, espancou a chapa lavada. Assim o senhor Prudente em tempos de enervamento. As pálpebras, húmidas. E a saliva a cair duma boca desfigurada. Conduziu até ao prédio antigo. Depois, já na grande praça, sentou-se ao balcão do primeiro bar e pediu uma bebida breve mas corpulenta. O servente de avental acenou com a cabeça e veio com um copo de gin tónico. Pediu outro. E um alinhamento deles pela noite dentro. Com o coração intoxicado, levantou-se. Carregou o corpo pela escadaria até o terceiro andar. Laura estava literalmente despegada da vida dele. O líquido incolor começaria a entranhar-se todos os dias.

107

Soube, depois, que, durante o medrio uterino de Papoila, a rapariga mãe rascunhou outro caderno de poemas, publicado no ano imediato como *Bendito o Fruto – As Mulheres e as Poesias de Dentro.* Também o ano em que terá sido convencido pela enfermeira de apoio a internar a mãe Aurora numa casa de recebimento. A loja das flores cheirava a bolor. E a ausência. A mulher mãe, sem a porção de lucidez precisa para cuidar do corpo pesado, plantava bolbos pelo chão e espetava tesouras de poda no sofá modesto. Nas mãos, o retrato do marido floreiro. Na cabeça, um par de homens. José. E Eugeninho. Manoel, muito espantado. *Eugeninho.* Nunca mais a mulher mãe terá silabado o seu nome. E todos os nomes da rua secundária. Ficou depositada na loucura, avivada apenas para falar com euforia sobre pérolas, o marido floreiro ou o outro vivente de quem nem se sabia a linhagem. *Eugeninho.* Acenou com a cabeça e a mãe foi levada por dois assistentes de bata branca. Subiu, novamente, ao primeiro andar. Com as mãos tremidas, manuseou as cortinas empoeiradas para abafar a claridade e impediu os ares ventilados ao atravancar as janelas de vidro. Na loja, rodou o corpo. Depois, num impulso colérico, trancou a porta dum azul forte e futurou que o prédio das flores tinha sido visceralmente fechado para sempre.

108

As Papoilas Bravias

As papoilas
raramente
obedecem à mão dos homens.
Afloram, assim,
num rebentamento vivo,
por terras inesperadas,
até indesejadas,
tão bravias
como o ventre duma mulher.
Podes até desraizar do chão areado
um braçado delas em flor,
acomodar as hastes despontadas
num vaso com turfa estrumada e mais de amor,
mas o coração arisco das papoilas
tem um batimento estrangeiro,
raramente obedece à vontade do jardineiro
ou desejo dum qualquer senhor.
Esta cria, também tua,
apertada neste interior
aguado só meu,
é mais do que a perfeita criatura,
um segredo,

o fruto num arvoredo,
um campo de papoilas bravias
que podias
ter esperado
sem que, em ti, desabasse o céu.

Laura

109

Ficou claro que as raparigas ocupariam o quarto com armário para conformar os vestidos e as virtudes e uma cama apropriada de lençóis brancos. Ele amoldaria, finalmente, o corpo ao sofá moderno. E inconfortável. Assim a cabeça, ainda. Com a vinda de Papoila, o pasmo maior pela imposição do acaso. Ou o imperativo dum futuro incalculado. Para o livreiro, a evidência do poderio de cada procedimento, a lembrar o método rigoroso da catalogação de borboletas. O mais ingénuo ou imprudente movimento poderia apresentar-se, na futuridade, com todos os seus efeitos e defeitos. Também o amor de Laura se manifestava depois de separado por processamento lógico. Ou, ridiculamente, amputado pela privação de cuidados. Começou a chover. Manoel, encostado ao vidro a medir os pingos tão comprimidos que completavam a atmosfera, numa polpa aguada que seria o céu. Ensimesmado, inclinou-se pelas escadas do antigo prédio para se sentar ao balcão do bar. Acenou ao empregado de avental, que cantarolava uma ode popular. Com o pano conspurcado ao ombro, serviu um copo de gin tónico aromado com casca de limão aprontada no descascador de tubérculos. O livreiro encurvou a boca. O rapaz de avental informou.

Aprendi numa revista, senhor Luz.

O homem dos livros levou o líquido aos lábios. Riu-se, agradado.

Tanto para aprender nas revistas e dedicas a tua leitura a descascar limões.

O empregado retomou o procedimento de limpar com cisma todos os copos de vidro. O livreiro virou o corpo para a praça. Numa gabardina maior e inundada, o rapaz louco. E a mala de pele rompida, protegida pelos braços. Manoel confirmou no relógio de pulso. Cinco horas depois do tempo combinado. Apavorou-se. Num impulso incomodado, virou novamente o corpo para o balcão. Explicaria depois a ausência com a morte do aconselhador principal ou a visita estrangeira no apartamento minúsculo e a vinda duma filha inesperada. Também a doença na mulher de sempre. *Laura.* Comovido, vincou uma nota de papel e levantou-se, sem aviso, do banco alto. Num andamento muito preciso, achegou-se ao rapaz das biografias emoldurado pelas árvores antigas da grande praça. Apesar do lapso do homem livreiro, o rapaz contentou-se. Aliviado.

Sempre veio.

O homem ficou com o coração dolorido.

Estás encharcado. Anda beber um chá morno.

O rapaz abanou a cabeça.

Vou para o Palacete. É quase hora de me dedicar ao apuramento inventivo.

O homem tocou no ombro do rapaz magro, que recuou.

Tive um imprevisto. Desculpa.

O rapaz acenou com a cabeça.

Podemos marcar um novo encontro?

O homem ainda duvidou.

Claro. Na livraria.

O rapaz acenou com a cabeça, novamente. Depois, falou com excitamento.

Tem vontade de conhecer o Palacete?

O homem aprovou, num movimento contido e ainda duvidoso.

Vai gostar.

O rapaz tirou um papel amarelecido da mala e, com um lápis convenientemente afiado, desenhou um esboço do roteiro. Devolveu-o ao homem, alegrado.

É muito simples. Esperarei por si.

Pelos assinalamentos, parecia um ponto geográfico impedido aos homens comuns. Nunca o rapaz das biografias poderia viver numa casa em ruínas. Manoel contemplou o outro com demora. Falou, ainda com o pasmo nos dedos.

Em cinco dias?

O rapaz acenou com a cabeça e começou a andar, a gabardina tão maior para o corpo e um riso exagerado para o estado. Manoel falou mais alto.

Como te chamas?

O rapaz virou-se, sem descontinuar o andamento.

Hélio, como o elemento químico.

O homem riu-se.

Hélio?

O rapaz acumulou a informação.

Número atómico dois. Muito mais leve do que o ar.

E não se ouviu outra palavra.

110

Manoel acomodou o rascunho do rapaz no bolso interior do casaco depois de ter apontado o dia para se apresentar no palacete. *Em cinco dias.* E sentou-se no sofá moderno com a crónica inacabada e alguns copos vazios na mesa de apoio. Inclinou-se. Tinha muito a pensar com a vinda de Papoila e a vontade por Elena. Ouvia as vozes feminais no quarto. A rapariga estrangeira que dormia na praça e a filha de corpo domesticada pelas mãos do pintor francês. Riu-se. Incrédulo. Com os dedos na cabeça, concluiu que seria um cenário muito imprevisto para um homem livreiro com triunfo. Ainda sem condição interna para calcar o soalho recuperado da Bem Comum, ficou parado no assento de tecido, num estado fleumático. Como a mãe Aurora. Estimou voltar ao balcão do servente com uma garrafa de gin tónico desimpedida mas Elena veio para a sala com a criança aprontada. O homem complicado levantou-se. *Tão sublime.* Ficou com as esferas oculares suspensas na filha inesperada, dez palmos de esperteza e mistério. Calculou que poderia ser verdadeiramente filha dele. E dela. Elena. Ou Laura. *Laura.* Ainda calados. A rapariga moldava, na sua naturalidade tentadora. E Papoila, com a aura poética da mulher mãe. Ele, tão estático, continuou a respirar cada partícula do lugar ainda mais minúsculo mas muito mais completado.

Luz, tal-vez a Pa-poila gos-tasse muito de conhecer a casa das flo-res.

Manoel formou o riso num movimento mecânico. Acenou com a cabeça, obediente. Ainda num procedimento automático, pegou no braçado de chaves da gaveta do móvel no corredor das borboletas inanimadas. Depois, contemplou demoradamente a criança com o vestido de pano e o casaco de lã. *Tão sublime.* E, inesperadamente comovido, continuou. *Assim um abreviado deus.* Com o sopro inspirador, veio também a vontade de manusear os cabelos delicados, contornar os braços finos e registar todas as particularidades da alma. Ou do material anatómico que avisa o génio e razoamento. Sabia que o pai ficaria enflorado pelo prolongamento da linhagem, num convénio afeiçoado com a rapariga Laura que tanto aplaudiu. E propagandeou. *A Laura parece-me muito um molho de jacintos. Ou margaridas. É também terra principal para pores os teus bolbos. E veres ampliar cada rebento e aroma.* Manoel, ainda comovido. *Laura.*

Vamos?

Elena avisou.

Vou procurar em-prego. Po-dem ir os dois. Têm mui-to a sa-ber um do ou-tro.

Ele ficou incomodado.

Não, Elena. Vem também. Tens muito tempo para o emprego.

Ela acenou com a cabeça.

É sem-pre a hora cer-ta para adian-tar a vi-da.

A rapariga moldava curvou o corpo completo.

Vais gos-tar, Pa-poila. É um lu-gar má-gico. E vais sa-ber mais do teu avô.

Falou com o volume abaixado.

E do teu pai, tam-bém.

A criança contemplou o livreiro, atenta a cada deslocamento da boca e narinas. Manoel, com a caixa torácica atrofiada, percebeu o recado da emigrante. *É sempre a hora certa para adiantar a vida.* Sabia-se espiado pela filha imprevista e, num primeiro gesto de amor, obrigou-se a fabricar um riso mais agradável. E genuíno. *Tão sublime.*

Vamos?

Ainda nervoso, esticou lentamente a mão grande e, a tempo certo, a criança atou os dedos minúsculos nos dele. Manoel melindrou-se com a energia potente a entrar pelo corpo, uma inundação de vida ou uma avaria na máquina cardial. Respirou, sobrevivente. Depois, com a outra mão, rodou a maçaneta. Usou as esferas oculares para reparar, novamente, em Elena, com o mesmo riso descomplicado e a pele limpa. Inclinou-se e, num impulso leviano, beijou a metade possível dos lábios polposos. Ela embargou o amor. Ele, avermelhado. E inesperadamente ampliado. *É sempre a hora certa para se adiantar.* Com os dedos milagrosamente atados, o homem pai e a filha imprevista avançaram pelas escadas do prédio antigo numa primeira declaração de absolvimento e lealdade.

111

O grande editor a ordenar a papelada para procedimentos de contabilidade.

És um sujeito contente, Manoel?

Ao rapaz homem pareceu uma pergunta muito calculada. Deformada, até. Descontinuou os apontamentos no caderno de encomendas e contemplou, demoradamente, o subido livreiro.

Tenho sido. Também pela bondade das suas mãos.

O homem antigo continuou a emparceirar recibos e comprovativos de pagamento.

E como me anunciarias: um mentor...

Falou, depois, com a língua mais complicada.

... ou um pai?

Manoel ficou pasmado.

O meu pai vendia flores, senhor Prudente.

O grande editor levantou a cabeça e encarou o pasmo do rapaz homem.

Preferias ter sido meu filho?

Manoel voltou a inclinar a vista para o caderno das encomendas.

É matéria sem preferência, senhor Prudente. Nascemos e pronto.

O grande editor sabia que não. Voltou a inclinar a vista para a papelada, também.

112

Os dias continuaram a levantar-se com o cheiro ameninado de Papoila e o amor contido pela rapariga moldava. Para o homem livreiro, o ato contemplativo das criaturas feminais pelo apartamento seria de maior importância para o órgão cardial. Acordado no sofá moderno, apreciava os pés despidos de Elena, em círculos pelo tabuado, nas leituras mais líricas. Também a circulação das mãos enquanto falava das desordens do mundo, com observâncias curiosas sobre o comportamento das nações para ampliarem o poder e a circunstância paradoxal da guerra. Ainda sem emprego para afiançar a propina da universidade, avisava a intenção de voltar a terras moldavas ou emigrar para um país mais favorável. *Dinamarca. Finlândia.* Manoel, apavorado. Se Elena teimasse no retorno à Moldávia ou numa partida para o norte da Europa, adiantaria o numerário para que ficasse. Explicaria o pagamento como uma recompensa pelas conversas apuradas sobre a crise política na Ucrânia e o proveito russo da Crimeia ou o duvidoso financiamento do califado islâmico. Se pudesse linguajar com maior ousadia, explicaria também a razão do amor. Mas esperaria o tempo certo, para acautelar a impressão de estar a subornar um coração solto. Na mesa de apoio, já sem os rascunhos da crónica nem o copo despejado de gin tónico, Papoila, aplicada a desenhar figuras geométricas e outras manchas inventivas. No papel branco, parecia inclinar todo o material interior. Via na filha imprevista a paixão da mãe Laura pelo invisível de todas as coisas. E a tendência pintural do pai emprestado. Com a rábia mais domesticada, Manoel esperava, um dia, também despertar em Papoila um talento especial.

113

Antoine ainda sem ter telefonado. Manoel começou a prever o pior.

114

Elena, cuidas da Papoila por mim?

A rapariga de Leste acenou com a cabeça.

Prometo voltar com a maior brevidade.

A emigrante falou com encantamento.

Vais fa-lar com o ra-paz das bio-grafias?

O homem livreiro acenou com a cabeça.

Por pena.

A menina falou com a mão atada na estrangeira.

Também tenho muita pena das borboletas mortas.

Manoel curvou o corpo.

Juntos, inventaremos a fórmula para que tornem a voar.

A menina acenou com a cabeça, avivada. O homem livreiro teve um impulso para beijá-la. Ou acomodá-la nos braços. Esperou que o batimento cardial acalmasse. No corredor dos insetos emoldurados, voltou a contemplar a sala inundada por um sopro de luz. E as criaturas inesperadas. Poderiam ser suas. A estrangeira erudita. A filha tão sublime. Ofuscou-se. Deveria ser este deslumbramento o verdadeiro amor que tanto o homem floreiro se esforçou por explicar.

115

Ficou pasmado por confirmar a suposição. O rascunho fabricado pelo rapaz comandava o visitador precisamente para a grande casa senhorial, de paredes num rosado antigo, também desbotado, e tantas heras corpulentas a comerem o que se presumia haver no interior. Ouvia-se pelas ruas a biografia, provavelmente inventada, do homem do Palacete Rosa. A grande casa senhorial teria sido obra encomendada a um engenheiro francês, bem falado por linhagens aristocratas, pelo respeitoso doutor Albertino Bento Maior, senhorio dum ampliado interesse em dedicar-se ao enaltecimento do luxo e do belo. Filho desirmanado duma secretária e dum vendedor de peças metalinas para instrumentos de medição, vindos dum povoado mais a sul depois dos aplausos ao tombar da primeira guerra, alegrou-se com os criadores de origens fracas mas inteiros na vontade de celebrar a modernidade e ordenar os escombros da miséria. A senhora mãe, sem estudos avolumados, alumiava-se nas casas de chá e saletas de cinema. O homem pai, de corpo vincado pelos labores na terra, dedicou-se ao futebol e jogos de casino. Os movimentos culturais estavam nas mãos do operariado. Veio a Liga Republicana das Mulheres Portuguesas e podiam ler-se romances e banda desenhada numa cadeira voltada ao rio a beber um gin tónico temperado com limonete. As saias das raparigas subiram um palmo, os cabelos também. O peito mais levantado nas blusas cintadas e os lábios colorados num carmesim vivo a avisar aos homens inovadores de avançamento racional o corrimento libidinoso nas veias das mulheres. Os ares urbanos podiam até ser mais imundos, os automotores, as cigarrilhas, os plásticos e as hipérboles, mas o povoado da inclinada ceifadora e do homem pastor ficou apenas um bafo na memória ou o mínimo ponto geométrico no mapa cardial. No consultório do senhor doutor, o rapaz Albertino brincou com lupas, afastadores e dilatadores lacrimais, estiletes, pinças e tesouras, microscópios com uma lâmpada e tabelas de leitura para inspeção da acuidade visual. O homem velho de bata branca tinha ficado encandeado com a agilidade nos dedos do filho da secretária. Com as mãos muito precisas de afinador, analisou o mapeamento da retina, também a sensibilidade ao contraste da luz e até a curvatura, espessura e profundidade da córnea. O rapaz tinha as esferas oculares perfeitas. E aclaradas. O senhor doutor acenou com a cabeça. Acostumou-se. Entusiasmou-se com a formatura do discípulo. Albertino Bento Maior veio médico, também. Com o alegramento vangloriado dos pais de estirpe medíocre. Ficou com alguns instrumentos do antigo consultório do patrão da senhora mãe. Óculos metálicos com lentes e escalas de medição, um desusado mas preciso *phoropter* para examinar os defeitos e aconselhar o graduamento para acerto da vista e um aparelho mais moderno para cálculo da pressão ocular. Também Albertino se enamorou tanto pela função terapêutica como pela aliada grandura. Mais do que a cura da matéria corporal, pretendia a subida do raciocínio. Contavam as bocas que o homem doutor iluminava o mundo das criaturas escurentadas pelas cataratas e outras deformidades. E aclarava os olhos até dos homens mais ordinários para reconhecerem as propriedades superiores da arte e erudição. Mesmo durante uma cirurgia, a remover o cristalino opaco que impedia a passagem da luz, o doutor Albertino Bento Maior falava aos cegos sobre a musicalidade numa composição para cravo de Bach ou as mãos futuristas de Santa-Rita Pintor. Até a executar uma incisão milimétrica na parte lateral da córnea, por onde se manuseariam depois todos os minúsculos instrumentos cirúrgicos, assim como a nova lente ocular, o médico pedia aos doentes que imaginassem o grande painel de Picasso sobre o bombardeio em Guernica ou as narrativas contadas numa coreografia composta e dançada pela visceral Pina Bausch. Quando o tempo se estendia, declamava ainda um poema da fervorosa Florbela ou do homem vertical com apelido de urze montesina. Fora do consultório, terá sido dos primeiros a cumprir uma principal exposição de faiança portuguesa em terras estrangeiras, Berlim e Oslo, com peças das fábricas e oficinas de maior celebridade no país. Na seiva encorpada, a vaidade em ser europeu e, quase sempre, em ser português, de inspirações muito republicanas e princípios filantropos. Publicou na imprensa de Medicina muitos artigos sobre estrabismo e tumores oculares, mas terá sido também convidado a escrever para revistas e catálogos de Arte Antiga, Pintura e, particularmente, Faianças e Porcelanas, possuidor dum ajuntamento privado muito completo e invocado para visitas de património por elevados governantes e até figuras do pensamento filosófico internacional. Patrocinou ainda a publicação de livros como *Pinturas Modernas Portuguesas*, *Heranças e Faianças* e, apesar de não ter conservado a vida para comungar o seu lançamento, *A Arte Portuguesa em Cem Nomes*. Também grande desportista, praticou com relativo ardimento a agilidade do ténis, campeão nacional da modalidade em mil novecentos e trinta e sete, e com uma mão de taças no manuseamento do florete em torneios de esgrima. Depois, terá sido convocado para ser o homem maior na frente curativa das colónias de África. Ficou acomodado em tendas com camas de rede e soldados vendados pela detonação de engenhos explosivos e excesso de fé. Minas, fluídos avermelhados, braços e raivas. O senhor doutor Albertino começou a delirar pelo cheiro a morte. Da matéria corporal. Mas da alma, também. E a duvidar da conveniência das telas coloradas por dedos inventores, das composições sublimes muito ouvidas na grafonola, ainda das aperfeiçoadas pinceladas nas faianças e porcelanas e até do bafo inspirador em cada livro. Apesar de recitar poemas de cor, continuavam a chegar homens com pernas rebentadas e crianças inconscientes com o coração a esguichar. Com as bombas a estourar nos ombros, usou um caderno muito elementar, sujo pelas veias cortadas e outros líquidos da vista, para compor versos de complicado entendimento. *Dois homens num bombardeamento: a um, o cheiro a morte; ao outro, a vitória.* Numa outra página, com a caligrafia mais tremida. *O excesso de luz tanto abacina a vista como um manto de escuridade.* E com apontamentos pouco legíveis no papel despedaçado. *A vontade de ser grande faz das esferas oculares um binóculo deformado.* Veio mais curvo, redondo, opaco. Com um relatório rubricado a confirmar a insuficiência racional. Nas ruas de flores e armas, os ganidos dos fabricantes da revolução. Na cabeça, ainda os petardos e o fedor dos homens feridos. Ao entrar no palacete, cumprimentou os pais e os pais dos pais que pareciam andar pelos corredores. Também os soldados rebentados e sem salvação. Falavam por bocas sem vida. Albertino ouvia, atento, e continuava a apontar no mesmo caderno simplório ainda com laivos da guerra. *Depois do desvio da retina pela estupidez da idade adulta, só voltamos a estar inteiros quando no posicionamento fetal da morte.* Com a mesma precisão. *Calcar as terras e as raízes é a maior cura para os males da vista.* E com um diagrama esboçado a lápis do redondo ocular. *Todos sofremos duma certa cegueira: desengane-se aquele que vê um cego e se comove, pois também ele tem em si uma doença visual.* O grande palacete começou a parecer um habitáculo descabido e imaginava muito as memórias contadas da terra dos pais dos pais, com a miserável casa caiada num estendido de sobreiros e o cão rafeiro a ladrar ao carteiro de bicicleta. Numa mala muito abreviada conformou os bens principais: um braçado de livros, uma chávena de porcelana e uma manta de lã. Sem trancar as opulentas portas e janelas do casario senhorial, saiu num andamento gracioso de vivente que sabe o caminho. A casa da aldeia num branco encardido seria agora o universo, sem os exageros e as redundâncias do palacete, só os uivos dos lobos e um véu de estrelas. Talvez o cão rafeiro ainda o esperasse na soleira, também os corvos escurecidos e cismáticos nos sobreiros. Na parede de acabamentos rudes, uma janela humilde virada aos compridos prados, sem a ardência escusada dos esplendorosos candelabros e luminárias nem o conforto excessivo das poltronas aveludadas e dos tapetes de seda estrangeira ou o apuro vaidoso da louça pintada à mão com chá inglês e biscoitos de manteiga. *Não temam o escuro porque fomos feitos para ver depois da claridade.* E, num palmo de papel, com a caligrafia mais deformada. *Tudo o que parece ausente, afinal, também vive.*

O Palacete Rosa começou a ser engolido pelas heras e outros prolongamentos naturais. As bocas maiores avisavam do material faustoso sem abrigo da chuva, o mobiliário em madeira especial e as compridas teceduras com caruncho, os manuais inundados e as porcelanas feridas. Mas só os loucos ou criminosos se aventurariam a apoderar-se da morada antiga, com as paredes rosadas a desabar e os braços florais das desmedidas árvores a entrarem por todos os abrimentos. Também Manoel se acreditou louco por ter concordado em calcar o chão da grande casa.

116

Senhor Manoel Luz, bem chegado ao Palacete dos Poetas.

O rapaz curvou o corpo magro e apontou para o casario de aparência imperiosa. Na saliva, o ardimento vindo dum coração ingénuo. E alienado. O homem livreiro, ainda pasmo. A levantar-se diante da vista, o palacete desfigurado pelas unhas da decadência. Hélio continuou, vibrante.

É neste olimpo que tudo acontece.

Ao homem livreiro veio a pergunta de como sobreviveria o rapaz das biografias na grande casa, com as paredes tão furadas e as heras a entrarem pelas fendas e outras aberturas. Ao redor, o que sobraria dum jardim botânico devorado pelos verdes mais bravios e que o peculiar habitador chamou Respiráculo de Revivescência, uma experiência de depuração do corpo. Na casa senhorial, uma porta subida com um redondo vidrado e tantas janelas alinhadas em pedra antiga e floreada. O rapaz avançou, delirante, para o palacete desocupado. No interior, uma escadaria em madeira que daria para o andar superior e, no alto, também rebocado com flores decorativas, uma cúpula em vidro a consentir um banho de luminosidade.

Estamos no Ponto de Incorporação da Luz, o homem depura a ideia.

O rapaz estendeu os braços finos e, num respiro ampliado, rodou o corpo.

Experimente, Manoel Luz. Experimente.

O livreiro fechou os olhos por um instante e, depois do abrimento, tudo se conservava disparatado e até imprudente. O rapaz voltou a falar com o mesmo frenesim, num andamento precipitado para uma grande sala com trepadeiras engolidoras e silvos de vento. Num espanto contemplativo, Manoel reparou imediatamente nos tetos estucados, com frescos empalidecidos, também nos compridos armários com livros antigos, nas poltronas aveludadas achegadas a uma aumentada lareira, na mesa comprida em pau estrangeiro com dez cadeiras bem buriladas, nas tapeçarias provavelmente persas pelo chão usado a combinarem com as cortinas muito sujas mas pomposas a tombar dos varões com acabamentos dourados.

A nossa sala principal, a Poetaria, para leituras de preparação e abertura do pensamento.

Manoel ainda reservado. Achegou-se, por instinto, ao enfiamento de lombadas nos armários imponentes da sala faustosa. Pasmado, silabou títulos raros e valiosos que sabia das idas a leilões com o grande editor. Perguntou se podia manusear os livros. O rapaz consentiu, com toda a naturalidade. *Exercícios de Virtude e Perfeição*, dum padre de nome maior sobre os princípios cristãos, ainda do século dezoito, encadernado em pele tingida com letras douradas. *Jus Canonicum Universum*, de Anacleto Reiffenstuel, um tratado de direito canónico de seis tomos, em quatro volumes, também do século dezoito, num estado bem conservado e precioso. *Vocabulário Poético da Língua Portugueza*, para principiantes no uso da poesia, do século dezanove. *Análise da Vida Mental Portuguesa*, de Fernando Pessoa, primeira edição, um ensaio invulgar com composições do poeta sobre a civilização moderna, e que o homem livreiro nunca tinha tocado. Ou imaginado. *Descobrimentos Portugueses*, também primeira edição, pelo Instituto para a Alta Cultura, com a marca da Bem Comum, a meio do século vinte. *Bem Comum.* Ainda silencioso, veio, depois, a deslumbrar-se, numa das gavetas, com cartas manuscritas de políticos e escritores da história portuguesa ao proprietário, mais retratos, gravuras, mapas, folhetins e medalhas de honra. Numa coluna de livros ajuntados na grande mesa, *Elementos de Arithmetica*, de José Feyo, com a data precisa de mil oitocentos e vinte e sete, numa bela encadernação em pele vermelha, com dizeres dourados na lombada, largas cercaduras e as armas de Portugal, e outros mais virados para a

Medicina. *Armas de Fogo, Homicídio e Suicídio*, uma tese da candidatura ao grau de doutor apresentada na Faculdade de Medicina de Lisboa, em mil novecentos e trinta e seis, com fotogravuras e teorias explicativas da morte e da tendência do animal homem para a morte. *Armas de Fogo – Estudos de uma Arma de Fogo Portátil*, da Typographia do Serviço de Artilharia, de mil e novecentos, com o desenvolvimento do cálculo na determinação dos ângulos de queda, velocidade e duração da trajetória da balística com emprego na guerra. *Anatomie Pathologique en Ophtalmologie – Tumeurs Intraoculaires**, de mil novecentos e trinta e cinco, de Paris, impresso em papel avergoado e com uma ilustração interessante na capa estragada pela humidade. *Princípios e Práticas na Cirurgia aos Canais Lacrimais. Introdução ao Cálculo de Lentes Oftálmicas. Fundamentos da Neurologia da Visão.* Noutro armário, *Anais da Revolução Nacional*, da década de quarenta, dez fascículos soltos ainda por encadernar, ilustrados com um documentário fotográfico das movimentações políticas, religiosas e militares que consumaram, entre vinte e oito de maio e dezassete de junho de mil novecentos e vinte e seis, o golpe que formou a Ditadura Militar. Sobre uma das poltronas, *Cryptinas*, um opúsculo raro, de folhas gratuitas, com poemas eróticos publicados sem nome nem lugar, mas a insinuar as mãos do instruidor João de Deus. E *A Farsa*, de Raul Brandão, também dum ano de mil novecentos. O rapaz apontou.

As minhas leituras do dia.

Manoel ainda mais apavorado. Apesar dos plásticos a cobrirem um dos armários e outras peças de mobiliário, nem podia imaginar que tanto espólio de valor incalculável ficaria por mais tempo num casario em ruína. O rapaz provavelmente louco nem suporia o interesse patrimonial de cada palmo da herança.

Chá de camomila? Do nosso herbário, no Respiráculo de Revivescência. Muito perto do Oratório dos Interiores Fragmentados, a capela. Chá bendito, portanto.

O livreiro acenou com a cabeça. Numa mesa de apoio com o tampo de mármore, Hélio compunha o serviço de chá em faiança portuguesa,

* Do francês, *Anatomia Patológica na Oftalmologia – Tumores Intraoculares.*

também rara, de estamparia com vidrado, chávenas, pires, pratos, leiteira e açucareiro. Manoel continuou a anotar jarros, travessas, covilhetes, potes e uma grande lumieira para velas, mais os bustos, os pratos decorativos e as esculturas de animais fantásticos, uma fruteira em esmalte branco com um brasão em azul de cobalto e um tinteiro da Real Fábrica com inscrições num verde musgo. Na parede, reconheceu uma tela de Columbano Bordalo Pinheiro e outra mais abreviada que muito parecia de José Malhoa. Depois, olhou demoradamente o rapaz.

Inspirador, não acha, senhor Manoel Luz?

O livreiro, incrédulo. A vontade maior seria chamar o grande editor, investigarem juntos cada particularidade do ampliado descobrimento e ouvir dele os procedimentos mais sensatos e até proveitosos para informar os homens conservadores da cultura e do tesouro nacional. Mas o senhor Prudente estava morto. Assim o ajuntamento de arte se continuasse ao uso dos descuidados ocupantes do palacete e aos braços comedores das heras bravias. Falou, com agravo nos dentes.

É tudo propriedade da tua pessoa?

O rapaz ficou visivelmente desencantado.

Não, senhor Luz. Nada nos pertence, verdadeiramente.

O homem apontou para a sala.

E serves-te assim da matéria dos outros?

O rapaz verteu mais chá numa das chávenas de faiança portuguesa. O entusiasmo abreviou-se. Bebeu, calmamente. Depois, falou.

A dar continuidade ao pensamento dos outros. Somos um prolongamento de todos os homens, senhor Luz. Temos esse dever.

Manoel lembrou-se, inesperadamente, do riso descomplicado do pai floreiro e estranhou o abrandamento do batimento cardial.

Mas venha, vou ainda mostrar a sala mais íntima, reservada às Memórias ou Ciclos de Apontamentos Biográficos. É onde temos as conversas mais privadas para tirar os apontamentos precisos da vida dos nomes importantes. Como o seu, Senhor Luz. Como o seu.

O rapaz abriu uma porta mais resumida para a sala redonda com tanto vidro e uma intensa luz natural. Manoel cobriu as esferas oculares da claridade alucinante. Reparou, depois, nas duas poltronas num tecido sedoso, também na mesa minúscula com um abajur e um caderno rabiscado com caligrafia mal acabada. Nas paredes, alguns retratos antigos como se criaturas atentas e até conspiradoras. O rapaz apontou para uma das poltronas.

Sente-se, senhor Luz. Confirme o conforto deste ponto geográfico tão particular.

O homem abanou a cabeça.

Estou com urgências, Hélio.

O rapaz ficou abatido, numa maior curvatura.

Mas ainda faltam os aposentos da casa dedicados ao sonho, para as criações inventivas mais melindrosas. E secretas.

O homem virou o corpo e começou a andar para a entrada da grande cúpula.

Outro dia, Hélio. Outro dia.

O rapaz da gabardina ainda acelerou o andamento mas o visitador, declaradamente aligeirado, abandonou o palacete.

117

A loucura, longe de ser uma anomalia, é a condição normal humana. Não ter consciência dela, e ela não ser grande, é ser homem normal. Não ter consciência dela, e ela ser grande, é ser louco. Ter consciência dela, e ela ser pequena, é ser desiludido. Ter consciência dela, e ela ser grande, é ser génio[*].

Do homem multiplicado.

[*] Aforismo de Fernando Pessoa, no livro *Fernando Pessoa, Aforismos e Afins*.

118

Manoel andava em círculos pela sala, com a inclinação das linhas orbitais a denunciar exercícios de raciocínio e inferências prováveis ainda por autenticar. Elena achegou-se ao corpo frenético do homem livreiro e apontou, delicadamente, para o sofá.

Tão bo-nita.

Papoila estava adormecida com os braços atados num dos livros de poemas da mãe. Ele contemplou a criança ainda num agitamento inverso ao estado divino da filha imprevista. Depois, num procedimento mecânico mas preciso, formou um riso comovido. *E sublime.* Demorou-se também em Elena. Desabafou.

Sinto-me num mundo virado ao contrário.

A rapariga moldava encostou-se à parede, atenta.

A vinda da Papoila, a mãe da Papoila. A livraria, a casa das flores.

Depois duma pausa.

Nem imaginas a condição do rapaz das biografias.

Ela, ainda atenta.

É completamente louco. E vive num palacete invadido por heras e arte. O certo seria chamar imediatamente a polícia e a emergência médica.

Elena falou devagar.

A-chas que se o fe-cha-rem num ma-ni-cómio vai ser mais fe-liz?

Em Manoel, a imagem da mãe Aurora no lar tão branco e limpo, com falas de mulher sem lucidez, a silabar o nome Eugeninho e a celebrar o eterno amor pelo pai morto. Sujeitou-se ao peso da memória num corpo mais dobrado. Elena levou os dedos os ombros dele. Manoel levantou a cabeça. Depois, inclinou-se para beijar a boca da emigrante de Leste. Sem pudor. Apenas instabilidade. Ela desviou o rosto, com brandura. Depois, curvou-se também. Ficaram complicados. Num impulso, ele segurou um copo desocupado. Pensou seriamente que seria correspondido por ela no seu adiantamento, num amor fervido pela linguagem comum. Acomodou-se ao engano. Novamente. Com nervosidade, entornou a garrafa de gin tónico. Voltou a demorar-se nos alinhamentos dela. Seria, afinal, um homem demasiado confuso e até desajeitado. *Velho. Ridículo.* Riu-se, com o interior perfurado. Ela, não. Repararam que, no sofá moderno, já Papoila espiava os maiores em conversações sem vocábulos mas com matéria muito melindrosa. Manoel abandonou o copo de vidro, incomodado. A criança falou com os lábios tremidos.

A minha mãe já não vem, pois não?

119

Até os homens mais imperfeitos podem ser curados pelo amor.

O rapaz homem ajudou o pai floreiro a movimentar um vaso pesado com um limoeiro em medrio. O cheiro das flores brancas e alguns frutos dum amarelo forte tingia os ares da casa das flores. José Luz parecia mais cansado. Pelo tempo. E, por boca dele, *pela vontade do processamento natural*. Assim as flores. E todos os homens.

És um imaginoso, pai. Os homens mordem-se uns aos outros. Muitos merecem apenas uma cela arrefecida num manicómio de desalmados.

O pai floreiro sentou-se no escadote curto de madeira. Respirou, com esforço.

Todas as criaturas têm um interior limpo, filho. É o mundo por onde andam que pode conspurcar as privacidades. Não vejas os homens ruins como malditos. Mas condenados.

120

Telefonaram?

Elena abanou a cabeça, novamente.

121

Manoel entrou, acautelado, no quarto temporariamente inventariado como o ponto geográfico das criaturas feminais. Papoila esboçava, com uma particularidade invulgar para o abreviado corpo, um ajuntamento de figuras posicionadas num papel branco. A um palmo das mãos, o estojo metálico com lápis ordenados até ao mais brando e um alinhamento completo de barras coloridas de pastel. *Os Lusíadas*, também. Ele sentou--se na proclamada cama das raparigas, respirou os ares adocicados dos lençóis. A menina continuou a contornar linhas com movimentos muito perfeitos. E até afeiçoados. Apontou para o desenho.

Figuras humanas com nome?

A menina embargou o traço e acenou com a cabeça. Ele continuou.

Poderia ser eu?

A menina encurvou os ombros. Ele emendou.

Talvez o Antoine.

Ela acenou com a cabeça, novamente. Depois, com o dedo sobre o homem vertical, explicou com a seiva inspiratória da mãe Laura a circular nas veias.

É a minha representação das saudades que tenho dele e da minha mãe.

A menina continuou o esboço. Ele, as perguntas.

Sabias de mim?

Ela acenou com a cabeça.

E nunca tiveste saudades?

O coração dele pulsava por tanto medo.

A minha mãe diz que só podemos ter saudades do que conhecemos grandemente. Se sentirmos falta duma coisa que nem conhecemos, é uma invenção da cabeça.

Elena chamou da sala.

Pa-poila?

A menina levantou-se, com velocidade. Ele ficou no quarto, a contemplar o desenho e as suposições. Focou a figura vertical levantada no papel branco. Poderia ser ele. Deveria ser ele. Na cabeça, os avisos principais do homem floreiro. O pai vendedor de flores sabia mais das coisas principais na vida. Levou as mãos ao rosto. Se Papoila tivesse voltado, teria visto o *pai de corpo* a chorar.

122

Apparatus Lacrimalis. *O choro acontece pelo excesso de fluído lacrimal, uma solução de água e sais para humedecer e limpar o globo ocular. Pelo retraimento das glândulas lacrimais, o fluído é despejado, também em sintonia com o sistema límbico da máquina cerebral. O russo Constantin Stanislavki inventou uma prática para os atores poderem chorar em cena: pensar num acontecimento privado de maior emoção. Também temos as poeiras de cristal japonês, à venda nas farmácias e bastidores, e que devem ser colocadas nas pálpebras para provocar as lágrimas artificiais. O choro pode ser falseado com o propósito também de manipular o comportamento dos outros. Como se pode deduzir, é muito perigoso considerar a honestidade do choro.*

Apontamentos do Sistema Lacrimal, um artigo aprontado pela cabeça científica do senhor doutor Albertino Bento Maior e publicado num dos cadernos científicos da ordem portuguesa dos especialistas do verbo ver. Ou contemplar.

123

Ainda a manhã a ampliar-se pelas ruas e Manoel, num estiramento agitado no sofá moderno, levantou-se com o impulso de voltar ao palacete. Apercebeu-se que andava há dias com o mesmo fato amarfanhado e a camisa mais pálida sem o pano pendurado na garganta. Encostou as pálpebras, consumido. Estava a diminuir-se a um homem comum. Ou alucinado. Calculou um copo de gin tónico para afirmar o começo do dia. Renunciou, depois. Abanou a cabeça, espantado. Perguntou-se em que homem estaria a transformar-se. Não sabia. Na boca, o alinhamento de palavras do homem multiplicado. *A loucura, longe de ser uma anomalia, é a condição normal humana.* Lavou a aparência sem precisão no pio argentado da cozinha microscópica e, no corredor dos insectos emoldurados, reparou na anatomia de Elena pela abertura da porta. Estaria acordada, em raciocínios numa língua estrangeira. Ponderou movimentar os dedos, ainda complicado. Ou acentuar uma declaração de amor. Poderiam ter conversado. Ou até comprovado a conformidade dos corpos. Mas havia Papoila. E o medo de estar, afinal, a converter-se num homem absurdo. Desandou, sem recuo. Rodou a chave. Precisava de aprumar alguns desalinhos de consciência. Começaria pelo rapaz louco e pelo ajuntamento de peças desabrigadas da chuva e dos imprudentes, também numa vontade suspirosa de apalpar novamente tantos livros originais e raros. Nem consultou o rascunho feito pelo rapaz das biografias. Sabia o caminho para o Palacete Rosa como todas as crianças saberiam, no analfabetismo dos adultos, o roteiro dos lugares mais inexplicáveis e até proféticos. Ou fatídicos. Entrou pelo grande portal de ferro com afloramentos e geometrias. Andou pelo *Respiráculo de Revivescência* e, mais impedido, retardou o andamento pela escadaria até ao interior do casario abatido.

Hélio?

Usou as mãos para deslocar a porta alta com o redondo vidrado.

Hélio?

Com os pés a calcar o sobrado empoeirado, em chiadeiras pelo movimento do peso, ficou suspendido no *Ponto de Incorporação da Luz*.

Hélio?

Ouviu um rumorejo vindo da sala maior e pratos e chávenas e bules a telintarem sobre o tampo duma mesa. Confirmou o estado estático dos tetos estucados e das paredes fendidas. Avançou, em cuidados. Não chamou mais pelo rapaz. Apesar da mercadoria concreta pelos corredores, a vida suspensa do palacete avivava suposições fantásticas muito esperadas em crianças. Num curto deslocamento ocular pela sala ainda desaluminada, viu o corpo em convulsões num dos tapetes persas. Lembrou-se das borboletas a moverem-se freneticamente antes da aplicação do éter. Depois, o desmaio fleumático para uma morte muito imediata.

Hélio?

O livreiro acelerou o andamento, dobrou-se para o rapaz convulsivo. Os glóbulos oculares revirados, as mãos e os pés tão torcidos. Com reserva, apalpou o corpo magro, confortou a cabeça sacudida. Esperou.

Hélio?

Os espasmos acabaram.

Precisas dum médico.

O rapaz abanou a cabeça.

Pode ser grave, Hélio.

O rapaz falou com impedimento. Depois, com esforço, movimentou o corpo para se sentar. O homem livreiro dedicou os braços e o rapaz usou a força do outro para se encostar a uma das paredes de papel florido e bolorento.

Agradeço a sua visita, senhor Luz. Ainda bem que a Poetaria o encantou.

O homem livreiro estava comovido.

Anda, Hélio, vou levar-te comigo.

O rapaz ainda resistente, num corpo fraco.

Não.

Hélio, precisas de ser visto.

Desengane-se o homem que acredita na salvação pelo raciocínio.

O homem ficou espantado.

Podes ficar muito doente, Hélio.

O rapaz tinha um olhar mais ardoroso, também sofrido.

Pode ajudar-me a caminhar para a minha Cela de Apuramento Inventivo?

O homem respirou, obediente.

Explica-me, Hélio.

Os aposentos mais íntimos da casa, para criações inventivas delicadas. E para o repouso. Ficam no grande corredor. A minha é das mais chegadas ao jardim botânico.

O livreiro acenou com a cabeça e o rapaz enlaçou o braço nos ombros do outro. Levantaram-se. Depois, ainda num balanço desacertado, andaram pela grande casa até ao corredor depois da entrada, num enfiamento de portas que deveriam ser aposentos para visitas doutros médicos, também pacientes de importância terapêutica e até raparigas com suspiros por senhores madurados de instrumentos metálicos na mão. O rapaz apontou para a porta mais desviada e pediu ao livreiro que rodasse a maçaneta, num bafo de abatimento. Com o peso dos dois corpos, a madeira adiantou-se e podia ver-se uma cama apertada, com tecidos encardidos mas bem esticados. A janela minúscula ficava subida, sem vistas nem respiros, mas consentia um sopro violento de luz. O rapaz estendeu-se, consumido. Havia uma luminária a petróleo numa mesa comprida encostada à parede com mecanismos estranhos e particularmente complicados, que deveriam obedecer a leis matemáticas muito precisas. O homem ficou mais espantado ainda, num andamento ausente e quase cismático. O rapaz, estendido no colchão conspurcado, sentou-se com esforço.

Deve estar a imaginar-me um louco.

O homem continuou calado.

Era ainda criança quando comecei a ter estas descargas elétricas na cabeça. Gosto de supor que me ampliam ainda mais as ideias. Uma bendição, afinal.

O homem parou ainda atento aos pormenores dos aparelhos invulgares.

Tenho uma história complicada, senhor Luz. Talvez por isso goste de escrever sobre a vida dos outros.

O rapaz pareceu mais duvidoso. E frágil. No verbo falar, contorcia ainda o corpo, movimentava freneticamente as mãos e a língua sem acordo. Na cabeça, a infância como uma película cinematográfica em corrimento acelerado. A brandura da mãe desbotada, as mãos grandes do homem pai dos metais. Nunca quis amar uma rapariga por ter medo dos imprevistos do coração. Ainda nem sabia se idolatrar exclusivamente uma criatura seria a doença que vem da ausência ou do excesso de amor. Viveu anos nos colos das mulheres do orfanato. Incomodou-se, depois. Nunca dos colos abaulados das senhoras supletórias mas do desejo inflamado que se ampliava por dentro. Os primeiros bafos dum amor incendiado começaram o apavoramento. Contemplava as mãos em medrança e sabia da urgência em debandar. Encontrou o palacete. O rapaz respirou, esgotado. Manoel ainda em círculos pela Cela de Apuramento Inventivo e, com a boca tão completa de perguntas, apontou para os mecanismos minuciosamente montados sobre a mesa comprida.

E, por isso, estas máquinas?

O rapaz acenou com a cabeça. Levantou-se da cama estreita, parecia mais arejado. Encaminhou-se para o canto, lavou as mãos num bacio.

Chuva, para depurar os dedos.

Explicou, enquanto sacudia as mãos ilusoriamente limpas.

Até a impuridade da alma pode contaminar a precisão mecânica.

Depois, apontou para a primeira.

O Transformante Lacrimal, um aparelho pensado para metamorfosear as lágrimas das criaturas infelizes em água pura. Depois dum primeiro procedimento de filtragem grosseira das partículas maiores em suspensão, como a raiva e a maldade, que dão o gosto acre e o cheiro repulsivo ao líquido lacrimal, há uma segunda depuração mais fina, de matérias muito delicadas e até complicadas, como a dor e o desespero, que não alteram as propriedades da matéria mas, por acumulação, podem contaminar o corpo com penosos males.

Com os dedos magros, indicou uma peça microscópica.

O estado da purificação absoluta consegue-se através duma peneira com um milhão de microporos com espessura quase invisível e que transformam o líquido lacrimal na água mais limpa. Num manípulo de segundos, com a potência abreviada dum gerador mínimo e produtivo, uma quantidade de lágrimas conspurcada pela raiva, maldade, dor e outras imperfeições interiores, torna-se incolor, saborida e higiénica para consumo. O mecanismo pode ser facilmente transportado e também repetido em ordem industrial e filtrar até novecentos e noventa e nove litros de lágrimas durante a sua vida útil, o que leva a acreditar que a invenção será muito popular no futuro e de grande valor para ajuda humanitária pelos tantos países no mundo com uma percentagem de infelizes muito acima do esperado e uma redução na quantidade de água potável a avisar a morte por desidratação.

Manoel Luz continuou calado. O rapaz andou um palmo.

Este é o Acelerador Cíclico das Partículas Infelizes, que amplia a concentração de grande energia em volume mínimo pelo aceleramento dos corpúsculos atómicos da infelicidade. Temos de gerar um vácuo de maior qualidade no mecanismo para evitar a dispersão das partículas pelas moléculas de gases. Usei tubos de raios catódicos de televisões avariadas, com um potencial que pode variar entre trezentos e mil volts. Depois, as partículas são desviadas pelas bobinas que criam um campo magnético e há uma luminescência e uma mudança do estado energético negativo para positivo.

Acertou na cabeça um capacete argentado ligado ao engenho por muitos fios.

A força da infelicidade de cada um, levada pelos fios condutores através deste capacete metálico, é transformada em energia positiva e até pode ser usada para dar luzência continuada a um lampadário. Eu acredito que este mecanismo pode gerar energia bastante para inaugurar um buraco negro que acabaria por engolir a nossa Terra.

O rapaz alinhavou um riso doente. Manoel Luz ainda calado.

E, também, o Catalisador da Inferneira Memorial, o meu elegido. Um dispositivo usado para reduzir a toxicidade das memórias com trauma do motor emocional de combustão interna e que podem prejudicar o funcionamento natural de todas as criaturas vivas. Pelas minhas estimativas, estas memórias tóxicas, que geram medos e desordens mentais, podem ser maioritariamente convertidas em partículas generosas para o organismo, como calor, calma e prazer, o que é um bem maior para a rede de relacionamentos sociais e um potencial redutor do consumo de remédios e outros narcóticos. Este conversor catalítico opera num circuito fechado que inclui uma catálise redutora da toxicidade, um indutor de falsas memórias e um sensor de prazer para regular o induzimento. A contaminação pode acontecer quando o dispositivo é exposto a matéria memorial exageradamente traumatizante, já que a capacidade de armazenamento de toxicidade é ainda limitada mas garantida. Outros contaminantes incluem fobias sem razão, mentiras manipuladas e rancor, que podem causar fuga do líquido de abrandamento para a câmara de conversão e acumulação de impurezas nos tubos metálicos.

O rapaz calou-se. No tampo da comprida mesa, o livreiro via desenhos técnicos dum mecanismo ainda por fazer. Leu, devagar. *Compensador Cardial do Desapego*. Nas grandes folhas de papel sujo, leu a função principal: emendar os efeitos devastadores das variações de apego entre criaturas humanas no lugar do coração, o órgão que mais mortes causa, por excesso de amor doentio ou ausência de quantidade mínima. O rapaz falou com retardamento. E até embaraço.

Ainda só está na minha cabeça. Gostaria de inventar um dispositivo que pudesse monitorizar a quantidade de amor em falta e, através da implantação de elétrodos no peito, transferir leves estímulos elétricos através dos fios de cobre ou platina e ajudar o órgão cardial a compensar o estado de insuficiência. Cada usador poderá configurar a frequência de envio desses impulsos elétricos a diferentes partes do coração, um simples ato de rotina da criatura humana, no horário mais conveniente, e com benfeitorias desmesuradas para a manutenção da esperança e da bondade dos homens.

O rapaz voltou a sentar-se na cama conspurcada, abatido. Manoel Luz contemplou-o demoradamente, incapaz de se decidir pelo procedimento mais conveniente. Perguntou, num impulso.

Sabes que há o dia dos inventores?

O rapaz riu-se, ainda dobrado e com as mãos a amaciarem a cabeça.

Gosto de pensar em engenhos para abreviar a dor de dentro. É um campo de aplicação muito preciso e dedico muitas horas a afinar estes mecanismos a que chamo Redutores Mecânicos da Infelicidade Imposta. O maior princípio é dar utilidade mínima ao sofrimento interior.

O livreiro ficou pensativo. O rapaz magro continuou.

A maioria dos descobridores desvalida os meus engenhos inventivos por a infelicidade ser matéria incorpórea e sem proveito industrial. Cada mecanismo destes é ainda um protótipo e devem estar prontos para comercialização em dez ou vinte anos, depende do estado de aperfeiçoamento técnico.

Não te parece tempo a mais, Hélio?

Manoel tinha na boca a comiseração.

Para um doente, sim. Mas para um louco, não.

Depois, riu-se. Manoel, também, apesar da garganta apertada.

Vou levar-te ao compartimento dos Estudos Superiores de Entendimento.

O rapaz ampliou a intimidade na língua e o homem livreiro entendeu que teria sido apresentado ao seu mundo mais particular. Consultou o relógio. Na cabeça, por um instante, também a naturalidade de Elena. Mas, principalmente, a perfeição de Papoila. Viu o rapaz a revolver o bolso das calças maiores com uma das mãos e a eleger uma chave curta, mas principal. Seria uma divisão ainda mais vigiada, a única fechada com peça metálica. Manoel estava comprimido diante de tanto despropósito. Ou claridade. Nem os homens falantes estavam capazes de recomendar como deveria o filho livreiro comportar-se.

Andaram pelo corredor das Celas de Apuramento Inventivo e ouviam-se outras criaturas humanas a acontecer nas cercanias do palacete. O rapaz parou diante duma porta mais baixa e, depois de acomodar a chave e girar a maçaneta, entrou numa sala reduzida com uma claraboia.

Os aparelhos metálicos volumosos deveriam ser os instrumentos de uso do médico da vista e proprietário morto do casario senhorial. Uma cadeira também metálica com estofo numa pele rompida e suportes para outros engenhos mecânicos de medição, uma grande lâmpada virada ao assento e uma caixa com ferramentas quase intimidantes, como o afastador de pálpebras, a tesoura de pontas inclinadas ou um conjunto de pinças com muitas espessuras e formatos. Na parede, mais uma prateleira com poeiras e livros da especialidade, *Instruments d'Ophtalmologie**, *Ophtalmologie dans l'Égypte Antique***, *Archives d'Ophtalmologie**** em tantos volumes e *Pediatric Ophthalmology and Strabismus*****. Ao lado da cadeira metálica e dos aparelhos aparatosos, uma simples secretária em madeira escura e uma luminária. O rapaz acomodou-se num banco curto, abriu a primeira gaveta e levantou um braçado de cadernos com capa preta. Apontou a cadeira de paciente ao homem ainda levantado. Manoel duvidou, mas acomodou--se ainda estorvado pelos aparelhos pendurados com lentes e escalas.

Estes cadernos têm matéria rara sobre o entendimento humano.

Escritos por ti?

O rapaz abanou a cabeça.

Ainda estou num estado inferior de pensamento.

O rapaz abriu um dos cadernos.

Vou ler um apontamento sobre o ponto cego, aparentemente descoberto por um físico francês, Edme Mariotte, a meio do século dezassete. O doutor Bento Maior usou o latim no título, Punctum Caecum.

Manoel estranhou.

Ponto cego?

O rapaz ficou entusiasmado. Da mesma gaveta, tirou um papel amarelado e rasgou, freneticamente, uma parte. Depois, com uma esferográfica, desenhou um círculo e, um palmo depois, um X. Levantou-se e ordenou.

Cobre o teu olho direito.

---

* Do francês, *Instrumentos de Oftalmologia.*

** Do francês, *Oftalmologia no Antigo Egito.*

*** Do francês, *Arquivos de Oftalmologia.*

**** Do inglês, *Oftalmologia Pediátrica e Estrabismo.*

Manoel demorou, ainda incomodado com as pinças e tesouras metálicas. E a proximidade imprevista nas falas do senhorio ilegítimo. Apesar de considerar o rapaz Hélio uma criatura tendencialmente inofensiva, tanta estranheza no pensamento poderia alertar para uma crise de identidade com comportamentos violentos e até macabros. Mesmo assim, com uma das mãos, escureceu o globo ocular direito. O rapaz achegou o papel com as marcas desenhadas.

Foca o teu olho esquerdo no X. Lentamente, vou afastar o papel da tua pessoa. Tens consciência da letra O, mas haverá uma posição em que esta vai desaparecer e, logo depois, voltará a ficar visível. O curioso é que nesse lugar particular não vês a letra, mas continuas a ter um fundo. O buraco é inteiramente completado pela nossa máquina cerebral.

Manoel movimentou-se na cadeira metálica continuamente. Espantou-se.

Sim. Num posicionamento preciso, a letra O fica ausente.

O rapaz voltou para a secretária, claramente satisfeito.

Porque nesse lugar da retina não temos recebedores de luz.

E falou ainda, com um dos dedos a apontar para uma composição escrita.

Ouve o que o doutor Bento Maior supôs. Punctum Caecum. *Em particular, a estrutura do olho humano impõe ao campo de visão um ponto cego natural, amplamente relatado na literatura médica como um fenómeno causado pela ausência de células recebedoras de luz na retina, no lugar onde o nervo ótico entra no globo ocular. A imagem continua a existir na realidade, mas não é percebida nem pelo aparelho sensorial nem pelo mecanismo interpretativo do cérebro. É também sabido que o ponto cego não é conscientemente percebido e, durante o processamento da imagem, a máquina cerebral completa esse corte com informação sobre imagens ao redor e registadas pelo outro olho.*

O rapaz parou a leitura e olhou para o homem ainda sentado na cadeira metálica. Na boca, um riso quase patológico a anunciar uma declaração importante. Voltou ao apontamento no caderno.

E não terá a criatura humana mais pontos cegos na sua corporalidade? Imagine-se que sim. Inventemos o caso dum compilador de arte a quem se mostraram as peças principais dum engenhoso artista. O homem compilador poderia considerar que ainda não tinha visto a obra toda. Que precisaria de ver todas as peças. E nunca apenas uma parte. Assim, ele raciocinaria: ou completa as ausências com informação recebida ou imaginada pelas peças mostradas ou sentir-se-á claramente incompleto para o negociamento. O mesmo com as propriedades da matéria e a reduzida fiabilidade dos nossos aparelhos sensoriais: todas as coisas, até as mais coloradas, ficam pardas ao cair da noite. Precisaríamos de luz fabricada para perceber as propriedades. Poderíamos ainda falar nas muitas maneiras de ver. A da borboleta. A do moscardo. Até a do lagostim. As condições ambientais e a anatomia do mecanismo visual interferem no registo informativo. Agora, ampliemos esta suposição a quase tudo. Podemos imaginar o que é um governante ditador, mas nunca saberemos o que é verdadeiramente um governante ditador para um governante ditador a não ser que sejamos esse sujeito. Toda a experiência é relativa, incompleta e manipulada. Portanto, poderíamos quase afirmar que toda a experiência tem muito de falsidade.

Manoel levantou-se, começou a andar em reduzidos círculos. O rapaz continuou, contentado por estar claramente a causar um estado cismático no livreiro.

Muitas perguntas se levantam ao homem moderno. Como remata o doutor Bento Maior: fechemos a vista para pensar com maior claridade.

O rapaz voltou a acumular os cadernos privados do especialista na primeira gaveta da secretária. Levantou-se, também. Ficaram em silêncio, com a luz morna da luminária a contornar o volume dos aparelhos metálicos. Sem instrução, encaminharam-se para os corredores das Celas de Apuramento Inventivo. Manoel estava pasmado, ainda. Num ato mecânico, consultou as horas no relógio de pulso. Falou com a boca amortecida.

O tempo é microscópico para raciocinar sobre tantos dilemas.

O rapaz acenou com a cabeça.

Quando tiver tempo, esperarei pelo senhor Luz.

Manoel estranhou a formalidade novamente metida na língua do rapaz, como se, numa incisura imediata, se transformasse noutra criatura.

Estendeu a mão e acertaram um cumprimento. Quando Manoel voltou a inclinar-se pela grande escadaria do palacete, pensou que toda aquela realidade ainda estaria num lugar do corpo sem recebedores de luz. E calibradores da lógica.

124

O mesmo animal bravio que nos seduz numa caixa televisiva causa um medo abafadiço se a um metro do nosso corpo. A distância é fundamental à lucidez.

Apontado a lápis num ensaio inacabado sobre os males da vista.

125

A rapariga estrangeira perguntou se poderia levar Papoila ao homem dos rebuçados, na grande praça. Mesmo no terceiro andar, podia ouvir-se o assobio do negociador e a euforia das crianças. A filha imprevista num pano azul, a parecer tanto o céu primaveral. Manoel, com a boca num riso amoriscado, acenou com a cabeça. Depois, falou com o coração anatomicamente bem posicionado.

A Papoila que leve um casaco. Deve chover.

A criança também se curvou num riso mais agasalhado. Na praça, uma chuva muito leve descaía sobre os ombros de todas as coisas. O homem livreiro ficou a contemplar o movimento da multidão pelo chão empedrado, os braços esticados dos turistas, os pulos das crianças, o senhor de avental e o movimento desgovernado dos cães sem dono. Depois, amarfanhou o papel rabiscado nas mãos. Poderia ainda aproveitar alguns ajuntamentos de vocábulos para a crónica da revista mensal mas a composição parecia exageradamente desincorporada. Sem uma linha a avisar uniformidade. Assim a vida dele, entretanto. Apreciou a rapariga de Leste e a criança azul. Na caixa torácica, a vontade maior de vigiar o comportamento natural e, depois de abrir a janela, acenar o contentamento. Riu-se, nervoso. Pelo amor em ampliação. Nunca o órgão cardial lhe terá parecido um músculo tão completo. Bateram à porta. Imaginou a criança com a língua tingida por corantes azulados, também esbaforida pela correria. Alegrado, rodou a maçaneta e encarou a altura de Antoine.

Manoel.

O pintor francês estendeu a mão, o livreiro ainda em suposições.

Viemos buscar a Papoila.

O coração estalou, um músculo de vidro. Papoila seria uma roldana principal na engrenagem dos dias mais afortunados. Na cabeça, os Redutores Mecânicos da Infelicidade Imposta, também a morte do grande editor, do delicado pai floreiro e até da mulher grande. *Laura.* Num raciocínio acelerado, confirmou que lucraria com os inventos do rapaz louco. E a mãe Aurora, no cativeiro da loucura. A descarga de argumentos ridículos parecia acalmar a urgência de saber tanto da mulher rapariga. O medo do prognóstico impediu o movimento da língua. Ainda desarvorado, explicou a ausência da criança com palavras muito simples.

Ela foi com a Elena ao homem dos rebuçados.

Antoine despontou um riso muito abatido. Ao livreiro, a prova da ruindade na cabeça da mulher maior. O excesso de poesia. A autoridade do tumor. A impotência dos homens. Comovido, perguntou.

Posso levá-la mais tarde?

Antoine demorou a responder. Depois, acenou com a cabeça.

A Laura ficará muito feliz.

E inclinou-se com o tamanho todo pelas escadas do prédio antigo.

126

Papoila, a tua mãe veio.

A criança iluminou-se num contentamento muito complicado de explicar pelo mais preciso esclarecimento científico. O livreiro improvisou um riso duvidoso, precisaria de mais tempo para se apresentar honradamente à filha imprevista. Papoila avançou para o quarto, num andamento inflamado e autêntico, e Manoel continuou contemplativo. Ainda calculou explorar as propriedades do amor na crónica para a revista mensal mas as condições editoriais, com um número certo de palavras e a regra superior de garantir os aplausos da maioria dos compradores, deslocou a intenção. Apesar da desistência, adiantou um letreiro: *O (Espontâneo) Amor dos Homens Contidos.* Riu-se, novamente: seria afinal, o livreiro da celebrada Bem Comum um escrevente ridículo. E até incompetente. Com observações principais para folhetins de fórmulas culinárias e mapeamentos astrais. A hipótese mais plausível seria a composição dum resumido mas corpulento poema, um rebentamento vindo dos ossos, dos músculos e de todo o líquido que circula para o corpo continuar amornado. Ou fervente. E atento. *Assim os de Laura, a mulher grande.* Manoel achegou-se com urgência nos dedos mas a rapariga moldava avançou para o quarto onde estava Papoila. Poderia ter impedido, declarado com a boca ocupada de propósitos. *Elena, tudo me tem parecido muito estranho. Mas mais claro, também.* Acenou com a cabeça, numa aceitação da naturalidade das coisas. Sem contrariar exageradamente o ciclo metamorfósico da vida. As crianças não precisam de inventar para serem o eixo de homens maiores. Leituras filosóficas. Peças luxuosas. Condecorações com ordens de mérito. Vivem com a limpidez que tanto seduz. E subordina. E assim se imortaliza o encadeamento do amor, duns para os outros, dos mais formatados para os corações novos e indisciplinados. Mas insuspeitos. Manoel esperou no sofá, a posicionar acertadamente o órgão cardial na caixa torácica. Confiou no discurso do pai floreiro, a segredar ao ouvido. *Somos como os bolbos entorpecidos dos jacintos, filho. Quando menos esperamos, eis um renovo a rebentar de flores aromadas.*

127

Os glóbulos oculares podem sofrer de estrabismo e outras deformidades, mas a vida não é apenas o que se vê ou imagina ver. Também a alma precisa de cuidados médicos, particularmente dos especialistas da vista, que sabem que o sentido da visão é muito mais estendido do que os simples (e até arcaicos) recebedores de luz.

Também rubricado pelo senhor doutor Albertino Bento Maior.

128

Papoila nem esperou pelo pai livreiro. Com a mala resumida nos dedos e a afeição a transbordar da boca, saiu do automóvel ainda os vapores sopravam pelo cano de escape.

Mãe.

Manoel poderia ter ficado ferido pelo desapego mas ocupou-se de espanto com a força da criança a avançar, sem a mais abreviada dúvida, para os esperados braços da mãe dos poemas. Nunca se teria adiantado assim para o regaço da mulher Aurora. E raciocinou que o amor não seria propriamente uma matéria instintiva. Mas domesticada. Ou, sendo inata a todos os homens e bichos, haveria o mundo disparatado de estragar o impulso natural.

Mãe.

O livreiro acomodou-se na pele de homem secundário. E dispensável, até. Depois, com a chave no bolso, começou a andar para a casa que também poderia ser sua, os vasos de zinco com flores inverneiras e ventoinhas de papel espetadas na terra fermentada, as bandeirolas de pano num cordel de algodão e os pássaros livremente instalados nas árvores com ninhos falsos. O coração palpitou com maior nervosidade. Em movimentos demorados, sacudiu os sapatos no tapete e, depois dum sopro profundo, entrou. Os ares pareciam cheirar a tinta, as paredes completadas com livros em desalinho e algumas telas a óleo num ordenamento invulgar e até confuso. Pendurados com tachas, desenhos da milagrosa criança. E mais flores, ainda. Em vasos, frascos e até uma chávena com uma cravina. Manoel levou os dedos à peça de porcelana e Antoine veio com Papoila pela mão. Acenou com a cabeça. Manoel percebeu: Laura estaria no escritório. O homem livreiro engoliu a saliva. Depois, num andamento impulsivo, apresentou-se na divisão microscópica da casa tão confortável apesar da disposição incomum de todas as coisas. Achegou-se ao corpo sentado. Laura riu-se, num movimento frágil dos lábios. Estava configurada numa poltrona, com uma manta sobre as pernas flácidas e o casaco de lã grosseira. O cabelo muito curto, a lembrar tanto a rapariga da galeria ilegal, e, pela luz quase desmaiada do abajur, apesar dos líquidos doentes a correrem nas veias, nunca a mulher dos poemas lhe tinha parecido tão bonita.

Laura.

Ela acenou delicadamente com a cabeça.

Estás bem?

Parecia ter corrido um século, entretanto. Laura acomodou a dor ao corpo e falou.

Mais inteira, pelo menos. Agora sabes da Papoila.

Ele falou com uma afeição que poderia ser inconveniente.

A nossa Papoila.

Ela poderia espantar-se pelo uso do pronome.

Porque nunca me contaste?

A humidade nas esferas oculares do livreiro avisavam o remorso e o ampliado contentamento. Comovida, ela tombou a vista. Pausa. Ele dobrou-se, em joelhos. Com as mãos maiores, amaciou os dedos da mulher rapariga. Fracos. Tremidos. Depois, beijou-os. Pousou a cabeça no colo dela. Sabia como teria complicado o medrio da criança entre imposições e deveres do coração rabiado pela vontade de ser maior. E apontaria Antoine como um falso pai. Incapaz. Defeituoso. Medíocre. Um fio de líquido lacrimal fluiu discretamente. Pela curvatura do corpo, o propósito de agradecer Laura por ter operado com prudência e lucidez. Ele teria sido um *pai de corpo* muito imperfeito. E o homem pintor parecia ter ocupado a função com formidável mestria.

Desculpa, Laura.

A rapariga da revolução, ainda calada, também doente, situou as mãos no cabelo dele. Ficaram atados pelo tempo morto. Depois, ele levantou a cabeça. *Tão sublime. Assim a nossa filha.* Ela falou com os lábios curvados.

Tenho um ano, Manoel.

Ele riu-se, incrédulo. Ficou descolorado, depois. Falou, num choro contido.

Posso ficar mais achegado a ti e a Papoila, entretanto?

Ela respirou, também emocionada. Depois, acenou com a cabeça. Manoel envolveu o corpo dela nos braços. Tão magro. Frágil. Intenso. Ouvia o respiro debilitado, também o cheiro a cansaço. Deveria cuidar de Laura. Poderia beijar-lhe os cabelos, até a boca, mas conteve a devoção por culpa. Ou vergonha. Novamente, nunca poderia explicar com um esclarecimento científico. Levantou-se. Gostaria de ter declarado o amor incondicional. Por ela. E pela criança. Mas ficaram assim, demorados um no outro.

A Papoila gostou dela.

Manoel acenou com a cabeça, ainda incomodado com a suposição dos outros sobre a emigrante. Poderia ter aproveitado para afirmar.

É apenas uma amiga, Laura.

Ela riu-se, quebradiça.

Ainda duvidas muito do verbo amar?

Ele gostaria de ter contrariado a suposição.

Não te enganes novamente, Manoel.

Na cabeça, os braços compridos do homem floreiro. E a naturalidade da visita estrangeira. Pesou o amor na língua. *Elena.* Ainda pensou no dedo apontador do senhor Prudente mas embargou o entendimento. Silabou, novamente. *Elena.* E saiu com o órgão cardial mais acertado.

129

Nem esperou pelo abrandamento da chuva. Desapertou o colarinho da camisa e aligeirou o andamento pela rua. *Elena.* Apesar das advertências dos homens maiores nos ouvidos, abafou cada discurso num procedimento cortante muito preciso. Subiu as escadas do antigo prédio em blocos maiores, sem reparar no robe rosado da vizinha do segundo andar. *Elena.* Com a fervedura nas veias, as chaves desabaram no chão. Curvou-se. Conformou a peça metálica e rodou a maçaneta com urgência.

Elena?

O apartamento minúsculo, desocupado. Morto, até. Como os homens falantes. Recuou. Sentar-se-ia ao balcão do café enquanto esperava por ela. Falsearia o tempo em diálogos levianos com o rapaz de avental. Seria insustentável suportar todo o ardimento dos músculos num lugar vazio.

130

Esperou muito tempo. Esbaforido e desalinhado, voltou ao apartamento minúsculo para beijar a boca da rapariga moldava sem operar raciocínios muito eruditos nem recuos por um coração subitamente mais fraco. Imaginou ainda os movimentos dos dedos e dos braços a despirem a pele, também a cartografarem o amor. Na cabeça, o peito dela sem os tecidos floridos da mulher mãe, os mamilos levantados, dilatados pela saliva, a ocuparem a palma das mãos e o vão da boca. No chão da sala resumida, desenfiados das roupas e com a rábia natural dum bicho, o exercício carnal, os vapores a subirem dos lábios e a ofuscarem a vista. Entrelaçado, declararia a mais descomplicada palavra. *Fica.* Conformou a forma metalina na fechadura. Rodou a maçaneta. Depois, adiantou o corpo pelo corredor dos insetos estáticos. Nas divisões do andar subido, o mesmo despejamento. Até o aroma pueril de Papoila parecia ter evaporado, como se bastasse um instante para desviar tantas particularidades e sentidos. Reparou que, se intencionasse historiar a fragrância da milagrosa criança, nem poderia. Nem saberia. Incomodou-se, pela decadência. Todo o apartamento estaria, novamente, com os odores entediantes dum vulgar prédio de cimento. A cama, cuidadosamente aprontada. E o armário maior evacuado. Também a temperatura mais esfriada pela ausência dos ventrículos da rapariga. Com o coração em disparos, ainda esperou recuperar a visita inesperada nos cantos mais improváveis. A divisão dos banhos. A cozinha microscópica. O sofá moderno. Sentou--se, apavorado. Na sala, os ares mais ventilados pela janela entreaberta. Pensou revistar doentiamente a cidade. Procuraria Elena em cada pensão, livraria ou banco de praça. Levantou-se, reavivado. No corredor das molduras com as borboletas mortas, pegou, novamente, no conjunto de chaves. Depois, as pernas desabaram. Encostado a um jarro com flores frescas, o envelope bem rematado. *Luz.* Pausa. Com as unhas limpas, rasgou o invólucro. Antes de começar o deciframento da caligrafia, inventou que seria apenas um informativo. *Volto em breve.* Mas sabia que Elena usaria o verso da conta da mercearia ou um dos rascunhos da inacabada crónica. Um envelope devidamente vincado e com o apelido dele tinha o peso de um dilúvio. As letras imperfeitas, com manchas de tinta da esferográfica defeituosa e até palavras rasuradas. Leu, desgovernado.

Luz, tens o mundo inteiro todo a compor-se, mais um braçado de flores, agora com Papoila, e todos os nomes que estimas: Laura, o novo rapaz das biografias e os homens ~~mortos~~ lembrados. Poderia ficar, como a emigrante de Leste que respira ares portugueses. Eu ~~sinto~~ sei que poderia ficar. Mas, depois da ida de Papoila, tinha garantido que haveria apenas duas suposições: ou continuaria a dividir a mesma cama (contigo) ou sairia antes de te ver. A segunda suposição é esta, porque a outra tem mais impedimento do que possas imaginar. Mas vou sem medo do andar do tempo. O amor é um estado que raramente se curva à variável tempo. O amor é eternal. Elena.

Considerou que beberia gin tónico até cair. Acelerou o corpo para a mesa de apoio, segurou um copo desimpedido e, ao inclinar uma das garrafas de líquido incolor, concluiu que Elena teria partido com firmeza. Sem pavor nem culpa por estar a degolar um amor plausível. Enraivou-se. Com ela. Com ele. Seria, afinal, um homem imbecil, dispensável e tão complicado de amar. Atirou o copo vidrado à parede. Curvou-se, com os dedos todos na cabeça. Chorou. Na memória, os movimentos convulsivos do rapaz de gabardina e a casa senhorial completa de porcelanas e livros raros mas também sem o cheiro de amor. Respirou, ainda apavorado. Levantou-se. *A loucura, longe de ser uma anomalia, é a condição normal humana.* Também a ressuscitação. E inclinou-se pelas escadas do prédio antigo.

131

Damos flores quando um homem nasce e também quando morre. As flores, Manoel, podem ser os poemas que nem todos podem lavrar. Nunca por falta de matéria na alma, mas um mundo de tempos abreviados para negócios do coração.

Nas horas mais despovoadas, o filho livreiro imaginava ainda os braços muito amplos do homem pai, com as unhas sujas pelos bolbos dos jacintos afincados na terra e a boca a avisar o rebentamento das gardénias. Sabia que deveria recomeçar com as próprias pernas, sem as imposições averbadas pelo senhor Prudente ou até os entendimentos mais simplificados do homem floreiro. Mas precisava ainda de fantasiar o abraço dum pai vivo, com os dentes deformados e o riso tão natural. Mesmo a um céu de longitude.

132

Estimo muito ver o senhor Luz.

O homem livreiro acenou com a cabeça, um braçado de dálias brancas.

Como tem estado a minha mãe?

A enfermeira conservou um temperamento amornado.

Entre surtos de demência e tempos de lucidez, como sabe. Continua uma senhora muito reservada mas acostumada aos usos do lar.

Ele respirou, num fato sempre mais desconfortável.

Ainda sabe o número do quarto?

O livreiro acenou com a cabeça, novamente.

Ela vai apreciar muito a visita, mesmo que se deslembre do seu nome.

Ele riu-se, pelo apontamento disparatado. E sincero. Andou pelo grande corredor com portas fechadas, a lembrar muito o palacete do rapaz louco. Com as dálias nos braços, podia ouvir os lamentos e as vozes deformadas dos televisores. Também os sopros tépidos dos ambientadores, as claraboias a alumiar ainda mais o branco das paredes e o cheiro a higiene hospitalar. Bateu com os dedos na porta. Depois, entrou. A mãe Aurora, ou Aurorinha, estava sentada num cadeirão de napa perto da janela. A cama devidamente feita, uma almofada bem vincada, um vidro com flores de plástico e um televisor apagado numa mesa de apoio com um jarro de água incolor. Também um retrato dele e outro do homem marido. Reparou no pai floreiro com particular afeição. Com tempo, conformou as dálias no vidro e verteu a água.

Mãe.

A mulher continuou virada para as árvores da rua.

Mãe.

Ao apalpar os ombros, ela movimentou a cabeça. Ficou demorada a contemplar os contornos do visitador e, depois, aprontou um riso de maior contentamento.

Meu louvado homem.

Ela estendeu os braços, ele curvou-se para um aperto imprevisto. Alegrou-se.

Como está a loja das flores?

Seria mais prudente o uso da mentira.

Muito florida e muitos clientes.

E a nossa casa?

Muito bem cuidada.

E o nosso filho?

A mãe Aurora dialogaria com o pai floreiro, num amor estendido que se levantava ao poderio da morte. Manoel estimou ausentar-se. Mas, ainda desconfortado pela falta dum colo feminal, sentou-se no cadeirão despejado e falou com brandura.

Está bem. Está contente.

A mãe Aurora tomou a mão dele com força.

Tive tanto medo por ele.

Ele continuou calado.

Deus quase me levou o Eugeninho.

Manoel continuou a ocupar a mão da mulher mãe.

Eugeninho?

A mulher despontou um riso muito afeiçoado.

O nosso amor, José. O nosso amor.

Ele perguntou com o medo depositado na língua.

E o Manoel?

Ela abanou a cabeça, agitada.

Não. Não.

O coração dele pulsou com nervosismo.

O Manoel, não?

Ela continuou a abanar a cabeça.

Esse não é nosso, José. Esse não é nosso.

O livreiro conteve a desordem interior.

É de quem?

A mãe Aurora encarou-o com pavor.

O senhor Prudente prometeu com a boca, nunca com o coração. Nunca. Nunca.

Ele levantou-se, a mão dela dependurada no cadeirão.

O senhor Prudente?

A mulher mãe começou a bater com os pés no chão e a cantarolar uma cantiga de crianças. O livreiro perguntou, novamente.

O senhor Prudente?

Na mãe Aurora, pingos de essência lacrimal. Ele incomodou-se. Na cabeça, o raciocínio instruído sobre a propriedade absurda dum diálogo com uma mulher doente sobre dois homens evaporados. E um filho sem retratos. Nem biografia. Um irmão fantasma. Ou verdadeiro, até. Pela principalidade da informação, teimou.

O Manoel não é teu filho?

Ela ainda a cantarolar. Depois, silenciou-se. O livreiro achegou-se ao corpo dela. Com as esferas oculares tremidas, ouviu os gritos da mulher.

Esse não é nosso. Esse não é nosso.

Manoel usou o botão de emergência e saiu do aposento privado.

133

Esse não é nosso. Esse não é nosso.

Um homem desprovido do nome da mãe natural será sempre uma criatura sem covil.

134

Entrou pela casa senhorial. Na porta grande, o antigo homem fardado, ainda vertical, vivo, como se uma divindade plausível o dispensasse da gravidade do tempo. E da liberdade de estar morto. O mordomo falou com precisão.

A senhora dona Ofélia está na grande sala.

Manoel acenou com a cabeça e adiantou-se pelo corredor com retratos pendurados, também as porcelanas e outras aparências metalinas cobertas a ouro e prata. Lembrou-se das pernas calculadas da filha do editor. *Um. Dois. Três. Um. Dois. Três.* E do editor tão subido. Descontinuou o andamento diante das portas altas para a grande sala, com pendentes de missangas vidrinas nos exagerados puxadores de bronze. Depois, respirou. Bateu, ainda incerto. Ouviu o corpo dela levantar-se. Com o mesmo aprumo. E, provavelmente, as pérolas sobre a blusa acetinada.

Pode entrar.

A viúva estava a um palmo da poltrona aveludada com um livro de poesia. Ele curvou-se, com afeição.

Dona Ofélia, sempre muito bem acompanhada.

Ela movimentou a boca num riso conformado.

Gostaria de ter vindo antes, mas desde que o senhor Prudente...

Ela completou, com uma bafagem muito natural.

A morte é uma nova oportunidade na vida, delicado Manoel. Celebremos a passagem do Rodolfo, sem medo. Nem pena.

Ele continuou curvado. Sentou-se na outra poltrona, num deslocamento mecânico.

Vim para falar da livraria e...

Ela voltou a sentar-se, também.

Imagino que tenhas outro assunto ainda mais importante.

Ele levantou a vista.

Como imagina, dona Ofélia?

No redondo da garganta, as pérolas importantes.

Pela luz opaca nos teus olhos, Manoel.

Ele falou com a candura do rapaz com aulas particulares de Entomologia.

Têm acontecido tantos imprevistos que me sinto desordenado.

A viúva pousou o livro na mesa de apoio, enlaçou os dedos num nó.

Contempla o mundo à tua volta sem o uso da regra da normalidade. Também a poesia é o invisível, lembras-te?

Ele acenou com a cabeça, num riso muito camuflado.

Um poema nem vive da rima nem da métrica. Tantas vezes, do absurdo. Assim o mundo, Manoel. Contempla-o. Vive-o, também. Sem o abafamento das leis.

A grande mulher pousou alguns dedos no corpo dele.

O que te vem à cabeça, delicado rapaz?

Ele demorou a movimentar os lábios.

Que sinto muito a falta do meu pai das flores. E do senhor Prudente.

Ela acenou com a cabeça.

As árvores em medrio ainda precisam tanto das suas raízes.

O homem livreiro apreciou demoradamente a mulher viúva.

A minha mãe acaba de dizer que não sou filho deles. Faz sentido, dona Ofélia?

Ela demorou a responder.

A tua boa mãe está doente, Manoel.

Ele acenou com a cabeça.

Pareceu-me tão lúcida. Mais autêntica, até.

A mulher das pérolas calou-se.

Ela falou duma promessa do senhor Prudente.

A viúva levantou-se, começou a circular pela sala faustosa.

Nunca te perguntaste pela dedicação do Rodolfo?

Ele encurvou os ombros.

Porque desejava tanto que o acompanhasses no pensamento?

Ele respirou mais aligeirado.

Porque te aprontou na livraria?

Inesperadamente, ficou lacrimoso. A mulher das pérolas continuou.

Sempre soubeste do estranho amor dele por ti, Manoel. Eu sentia isso. A tua devoção aos livros, a tua vontade de ficar mais alto, o teu encanto pelo negociamento. Com o tempo, ficaste tão amoldado ao Rodolfo. Num amor respondido. E eu ficava espantada com a essência invisível que tanto vos achegou. Como a poesia.

Ele levantou-se, também.

Porque nunca me contaram, dona Ofélia?

Ela voltou-se.

Teria sido mais descomplicado?

Ele acenou com a cabeça.

Nunca poderia eleger um maior entre o meu pai floreiro e o senhor Prudente.

Não saber também é um caminho.

Ele demorou a perguntar.

Sabe a minha história?

Ela curvou a cabeça, incomodada. Ele implorou.

Pode contar-me?

Ela ficou ocupada em suposições. Perguntou, depois.

Tens mesmo vontade de eleger um deles?

Ele falou devagar, a filha imprevista na cabeça.

Não, mas posso dizer que tive um pai de corpo e outro de coração.

Ela, ainda duvidosa.

Pode contar-me, dona Ofélia?

A mulher viúva voltou a sentar-se, os dedos alinhados sobre a saia dum tecido invernal. Ele acomodou-se, também.

Devo dizer, Manoel: muito me custa que venha a ser pela minha boca.

Ele pousou levemente uma das mãos sobre as dela.

É a única que me resta.

135

Manoel ficou curvado, atento. A senhora dona Ofélia sabia muito mas, num apuramento intencional, contaria apenas o elementar. Pelo raciocínio dela, as crias deveriam viver com espanto pelos maiores. Até pelos mais defeituosos. A versão completa da biografia do homem marido e da mulher mãe do filho livreiro ficaria discretamente depositada no vão da boca. Fechada. E tão cordial.

Deves ter reparado que o Rodolfo sempre se encantou com raparigas de vestidos abreviados e saltos maiores, o peito apontado e a adivinhar--se a renda nas interioridades. Com as mãos, dava palmadas no corpo ainda por rebentar e presentes para compensar a ousadia dum homem quase velho. Tinha o coração perfurado como um regador e o amor nele conservado acabava por ser despejado com o tempo. Ou com o enfastiamento. O Rodolfo era um homem grande, de volume, pela vontade que tinha em chegar aos mais altos e por um interior desocupado de compromisso e afeição continuada.

136

Rodolfo Prudente recebeu uma chamada dos homens do conselho principal. O ministro dos Negócios Estrangeiros tinha estado na República Federal da Alemanha para alinhavar um acordo de interesse: a autorização do uso da base aérea do sul de Portugal para treino dos pilotos da força alemã e, em troca, armamento e equipamentos militares importantes na resistência do regime durante a guerra colonial. Com ele, veio também uma rapariga bem aprumada e com um palmo de altura a mais do esperado. O senhor ministro tinha ficado encantado com a competência da rapariga apoiante da Alemanha Ocidental e elaborou o convite para uma estada por terras portuguesas. Mas o Presidente do Conselho de Ministros apontou o dedo. A rapariga poderia ser uma informante de Leste. Sabia-se que o Ministério para a Segurança do Estado da República Democrática da Alemanha, através da polícia secreta, recrutava mulheres sedutoras para servirem o sistema de informação e vigia. O ministro dos Negócios Estrangeiros ficou avisado para cortar as conversas com Annemarieke. A rapariga poderia ficar em território nacional mas seria muito recomendável que não fosse ao Palácio da Assembleia Nacional nem a outro lugar de convívio político e, mesmo assim, cuidada com vigilância por um colaborador de maior confiança. Rodolfo Prudente aceitou tomar o papel do ministro, que haveria, entretanto, de inventar uma nova viagem oficial ao estrangeiro, acomodar a rapariga de Leste numa pensão mais distante da residência oficial do chefe de Governo e acompanhar as suas intenções até voltar, em menos de dez dias, para o país de origem. Quando ela chegou à Bem Comum, um papel na mão com a morada devidamente minutada da livraria, espantou pelo vestido abalonado dum amarelo intenso, também o chapéu de abas sobre os cabelos curtos e o riso de mulher experimentada. Rodolfo tinha uns dedos de anos depois dos quarenta mas sentiu-se um rapaz ao receber a acompanhante do ministro no escritório envidraçado, ao lado da tipografia. Ela não falava português, embora ele tivesse sido acautelado. Até poderia ser abundante na língua mas, se viesse para espiar os movimentos do governo, seria conveniente para os interessados que se acreditasse que não. Assim, começaram por falar no francês praticável e ficaram atentos ao palavreado do corpo. Rodolfo sabia que se chamaria Annemarieke, um nome claramente das terras mais a norte. Ou a leste. Ela abreviou. *Aniek. C'est un nom plus doux, vous ne le croiyez pas?*[*] O editor, de unhas fracas, ficou fascinado com o olhar insinuante da rapariga, a cintura fina e os ombros nus. Dela, um perfume a flores e frutos. Dele, a vontade de enfiar os braços pelo vestido redondo, contornar as curvaturas e desvendar o conteúdo encoberto pela seda amarelada. Os seios pareciam rasos mas arejados, sem o abatimento da gravidade, do tempo ou do aleitamento. As pestanas ampliadas, os lábios pintados num rosa esperto. *Vous n'êtes pas trop jeune pour voyager sans vos parents, Aniek?*[**] Ela ria-se, sem pudores a descolorar a pessoalidade avivada. *Vous pouvez prendre soin de moi comme si j'étais votre fille.*[***] O editor avisava os calores estancados pelo tecido da camisa, a gravata desatada, assim os botões dourados no colarinho e nos punhos. Também o riso desabafado, numa boca acostumada a fascinar. Tanta a afinidade que a rapariga de Leste se mudou para a pensão mais achegada à livraria. Annemarieke veio uma visita continuada. Rodolfo começou a acordar mais cedo e a voltar mais tarde a casa. A mulher Ofélia, cuidadosa, nem acontecia na Bem Comum, apesar da promessa de levar a filha Angélica a visitar a casa dos livros. Deveria poupar a criança dos comportamentos estouvados do pai livreiro. Os homens de macacão azul viram os

[*] Do francês, *É um nome mais doce, não acha?*

[**] Do francês, *Não é demasiado jovem para viajar sem os seus pais, Aniek?*

[***] Do francês, *Pode cuidar de mim como se fosse sua filha.*

primeiros beijos nos ombros, depois nas pálpebras, combinados com dedos a calcar a carne e os vestidos sempre tão curtos a levantarem-se em deslocamentos brutos e despropositados. Depois, desandavam separados, ilusoriamente disfarçados, para a pensão. Apenas atravessavam a rua. Ela, mais adiante, em risos lascivos, a levantar o vestido, a tocar na cintura, a olhar para trás. Ele, depois, a despachar-se, como um cão inflamado, um homem previsível ou um simples imbecil. A rapariga despia-se prontamente e Rodolfo, num desejo embaciado, manuseava o corpo fino, com as ancas apelativas, também as pernas compridas e os seios muito novos. Ainda os braços desocupados, o ventre macio e a cabeça desimpedida de pudores e formalismos. Rodolfo andava alegrado, em suspiros e risos com suposições muito privadas. Assim como o país, que, a meio do século, começava a abrir a sua economia ao estrangeiro, com a entrada regulada de capitais e também visitas governamentais de homens importantes, também ele se embrenhava por territórios externos, modernos e avivados. Olhava para ela deitada na cama desengraçada da pensão e convencia-se de que ficaria dias sucedidos assim, a vestir e a despir a rapariga nórdica, a prender-lhe os pulsos descarnados contra o colchão mole e a curvar-se como um animal num vaivém sujo mas renovador. Aniek seria uma seiva reformadora a entrar-lhe no corpo, um amor vergonhoso e imprudente mas ampliador. Com ela, seria capaz de insinuar vontades libidinais e posicionamentos duvidosos. Metiam-se na banheira encardida, deitavam-se na alcatifa imunda, atiravam-se contra os cortinados furados pelos cigarros e deixavam nas paredes os suores fedorentos das costas. *Est-ce que vous m'aimes à la folie, papa?*[*] Ela ria-se muito enquanto ele se entranhava na sua juventude. *Vous savez que vous êtes ma poupée* .[**] Mas, mesmo envolvido num ardimento de dentro, continuava a ser inteiramente obediente nas leituras dos livros propostos, com despachos de proibição ou alteração de conteúdos. Uma das composições traduzidas e impedidas de circular terá sido *Lolita*[***],

---

[*] Do francês, *Amas-me loucamente, papá?*

[**] Do francês, *Tu sabes que és a minha boneca.*

[***] *Lolita (1955),* de Vladimir Nabokov.

também vindo de terras a norte, sobre o amor insinuado entre uma menina ventilada e um homem maior. *Aniek.* Ao cair das tardes, levantava-se dos lençóis encardidos, voltava a vestir a roupa suada e despedia-se da visita estrangeira com os braços ainda a tremer. Na cabeça dele, o envolvimento com a rapariga de Leste poderia ser um argumento de filme. Sentia-se abençoado, apesar da dor tão concreta em Ofélia. Poderia contar ou explicar, como se fosse um impulso do corpo, um encargo político ou um tempo de desgoverno. Mas calou-se, apesar do cheiro dela nas camisas, do batom dela no tecido e do desejo por ela declarado na sua aparência eufórica. Andava inebriado, esgotado. Os dez dias tinham-se acumulado em cem. Rodolfo só deve ter despertado do estado de deslumbramento quando desentendeu a palavra principal da afirmação. *Rodolfo, je suis enceinte de toi.*[*] Ele riu, apesar dos ares agravados na cara dela. Encurvou os ombros. *Enceinte?*[**] Ela agitou as mãos para fazer um redondo diante do corpo. Ele ficou descorado, levantou-se da cadeira do escritório envidraçado. Andou em círculos, ela ainda esticada num vestido curto e apertado dum verde luminoso com flores brancas. Antes de se perguntar pelo abalo de Ofélia, pensou no desapontamento do Presidente do Conselho de Ministros. E dos ministros. E dos outros que colaboravam com os ministros. Voltou a sentar-se, incrédulo. *Enceinte?* Ela acenou com a cabeça. Na tipografia, os homens de macacão azul pareciam entender a desafinação dos corpos, a ausência de gestos descarados e confidências apaixonadas. Ele abanava a cabeça. *Comme vous l'avez permis?*[***] Ela continuava esticada, numa verticalidade combativa. *Nous étions deux à le faire.*[****] Ele deu uma punhada na mesa, ela nem se moveu um dedo. Ele calculou. Poderia levar a rapariga ao aeroporto imediatamente e devolver o corpo duplicado ao país de origem, combinar uma descontinuidade da prenhez numa enfermaria clandestina ou usar do secretismo que tinha vindo a apurar na convivência com o governo e resolver o grave caso

---

[*] Do francês, *Rodolfo, estou grávida de ti.*

[**] Do francês, *Grávida?*

[***] Do francês, *Como permitiste isso?*

[****] Do francês, *Fomos dois a fazê-lo.*

sem levantar suspeitas. Depois, desabou num sopro de verdade. Falaria com Ofélia. Mais ninguém.

Annemarieke continuou na pensão, por imposição da mulher. Depois do primeiro diálogo com prantos e reprovações, Ofélia ordenou a maior reserva para defender o seu aprumo. E, principalmente, a ingenuidade da filha divina. Consentiu ainda as idas regulares de Rodolfo ao quarto de segunda classe mas que fossem despejadas de pulsão sexual. E que lavasse sempre as mãos antes de confrontar a pele de Angélica. O livreiro acenou com a cabeça, obediente. Mas a rapariga estrangeira esperava--o em roupas com transparência, os seios mais carregados, o ventre empolado e o cabelo maior atado num nó. Apesar do esforço dela para conservar a carnalidade, quanto mais o embrião se anunciava, mais ele se lembrava de Ofélia e da vinda da primeira filha. Aniek era, afinal, uma mulher comum, espantosamente comum, apenas mais desaforida e até imprudente do que a mulher mãe com um colar de pérolas. Rodolfo duplicou os cuidados com Ofélia. Flores. Livros. Implorações. Mas os sonos continuaram em quartos separados, sem a mais simplória insinuação de nostalgia ou intimidade. Na pensão imunda, a rapariga de Leste também reclamava. *Tu ne m'aimes plus, papa?** Ele nunca mais respondeu. Com a luz fraca dum abajur barato e as mãos ainda tão duvidosas, começou a tocar, com espanto, o útero ocupado. Sentia a circulação no saco dos líquidos. Esperaria o tempo certo para ouvir o aligeirado coração. Mesmo assim, desandava da pensão abafadiça sempre com maior brevidade. E um beijo desapegado na testa. Agraciado pela lucidez admirável da mulher Ofélia, obrigava-se a acreditar que a paixão estouvada pela rapariga do ministro dos Negócios Estrangeiros tinha sido um erro imbecil. E falsamente provisório.

* Do francês, *Já não me amas, papá?*

137

A parteira transpirada confirmou: um rapaz. Depois do fio umbilical cortado, a rapariga mãe voltou para a divisão imunda da banheira de esmalte, com os grandes seios de leite e a boca insaciável da criatura mínima. No editor, um encanto camuflado pelo filho escusado, manifesto na abundância de fraldas de pano, mantas, colónias e bichos de pelúcia. Mas o corpo ainda manchado pela preocupação com os entendimentos dos homens do regime. Voltou a proclamar o combinado: quando a criança apresentasse mais vigor, ela voltaria para as terras nórdicas com uma mala de vestidos e um palmo de dinheiro. O rapaz ficaria aos cuidados dele. Ela contestou, vozeou vocábulos ofensivos na sua língua e apontou para a porta ordinária do quarto da pensão. Ele achegou-se, no volume todo. Levou uma das mãos à sua pele ainda tão macia e apertou ligeiramente os dedos na garganta. Ela obrigou-se a respirar. Inesperadamente dobrada, conformou-se com um movimento da cabeça. O negócio tinha sido consentido. Com tantas chaves no bolso, o grande editor saiu. E, apesar do amor esgotado, ficou com o coração dorido. Sabia ainda que o filho do mordomo do casario, com quem tinha medrado pelos pátios e escadas para as compridas terras floridas da propriedade, entre brincadeiras de pião e berlindes, entretanto empregado da jardinagem, avisava duma cria em tempos de rebentamento. Chamou-o, com a gravidade a endurentar as linhas da cara. José Luz curvou-se. *Rodolfo.* O editor alto apontou o faustoso cadeirão no escritório do antigo pai. O homem floreiro sacudiu os dedos sujos, sentou-se com cuidados. Nas unhas, também o cheiro a gardénias e lírios. Com as palavras que podia,

Rodolfo Prudente perguntou se poderiam cuidar também dum filho duma mulher desalinhada que teria desocupado o peito da cria afomeada. Ele ajudaria no abrimento duma loja de flores, com moradia no andar superior. E todo o material precisado para a ampliação reputada do menino rapaz. José Luz ficou espantado. Mas favorecido. A vinda duma outra criança só poderia ser uma bendição do destino. A mulher, com as mãos no ventre tão dilatado, abanou a cabeça. *Não.* Mas o homem floreiro afincou: o rapaz seria um primeiro irmão para o outro. *Não.* Rodolfo poderia ser o padrinho mas tanto José como a mulher Aurora seriam os pais por devoção. *Não.* O plano parecia imperfeito mas plausível. O grande editor, apesar da boca seca por remordimento, estava urgentemente disposto ao cumprimento da condição, sem ter ousado falar com Ofélia sobre a futuridade. Ela nunca terá perguntado, também. Faltaria, apenas, convencer a mulher suspeitosa do homem floreiro. *Não.* Mas o acaso apresentou-se desventurado e o filho verdadeiro anunciou-se ao mundo sem vida. Um jasmim murcho. Um bolbo apodrecido. Um corpo morto. A mulher Aurora, num desvario imaginado, sepultou um mas reclamou, inesperadamente, o outro. Começou por chamar o rapaz estrangeiro como se a cria defunta. *Eugeninho.* E só as mãos delicadas do marido floreiro, de interiores amplos e completados, a convenceram do uso do nome combinado. *Manoel.* Como o pai antigo do homem livreiro. Mas ela demorou muito até aceitar que Rodolfo Prudente o viesse visitar, num medo maior de ficar sem o único rapaz que Deus havia consentido.

Ainda vieram cartas de Aniek, com selo alemão, a que Rodolfo respondeu com os restos dum fogo fraco. Num dos envelopes, um retrato dela rubricado e uma frase na língua mãe. *Ich werde es mir nie verzeihen können, dass ich meine Frucht im Stich ließ.** Nunca o editor soube a tradução. Assim preferiu. Os invólucros de papel da rapariga estrangeira acabaram no primeiro ano da década de sessenta. O livreiro explicou a ausência com a composição do muro de Berlim. Sabia-se do impedimento: um comprimento estendido de gradeamento metálico com alarme e impulsos elétricos, muitas torres de observação e pistas de corrida para

* Do alemão, *Nunca me poderei perdoar por ter abandonado o meu fruto.*

cães de guarda. Nunca entendeu se Annemarieke seria uma rapariga de bem ou uma espiadora, presumivelmente, com a missão falhada. A ser alemã, nem poderia supor se mais imperialista ou operária, acusadora ou instrumentista. Para ele, Aniek seria apenas a rapariga do vestido amarelado por quem ardeu em amor. E medo. Cair das graças do senhor presidente seria muito pior que a censura de Ofélia. Mas, no Conselho de Ministros, nenhuma boca perguntou pela rapariga estrangeira. Rodolfo chegou a imaginar que teriam sabido, e até investigado, o perigoso acontecimento. O chefe de governo e outros subidos funcionários eram continuamente avisados por agentes oficiais e informantes motivados para ter o abrigo do imperioso regime. Mas ele continuou a ser chamado a participar nas reuniões principais, respeitado na apreciação dos conteúdos editoriais e a ter encomendas para a feitura de panfletos de propaganda e livros com aplausos ao Estado Novo. Tudo parecia conformar-se ao alinho natural. Só o rapaz filho se avivava do leite doutra mulher.

Manoel não soube nem metade. Ou ficaria com uma ferida incurável.

138

Manoel, só posso dizer que se chamava Annemarieke e chegou-se a supor que seria uma operária informante da República Democrática da Alemanha, no tempo em acordo com o regime soviético. Vi-a apenas no dia em que vieste nos seus braços para os da dona Aurora. Podes estar certo do amor delas por ti.

O homem livreiro ficou muito ocupado no imaginário. A mãe falsa. A mãe estrangeira. E Elena. Talvez ela soubesse mais do que o esperado, também uma espia de Leste para investigar um filho perdido. Ou filha, sobrinha e outro parentesco que explicasse a vinda duvidosa duma rapariga moldava para terras mais a sul. Poderia ter-se sentido ridículo, ingénuo, mas amado, também. Talvez a mãe do vestido abaulado ainda o desejasse. Pausa. Levantou-se e beijou as mãos aromadas da senhora dona Ofélia. As mesmas pérolas sobre a blusa acetinada, só o cheiro a flores parecia mais seco, emurchecido. Deveria ter sabido com os homens ainda vivos. Agora, sem nenhuma boca para ouvir, parecia tarde demais. Respirou, num entendimento confuso. No corredor luxuoso, o mordomo de farda. Curvou o corpo, contido. O outro, também. Na cabeça, gostaria muito de o ter abraçado.

139

Quando recebeu a criança da rapariga estrangeira nos braços, Aurora falou no vão da boca. *Eugeninho.* José Luz ficou comovido, acenou com a cabeça a Rodolfo muito curvado no corpo. Por culpa. Aliviamento, também. A mulher Ofélia, depois do cumprimento formal, abrigou-se na grande sala dos cadernos de poesia e suposições filosóficas e nunca mais perguntou pela cria da sedutora de Leste. Ou visitadora governamental. Ou amante, como nunca ousou dizer com a saliva mas tanto latejou nas veias da cabeça limpa. Apenas ordenou verticalmente, num amor estropiado, que prometesse os maiores cuidados ao rapaz ingénuo. Sabia que o prolongamento do marido estaria a salvo com o jardineiro da casa. Acenou com a cabeça, também. Mas não poderia imaginar o desalinho que se avisava na mulher de ventre desocupado pela morte do primeiro filho. Aurora continuava numa loucura inventada. *Eugeninho.* José Luz presumia um desacerto provisório, até que o coração melindrado se voltasse a completar. Mas viu a mulher ficar mais calada, em vestidos compridos e pardos, os pés a levar as poeiras rasas do chão e a calcar a rua apenas em tempos de urgência ou ventilação da alma. O peito ainda abundante, o ventre ainda empolado do outro, mas uma oposição inesperada aos movimentos impacientes da boca insaciável do rapaz bastardo. Incomodava muito a fome desafeiçoada do filho da outra, tão pronto e suspiroso como se nem se apercebesse de que aquele alimento não seria seu por direito. Apenas por desgraça. Tiveram de comprar leite artificial. Algum amor, também. Na loja das flores, José passou a dedicar o tempo dos bolbos e vasos ao menino rapaz e a sublinhar cantigas de embalo enquanto cortava os acúleos das rosas e as folhagens exageradas das rebentadas dálias. A mulher Aurora perguntava muito por ele, no começo das escadas. Raramente descia ao lugar comercial, como se vivesse enclausurada num túmulo de quatro paredes. Tinha uma estima nervosa pelo filho falso, com prudências maníacas e descabidas. Que tirasse as flores de perto, pelas alergias. Que lavasse as mãos da seiva, pela peçonha. Que pousasse o rapaz no berço, pelo descanso. Que o livrasse da rua, pelo medo. Por um tempo continuado, José Luz terá sido as mãos da mulher Aurora. Ela recomendava e ele manuseava a cria com um amor incondicional. Rodolfo ficou semanas sem perguntar pela criança, num estado miserável da alma. Pelo erro. Pelo abandono. Apesar do grande volume, sentia-se incapaz de pedir a Ofélia que consentisse o medrio da cria bastarda no casario. Como um irmão falso de Angélica. Ou, se gloriada pelo poder divino do absolvimento, como um autêntico filho. Quando Manoel estaria para completar o primeiro ano, Aurora usou os braços para o lavar e adornar com devoção. O floreiro repousou, contente. Pelo homem fardado, veio um presente faustoso do grande editor. A mulher implorou ao marido para devolver o invólucro ao senhor dos livros. Ou dar ao orfanato. Ou ao depósito de flores mortas. Mas o pai suplente conservou o pacote sedoso num dos armários da loja. Haveria muito tempo, ainda. Para raciocinar. E afinar. Mas, por uma inclinação sexual impulsiva, e obediência do senhor Prudente ao subido poder, a biografia recentemente inaugurada do rapaz começaria já com um parágrafo de privação e falsidade. O conforto da mãe improvisada nunca se pareceria com o da rapariga estrangeira. Pela condição hormonal. E pelo fio umbilical cortado na vulva doutra mulher. Contemplou a criança. Comoveu-se. Provavelmente, nem se lembraria da brandura nos dedos duma mãe verdadeira. Acomodou Manoel ao colo, já sem o avental. Aurora seria cuidadosa, mas nunca completa.

140

Pai, espero ficar mais abastado num braçado de anos. Vais poder repousar depois de tanto tempo dedicado a vender flores.

O homem floreiro a depurar as ferramentas sagradas.

Espero morrer a despontar hastes floridas e a compor os baldes de zinco com tulipas e crisântemos, filho. Quando a morte vier, que me leve com as mãos perfumadas.

141

Rubricou o aviso de recebimento e confirmou que estaria oficialmente dispensado das funções de cronista do semanário por não ter despachado um texto de mil carateres pela segunda semana consecutiva. Voltou a acomodar a carta no envelope registado e usou a chaleira para um chá fervido. *Chá.* Sentou-se no sofá moderno. Poderia ainda endereçar uma composição imperfeita para a revista mensal mas, provavelmente, também viria a ser despedido. Por incumprimento. E alienação. Ainda ponderou explicar a reviravolta na contextura biográfica à chefia editorial mas silabou o cuidado do pai floreiro: *reservar sempre um dedo de tempo para lembrar o principal.* E a principalidade seriam todos os nomes que entravam, inesperadamente, na sua vida. Revirada. Aviventada, também. Porque deles vinha um contentamento deformado mas, enfim, incondicional.

142

Na cabeça, o rapaz louco. Ou das biografias. Novamente. Com o abalo pela duvidosa naturalidade da mãe uterina, tinha desmemoriado o morador bastardo do antigo palacete. *Bastardo.* Também o livreiro seria, afinal, uma cria sem linhagem nem cordão umbilical. As luzes ligadas no interruptor avisavam o começo da noite. Poderia ter ficado no minúsculo apartamento a beber o imprevisto chá de ervas ou a rematar a crónica para a revista mensal mas precisava, com urgência maior, duma boca especial para falar das substâncias mais invulgares. Ou até contar as memórias tão falsas como a claridade nas lâmpadas de vidro. A troca de parentesco entre o pai floreiro e o grande editor seria a confirmação duma identidade manipulada. E ainda a desaparição de Elena, num despejo lúbrico da máquina cardial. *Elena.* Irmã. Prima. Sobrinha. Informante duma procriadora do Oriente. Ou apenas a rapariga descomplicada por quem se inclinou. Por amor. Verdadeiramente. Deveria procurá-la pelas estufas de flores. Ou pelas aulas de Estudos Internacionais. Ou nas listas criminais da máfia de Leste. *Sou um ajuntado ridículo de enganos.* Como a afeição acautelada do senhor Rodolfo. Também o ventre seco da mãe Aurora. E a transparência discutível do pai floreiro. *Pai.* Neste fervimento de suposições, avançou pelo desalinhado jardim botânico, engolido pelos verdes mais bravios, aparentemente com propriedades depurativas. Riu-se, comovido. Tombaram pingos de chuva. Adiantou os pés para a grande casa. A cair pela cúpula vidrada do céu estucado, a luminosidade, também falsa, da lua. Ainda incrédulo, mas esperançoso, estendeu os braços no *Ponto de Incorporação da Luz.* Riu-se, novamente.

Depois, estranhou a bruma no palacete. Nenhum lampadário aceso. Nem o andamento acertado do rapaz inventor.

Hélio?

Procurou o morador peculiar na ampla sala com a porcelana da Real Fábrica. Espreitou ainda a divisão redonda, reservada para *As Memórias* ou *Ciclos de Apontamentos Biográficos*, mas nenhum corpo reclinado numa das poltronas, apenas o caderno com uma caligrafia muito imperfeita. Podia ler-se *As Memórias de Manoel Luz.* O livreiro voltou a silabar com maior precisão.

Hélio?

Começou a movimentar-se pelo comprido corredor, com todas as portas entreabertas a insinuar ocupação. Bastardos, também, dos homens, das utopias, do mundo, a viverem numa casa desabrigada, sem luz pelos fios nem água nos canos.

Hélio?

Ouviu o chiar de dentes, os uivos interiores. Correu, a apalpar as paredes suadas e esburacadas. Entrou na Cela de Apuramento Inventivo. Ou o compartimento miserável. O rapaz contorcia-se no chão frio, em espasmos violentos, a boca espumosa. Segurou o corpo agitado.

Hélio?

Ouviam-se os batimentos do coração, num latejo exagerado como o duma besta. Depois, voltou a levantar-se e, pela casa suspeitosa, procurou um telefone provável. Na entrada da cúpula de vidro, um mecanismo preto com o disco para marcar os números. Como esperado, a linha cortada. Levou as mãos à cabeça. Na grande sala, a deslocar as lombadas dos livros raros, umas esferas oculares faiscantes. O livreiro recuou. Depois, num impulso de afeição e urgência, falou ao semblante também recuado e sujo. Achegou-se, devagar.

Falas português?

O semblante acenou com a cabeça.

Podes chamar os homens da emergência dum telefone público?

O semblante encurvou os ombros. Manoel tirou as moedas todas que estariam no bolso e, quando a figura inesperada estendeu os braços, pousou o metal nas mãos imundas e graciosas. Os cabelos compridos, a boca viva. A bondade desapegada duma criança.

Diz que estamos no palacete rosa, a casa abandonada depois do grande jardim.

A figura aligeirou o andamento, numa aparência tão parda como a dos bichos das cavernas. Manoel voltou para o compartimento dos mecanismos inventados. Cobriu o corpo magro do rapaz com os tecidos da cama conspurcada mas bem vincada. *Desculpa, Hélio.* Sabia da sua resistência aos internamentos e aos senhores doutores mas, se perguntasse ao homem floreiro, estava certo de que o pai de coração falaria do verbo cuidar. Acomodou, novamente, os panos maculados. O mais abreviado minuto parecia prolongar-se por horas. Manoel abanou a cabeça. Talvez a figura tivesse debandado com o punhado ridículo de moedas. *Desculpa, Hélio.* Ponderou pegar nele ao colo, andar pelas ruas até ser ajudado mas, pela janela subida do compartimento miserável, avistou as luzes azuladas e intervaladas dos homens da emergência. Contemplou o rapaz com a boca espumosa. E, inexplicavelmente, rezou.

143

A Razão está claramente doente: desengane-se o homem que acredita na salvação pelo raciocínio. A verdade é um lugar improvável. A todos os que se perdem sem ter verdades na língua, falem das falsidades nas memórias e declarações. A falsidade é uma verdade muito mais simples de ser provada.

O médico dos males da vista.

144

Manoel ficou sentado num banco, no corredor decadente do grande hospital. A luz da manhã começava a levantar-se e as paredes dum amarelo seco pareciam ampliar o comprimento da enfermaria dos cuidados graves. No tempo de espera, ouviu vozearias e zumbidos, sapatos a calcar o chão com desprendimento e peças de aço a tombar das alturas. Estava agitado, por dentro. Nunca considerou que o rapaz pudesse morrer mas ficaria despedaçado se dele se ausentasse a memória ou a lucidez. Um homem de maior idade apareceu com os pés a arrastarem o corpo vergado e um cobertor velho pelas costas. Tinha o medo na vista e apontou o dedo ao único ser vivo sentado naquele lugar.

Abale deste Inferno enquanto pode, que, se o homem doutor o diz louco, nenhum outro acreditará em si.

Tinha os dentes amarelados, como as paredes. Uma enfermeira bem aprumada veio imediatamente por uma das portas apertadas e altas e tomou o homem velho pelos braços sem bondade. Falou friamente para Manoel.

O doutor espera por si no gabinete.

A mulher apontou também com o dedo. Manoel inclinou-se ainda incomodado com o desespero no homem do cobertor e andou com vagar até uma das portas ligeiramente abertas. Bateu. Entrou. O senhor doutor, numa bata branca, parecia feito a linhas duras.

Sente-se.

Manoel acomodou o corpo cansado numa cadeira. Ficou alienado pelos pormenores do gabinete: a marquesa em metal num canto, o pio de louça rachado com as toalhas encardidas, o biombo também de aço com tela hospitalar dum branco sujo e as mesas e armários de vidro com uma estranha lista de instrumentos de intervenção. Reparou ainda nas pinças, nas tesouras, nas espátulas, nos espéculos, nos bisturis com cabo, nas seringas, nas pipetas, nas agulhas espinais, nos copos graduados, nos tubos de plástico, nos agrafadores, nas bacias com água destilada e nos frascos com partes de encéfalo em formol. Lembrou-se das borboletas vivas nos envelopes de papel vegetal e das gotas de éter minuciosamente colocadas sobre o bicho alado ainda a bater as asas num sopro de esperança. As mãos delicadas do rapaz para que nenhuma das partes do inseto ficasse estragada e o desapego ante uma vida que ainda se debatia. Nunca as molduras etiquetadas do curto corredor do apartamento minúsculo lhe pareceram tanto uma enfermaria arrefecida dum grande hospital psiquiátrico. A olhar pela janela com um gradeamento em ferro, um homem de farda. O doutor falou, novamente.

Sabe que o rapaz tem uma complicação mental.

Manoel continuou calado.

E sabe também que os espasmos e a espuma da boca podem levar a uma condição de quase morte.

Manoel continuou calado.

E sabe ainda que o lugar onde estaria a viver será mais um ninho de ratos e doutros homens vivos pela metade, entre o crime e a doença.

Manoel continuou calado.

Portanto, poderia ser devidamente culpado por não ter denunciado com brevidade esta situação escabrosa. Ele poderia ter morrido por excesso de descuido.

Manoel falou.

Ou excesso de poesia.

O doutor riu-se, começou a andar em círculos.

O senhor tem graça na língua, apesar da complexidade do caso.

Parou diante do homem.

Você é um imbecil.

O homem de farda riu-se, ainda a olhar pela janela.

Sabe que, ao tomar conhecimento de que o rapaz tem uma doença mental, estaria claramente obrigado a manifestar-se sobre a situação.

Doutra maneira, terá sido negligente. Poderíamos abrir um processo criminal. Apenas vou considerar a sua ingenuidade por saber que é um dos eleitos do senhor falecido Rodolfo Prudente, um homem de grandeza.

Manoel continuou sentado.

Viesse o elevado criador da Bem Comum a saber que anda a deslumbrar-se com loucos e delinquentes num palacete abandonado e ficaria vergonhosamente desapontado com o operário da livraria.

Manoel sabia da estima do editor pela minoria catalogada como eleição racional. Também nele o aumentado desejo de ser convidado para as reuniões do limitado ajuntamento de homens e algumas mulheres de tamanho subido por toda a prontidão oferecida ao regime. Tinha subordinado o coração à conveniência de ser considerado um intelectual de importância maior, um sabedor elevado com direito a curvatura e avivamento nas revistas também separatistas sobre arte e cultura. Desenganou-se. E levantou-se, depois.

Posso apenas saber como está o Hélio?

O doutor riu-se, novamente, e abanou a cabeça num movimento muito mecânico.

Hélio, portanto.

Também o homem de farda voltou a rir-se.

Se o rapaz tivesse dito que se chamava Napoleão Bonaparte também acreditaria?

O homem de farda riu-se com mais volume. Manoel ainda levantado.

Talvez a partir de hoje me comece a apresentar como Nicolau Maquiavel.

O doutor achegou-se ao homem.

Você é mesmo imbecil.

Manoel teve vontade de consentir a raiva que se inflamava por dentro. Com os braços e as pernas, poderia desconfigurar o gabinete dum branco doente, tombar as mesas e os armários de vidro, despejar os instrumentos metálicos e partir os frascos com formol. Mas lembrou-se do senhor velho com o cobertor pelas costas. *Abale deste Inferno enquanto pode, que, se o homem doutor o diz louco, nenhum outro acreditará em si.* Poderia ajudar mais o rapaz se continuasse no mundo dos presumidos homens lúcidos e sem um médico desalmado a receitar curas medicamentosas e outras terapias bizarras em salas despejadas e frias. O livreiro perguntou com a placidez possível.

Quando poderei visitá-lo?

O doutor olhou-o demoradamente.

Quando a minha pessoa considerar que a sua já terá recuperado o bom senso e, portanto, será um visitador higiénico para um doente com delírios e convulsões.

Manoel recalcou a pergunta.

Quando?

O doutor virou costas.

Venha falar comigo na semana que vem.

Manoel encaminhou-se para a porta.

Alto. Ainda tenho a dizer.

O homem de farda andou com os pés em marcha.

O doutor até pode ter recuado na acusação mas que não o veja eu no palacete. É propriedade privada e devidamente enquadrada como um lugar de maior perigo, visitado por criminosos e lunáticos. Apesar do meu respeito pelo senhor Prudente, que o grande criador o tenha no santo olimpo, eu sou pela ordem, senhor Manoel Luz.

Manoel continuou calado, com a mão na maçaneta da porta antiga.

Estamos conversados?

Manoel saiu e ouviu os risos vindos do gabinete clínico. Para abreviar o ardimento nas entranhas, pensou intencionalmente na candura da filha imprevista. *Papoila.*

145

A infância é a lente com maior claridade.
Do médico dos males da vista.

146

Poderia saber mais das bocas feminais do orfanato mas levantou a suposição de o nome do rapaz ser também um bafo inspirativo do corpo magro com propriedades de inventor. *Hélio.* Uma identidade imaginada para rasurar o começo violento da sua biografia. Ou simplesmente o vocábulo nominal que mais combinou com a condição química de dentro: um sopro brando, incolor e inodoro, mais leve do que o ar, tão abundante como o hidrogénio e presente na composição das estrelas. Cabeças cientistas afiançavam que a maior parte do hélio se teria formado nos três primeiros minutos de criação do universo. Abanou a cabeça. Também um abreviado intervalo de tempo poderia transformar tanto uma vida. *Hélio.* Os nomes deveriam ser assim, tão chegados ao estado mais privado de cada um. Lembrou-se, novamente, da criança Papoila. *Pa-poi-la.* Também Laura sabia muito apreciar a matéria interior. Assim procedeu quando chamou à filha inesperada flor bravia.

Do rapaz magro, saberia mais tarde sobre a mãe com mãos muito precisas para cortar linhas maiores numa fábrica de camisas para homens limpos. O pai, que raramente se apresentava numa camisa de riscas bem vincada, com as mãos sujas de terra e suspeitas. Mineiro numa cova de metais importantes, marido com um coração melindrado. Veio o rapaz das biografias ao mundo numa casa de entendimentos simples e doentes. O homem das mãos sujas nem lavava o corpo nos chuveiros da mina para vir com mais adianto e esperar a comprometida nos grandes pórticos do armazém das costuras. A mulher das mãos precisas, em roupas discretas e desbotadas, acenava às modistas e costureiras e subia na motocicleta, também imunda, do marido mineiro. O rapaz ficava na rua, com berlindes, vizinhos e medo. Se perguntassem ao internado, ele explicaria como o pai sublinhava o amor pela mãe. Começou por dizer que se mataria com dinamite numa das cavidades com cabos, máquinas e monóxido de carbono. Depois, que se atiraria pela escombreira até esmagar a cabeça numa pedra bruta. Com as mesmas mãos, prendia os cabelos da mulher nos dedos grosseiros e disparava os pratos em porcelana barata da mesa para o chão. Ela sentava-se diante dele, a vista avermelhada mas a língua contida. O rapaz ficava num tapete a brincar com cartões e plásticos. Com a saliva ainda suave, a mulher das mãos muito precisas perguntava ao homem das mãos sujas sobre a mina. Ele ficava maior, falava de ouro e prata, chumbo e estanho, platina e zinco. Depois, do volfrâmio, muito usado nas lâmpadas incandescentes, nos tubos dos raios x e outros instrumentos cirúrgicos. Com a voz mais tensa, dizia ainda que servia também a indústria de armamento, em explosivos, obuses, granadas e até mísseis. Durante a segunda guerra, mais de dez mil homens obedeceram aos superiores da mina por mais de dez mil quilómetros de galerias. Sempre maior, continuava a explicar que o volfrâmio era um metal raro, muito venenoso, com o número atómico setenta e quatro. Com as unhas encardidas, tocava na cara da mulher, depois no peito e, se estivesse mais perto, tocaria nas coxas e entraria pelos lugares mais privados com um riso maníaco. Ampliaria ainda que o volfrâmio podia ser aplicado em preciosidades e joalharia, mesmo depois de ter sido usado no extermínio dos alemães com defeitos no corpo e no espírito. Mais ameno, aclararia que o mercado do volfrâmio estaria alto, o exercício imundo de mineiro bem pago e, portanto, havia sempre a promessa dum anel ou duma corrente com um coração pesado a lembrar o seu amor absoluto. Até que, num dia ao acaso, mandaram avisar a mulher das mãos precisas, ainda na fábrica das camisas dos homens limpos, que o filho estaria em febres e convulsões no meio da rua. Ela largou as linhas nas bainhas muito direitas, tirou os sapatos dos pés para andar mais ligeira e desmemoriou o marido das mãos sujas à espera dela tempo a mais. O rapaz já estava deitado num colchão com uma manta fina sobre o corpo magro, quando ela ouviu a motocicleta. Ainda começou a elucidar o homem mineiro que, assim como o volfrâmio, o rapaz tinha particularidades que causariam crises, espasmos e espuma. O marido parecia ainda mais sujo, mais empoeirado. Tirou o capacete com a lanterna, ficou com o fato oleoso dum laranja desmaiado e, com a mesma picadeira de libertar o metal raro das paredes de xisto, descompôs o corpo da mulher muito perfeita. O rapaz acordou dum devaneio febril e viu o pai sair de casa com as mãos manchadas dum carmesim vivo, como se do buraco escavado no chão viessem agora as entranhas do mundo, também encarnadas como as de qualquer criatura animal. Levantou-se, ainda fraco. No chão antigo, a mãe estendida com o ventre esburacado. Curvou-se, silencioso, e tocou na seiva da mulher morta, ainda morna, com um fio escarlate a escorrer da boca que o tinha adormecido em beijos e cantigas. Muito depois, vieram os homens fardados com revólveres ferrugentos e as mulheres do orfanato com saias de fazenda e pérolas fingidas sobre as blusas imaculadas. Também os homens de bata branca, que enfardelaram a mãe ainda tépida num plástico preto e a levaram como se um bicho encontrado na berma da estrada. O rapaz ainda nem sabia escrever a mais curta e redonda letra, mas poderia agora rascunhar um inteiro e aprofundado manual sobre a dor duma cria incompleta.

147

Esperou, sentado no sofá moderno do apartamento microscópico. E desocupado. Como sempre, afinal. Riu-se, comovido. Tinha ainda o automóvel, o mobiliário estático e a glória inventada. Nem gente nem bolbos ou substâncias presentes na composição das estrelas. Um acumulado de ossos e músculos entre paredes de cimento. Mas poderia declarar que sabia mais do tamanho dos homens. Avisou, como se silabasse um entendimento podado pelo pai floreiro. *A altura é uma propriedade de dentro.* Levantou-se, mais vertical. Depois, inclinou-se pelas escadas até calcar as pedras da rua e nem ousou medir o comprimento dos transeuntes aos palmos.

148

Levantou-se quando viu uma das raparigas fardadas da enfermaria. Achegou-se e ela acenou com a cabeça, desafeiçoada. Depois, apontou para o alinhamento de portas subidas da ala de internamento. Manoel avançou pelo corredor. Inexplicavelmente, aprontou o cabelo e o casaco de fazenda. A rapariga fardada avisou, ainda.

O senhor doutor pediu para lembrar o senhor Luz de que deve ter conversas convenientes com um paciente em tratamento.

No seu íntimo, alumiou o aviso do homem velho com o cobertor pelas costas. *Abale deste Inferno enquanto pode, que, se o homem doutor o diz louco, nenhum outro acreditará em si.* Também Elena parecia agora muito lúcida. Todos os homens bons mereciam liberdade. Até os doentes. Virou o corpo, acenou com a cabeça. Depois, embrenhou-se pelo comprimento de tinta amarela. A maioria das portas parecia trancada. Num dos quartos, o rapaz deitado numa cama de ferro. O homem livreiro alegrou-se.

Hélio.

O rapaz continuou esticado, com um lençol branco exemplarmente vincado no peito e um cobertor dobrado aos pés. Estava metido numa bata tão pálida como as paredes do grande hospital, as bordaduras rompidas dos muitos lavamentos e um nó nas costas com os fios de tecido. Tinha as esferas oculares fincadas no teto, também descorado, com uma luminária sem fausto pendurada pelo cordão elétrico.

Hélio.

O livreiro sentou-se no banco metálico. No quarto com cheiro a formol, camas despejadas apenas com o colchão encardido. Da grande janela, a luz primaveral. O rapaz sem o mais abreviado movimento. Manoel achegou o banco, pousou os braços na cama. Depois, sem pudor nem altura, começou a contar os mais recentes esclarecimentos sobre a sua linhagem carnal. Falou da mãe estrangeira, do amor imprudente com o homem editor, do empolamento do ventre, da generosidade do pai floreiro, da morte do irmão Eugeninho, da amargura na mãe Aurora. E falou do amor desperdiçado com Laura, da filha inesperada com nome de flor bravia, do pintor francês com maior respeito. Também de Elena. *Elena, a rapariga de Leste.* Manoel manifestou ao rapaz em funcionamento mecânico que não saberia como catalogar as memórias do tempo anterior. Poderia avisar da formação uterina numa rapariga estrangeira que terá vivido o levantamento do muro de Berlim. Também a criança agasalhada no colo dos pais suplentes, entre bolbos rebentados e borboletas mortas. Ou o rapaz estimado pelo grande editor, livros, homens de macacão azul e mentiras, e o entendimento maior da discreta mulher das pérolas.

Na tua cabeça, a vontade de escrever a minha biografia, Hélio. Repara nas memórias tão falsas da minha vida. Confesso que nem sei como voltar a etiquetar cada minuto de que me lembro do meu passado. Pai de corpo. Pai de coração. Pai nenhum. Como Papoila.

Curvou-se, comovido. Na cabeça, o pintor francês merecia o cargo principal. Assim o homem floreiro. Por cada ato dedicado. E todos os retratos de família. Provavelmente, num tempo de susto ou até contentamento, os braços de Papoila procurariam os braços e o riso do homem estrangeiro. Manoel seria apenas o pai de corpo. A seiva de criação. A semente do fruto. O coito ocasional. Continuou curvado, sem ter reparado que os dedos do rapaz combalido se movimentaram sobre o lençol branco. Para Hélio, o livreiro poderia ainda ser tanto, também.

149

Gostaria de falar mais a Laura, embalar o seu corpo fraco na saliva dos vocábulos e perguntar pela flor bravia. *A nossa flor bravia.* Poderia telefonar, com o eco do apartamento vazio, mas seria respondido pelo pintor francês, tão chegado, amadurado, completo. E a cumprir o seu encargo com o maior apuramento. Também duvidava muito da absolvição de Laura. Ou do merecimento. Depois do útero ampliado e da criança a adiantar-se no entendimento, nunca poderia afirmar-se como homem aparentado sem provar o seu afeiçoamento obediente. E incondicional. Laura, com o líquido poético nas veias, até aprovaria desculpar o procriador livreiro conspurcado por tantos defeitos. Mais melindroso seria calcular o comportamento de Papoila, a criança menina com a vista ainda muito aclarada. Ou limpa. *Até onde pode ir um amor defraudado?* Entre fórmulas e suposições, um editor camuflado e um especialista em bolbos delicados, nem Manoel sabia responder.

150

A enfermeira de farda falou mecanicamente.

O rapaz dos espasmos acordou.

Manoel aligeirou o passo. No quarto grande, o rapaz sentado na cama de ferro, acomodado a uma almofada branca, ainda na bata rompida, mas com a antiga gabardina de tamanho maior. Ao homem livreiro, parecia já muito o rapaz das biografias. Manoel achegou-se com um contentamento maior, amoldou a mão no ombro magro do rapaz. O doente numerado acenou com a cabeça, num riso ainda muito fleumático. O visitador sentou-se no banco metálico. Reparou que as outras camas estariam também ocupadas, com esferas oculares fincadas e bocas também espumosas.

Estás vivo.

O rapaz acenou com a cabeça. Ficaram atentos, um no outro. Apesar dos instrumentos hospitalares e do cheiro a formal, nunca se tinham apreciado com tanta profundidade. Ao homem livreiro, o rapaz pareceu muito uma criança. Falou, melindrado.

Posso começar por perguntar como te chamas?

O rapaz continuou atento.

Hélio.

Manoel engoliu a saliva.

O médico disse que não. Que terias outro nome.

O rapaz das biografias riu-se com maior amplitude.

O que tinha eu contado sobre os homens doutores, senhor Manoel Luz?

Podes tratar-me por Manoel.

O rapaz acanhou-se. O livreiro aprontou um riso muito natural.

Tens um apelido, pelo menos?

O rapaz acenou com a cabeça.

Como todos os filhos do grande criador: Hélio de Deus.

151

A pedido do rapaz fraco, e apesar dos avisos cuspidos pelo homem fardado no gabinete branco com frascos de formol, Manoel voltou aos corredores do antigo palacete. Hélio gostaria tanto de saber se os Redutores Mecânicos da Infelicidade Imposta estariam bem reservados na Cela de Apuramento Inventivo e se as alas do casario continuariam a ser cuidadas pelas mãos dos semblantes aliados. Também a vontade de ter o seu caderno de apontamentos no hospital para continuar a rascunhar sobre os temperamentos dos eleitos para o segundo volume do *Ciclo de Apontamentos Biográficos*. Manoel lembrava-se ainda de o rapaz silabar todos os nomes. *General de Spínola. Nicolau Copérnico. Adelaide Cabete. Albertino Bento Maior. E, claro, o senhor.* Manoel Luz. Um nome com tanto por ordenar no alinhamento de memórias. Riu-se. Se havia procedimento que a sua vida dispensaria neste tempo seria a composição duma biografia. Precisava ainda de entender a explicação lógica para o inventário de pessoalidades. Teimaria em recomendar ao rapaz inventor que se ocupasse dum ofício mais principal. E até lucrativo. Manoel voltou a ampliar os braços no Ponto de Incorporação da Luz, com a cúpula de vidro no céu de gesso e o telefone preto com o fio cortado. Na grande sala, outras figuras movimentavam-se com brandura, a comerem nos pratos de faiança portuguesa e com os livros raros e valiosos a completarem a palma das mãos. O livreiro acenou com a cabeça aos semblantes imundos mas, aparentemente, iluminados. A Poetaria nunca lhe pareceu tão viva e até conveniente. Mesmo assim, sem o rapaz inventor, seria apenas um ponto geográfico abandonado e proibido. Estava agora convencido da superioridade de conservar o caso oculto dos agentes domesticados da cultura mas nenhum outro motivo o levaria a voltar ao Palacete Rosa depois do cumprimento da súplica do rapaz frágil. Ainda ponderou se o ambiente desusado e até doentio do casario com heras a comerem as paredes o poderia inspirar para os dianteiros poemas mas procuraria no mais cavado lugar do corpo, onde a verdadeira matéria deveria ferventar e até abundar mesmo sem a claridade na vista. Poderia ter imaginado ainda a senhora dona Ofélia a reverberar a suposição. *A poesia leva-nos ao invisível de todas as coisas. É inseparável da maior verdade.* Incluiu-se na sala redonda com muito vidro e tanta luz. Num impulso, tomou o primeiro volume dos *Ciclos de Apontamentos Biográficos* e o caderno ainda pousado na mesa de apoio com o abajur. O propósito da vinda aos compartimentos faustosos e decadentes estaria cumprido e a intenção seria voltar com brevidade ao movimento natural da cidade e ao corredor amarelo do hospital. Apesar da singularidade imaginária do palacete, assim uma narrativa de inspiração fantasiosa, Manoel nunca teria pertencido ao ajuntamento reservado das criaturas livres. Lembrou a simbiose notada entre o rapaz inventor e o casario em ruína, num amoldamento tão fabuloso e comovedor que obrigava a um batimento mais afeiçoado ao corpo magro e resistente. Ao alinhar a corporatura para se evadir da saleta, terá sido inundado pela flamância de fora, como que inebriado por um sopro invulgar de confortamento e até ablepsia. Sentou-se numa das poltronas. Respirou, ainda com as esferas oculares impedidas. Na pele, a luminosidade do dia. E até uma sensação de maior liberdade. Voltou a contemplar a saleta minúscula e as papeladas metidas nas mãos. Com os dedos humedecidos na boca, inaugurou as folhas de papel amarelado do exemplar único do livro biográfico. Silabou. *As Memórias de São João de Deus.* Ficou com o peito mais apertado, pelo acometimento. Também pelo medo de se aperceber do desvario no rapaz dos espasmos, forçado a conformar-se com o diagnóstico registado pelo senhor doutor desalmado e a urgência em compensar o desacerto neuronal e emocional numa ala de internamento. Preferia acreditar num génio imprudente. Ou socialmente avançado. Riu-se, com afeição. Depois, acalentado por uma brisa tépida soprada pelas fendas, obedeceu à pulsão. E começou a ler. *João*

*Cidade começou a vida ao contrário. Feito primeiro uma figura de caco levantada no altar duma capela dedicada aos doentes e desvalidos, com floreados decorativos em ouro e velas compridas em ardência, também o falso acetinado da batina e a auréola em ferro pintado, cansou-se da apatia dos feitores de santos e caminhou, homem de carne e seiva. Falou do sonho e das conversas com Deus: aprontar um hospital para cuidar dos loucos e dos pobres. E também ele terá sido internado por exagero. Ou leviandade. Seria mais proveitoso como figura de adoração. Até as esmolas se abreviaram no sulco da parede. Ele desencantou-se. Mas continuou. Em cada criatura fraca ou miserável, um filho. Muitos, portanto. Mas apenas um de corporalidade, ainda vivo num invólucro de caco. Hélio. Hélio Cidade. Ou de Deus, se vier a confirmar-se também a sua santidade. A mãe, cumpridora de bainhas nas camisas dos homens aprumados, tão imaculada como a branca virgem, já lavada das entranhas encarnadas que um lobo rebentou, espera por ele na ampla sala dos abençoados. Também o filho do santo precisa de se fazer homem de carne e seiva, alinhado num posicionamento de ossos e com uma cobertura de músculos, capaz de executar milagres e inventar mecanismos para a redução da infelicidade imposta. Assim o pai. São João de Deus, sem a auréola dourada, veio santo verdadeiro no dia em que se inclinou do altar tão inútil feito pelos rezadores desacreditados e usou as próprias mãos para embalar os doentes e os desvalidos. Irmãos, fazei o bem a vós mesmos dando aos pobres**. *E os pobres podem ser todos os homens sem as mãos dos outros.* Manoel fechou o livro tosco escrevinhado à mão. O coração mais aligeirado. Pelos vidros, ainda a ampla luz. Silabou, emocionado. *Ele escreve poesia.* E levantou-se, amornado pelo espanto. E pelo calor na sala minúscula das falsas memórias.

* Pregão aparentemente usado por João Cidade (São João de Deus, depois de santificado).

152

Diminuam a luz. Provavelmente, o mais importante de hoje será visto sem o artificialismo da lâmpada enervada. A matéria principal à vida pode ver-se claramente num compartimento desalumiado.

Albertino Bento Maior.

153

O apartamento ainda desocupado, apesar dos calores primaverais declarados no piar dos pássaros e dos mercadores de rua. Manoel, com a camisa desapertada nos botões mais subidos, poderia afirmar o corpo abafado no andar minúsculo do prédio antigo. Com as mãos muito precisas, e a criança imprevista na cabeça, retirou as molduras com borboletas mortas do abreviado corredor e abriu as janelas para um arejamento inadiável. *Elena.* Esperou na maioria dos dias um telegrama ou outro bafo da rapariga estrangeira. Até um postal com carimbo da estação de correios duma cidade de Leste, o retrato dum subimento montanhoso e, numa caligrafia mais calculada, o breviário a contar do útero da mulher Annemarieke e dos procedimentos de espionagem dos razoamentos democráticos. Mas Elena poderia ser apenas a estudante de Relações Internacionais com funções nas estufas de flores mais a sul. Por ele, continuaria a completar o sofá moderno com as suas curvidades em afloramento e os dedos a virarem os poemas desmaiados nas prateleiras ou os estudos da anatomia do mundo. Sentou-se. Pelo riso imprudente, soube que precisava urgentemente de amor. Veio o nome de Laura ao movimento da boca e as revivescências aligeiradas de Papoila a apontar para os insetos inanimados, minuciosamente colocados com alfinetes de aço para exposição decorativa. *Papoila.* A filha por metade que tanto poderia ocupar o vazio dos braços. Abanou a cabeça, deplorado. Pelas borboletas privadas do ciclo natural de reprodução. Por Laura, também privada do ciclo natural de afeição. *Teimosia. Descaramento. E ruindade nas esferas oculares.* E por Papoila, abastardada, apesar do grande apuro.

Levantou-se. Andou em círculos, com a carne e a alma do elevado editor e do homem floreiro. Seria obrigatório o uso das mãos. *Tentar. Acautelar. Deslocar. Acarinhar.* Como o santo da biografia do rapaz inventor. Num compromisso repentino, começou a comungar com a casa das flores. Regularmente. E com fantasias. Com os pés enfiados no andar subido, estimou descompor as cortinas desbotadas e alinhar a mobília da sala. Mais claridade. Ares circulados. E flores. *Flores.* Também aviventaria as localidades mais íntimas, abatidas pelo acumulamento de inutilidades, poeiras e memórias falsas. Precisaria apenas duma divisão para leituras e composições e dum quarto muito simples. Se Elena viesse, seria convidada a ficar estendida no repartimento dele. Somaria mais um para Papoila, a filha imprevista. E eterna. E lembrou afeiçoadamente o rapaz dos espasmos. Até um gato comum. Contentou-se. Depois, acomodado num banco imperfeito da cozinha, com a companhia imaginada do pai floreiro, rascunhou, na cabeça, a metamorfose funcional e até decorativa. Sublinhou no esboço de papel os armários para a reserva de livros e o canto de pintura para a filha repartida. Também o ponto geográfico preciso do sofá. *Para Elena.* E uma mesa comprida e resistente para os mecanismos fantasiados pelo rapaz das biografias. Riu-se. Com uma impressão inesperada de coerência. E até felicidade. Falaria com um engenheiro dos tempos do grande editor. E outro entendedor em modernidades decorativas. Falaria com Laura, também. *Laura.* Provavelmente, a criatura com maior clareza para transformar um prédio de cimento num abrigo agradável. E familiar. Com os lugares certos para cultivar as ervas aromáticas, outros verdes floridos e a matéria delicada da afeição. Dispensaria o entendedor em decorações, afinal, e outros vendedores de acabamentos de plástico vindos de fábricas imundas e esfriadas. Imaginaria ainda as instruções do pai floreiro. E até do homem pai. Só depois passaria para o andar comercial. Seria um movimento mais sensível, o de ordenar as tesouras e os vasos ainda com bolbos por rebentar. Pensaria também com cuidados sobre a futuridade da casa dos crisântemos e dos jacintos. Com o coração entupido, sabia da intenção que se aferventava no interior. Para Manoel, viria, novamente, uma loja de florescências e generosidades. Contaria com a ajuda de Hélio nas composições florais e entregas aos compradores. Viveriam os dois, o rapaz e o homem, num nó insuspeito entre criaturas aliadas. Como ele, em tempos recuados. Na livraria. E na casa das flores. Mas teimaria na verdade. Sem fingimentos ou biografias deformadas. Concluiu que começava a duvidar muito da verdade das coisas.

154

Poderia ter telefonado. Ou usado a campainha com uma composição de rebentos florais num tempo primaveral avançado. Escreveu um telegrama. *Laura, vou reabrir a casa das flores. Avisa a Papoila. Com amor.*

155

Senhora dona Ofélia, temos compradores muito interessados na Bem Comum.

A viúva de pérolas respirava com tempo. Manoel, acorcovado pelo pudor, ampliou o aviso.

O meu interior precisa de novos ares.

A mulher grande ainda reservada.

Se a senhora dona Ofélia aceitar o negociamento.

Ela falou pelo auscultador com o encanto habitual.

Delicado Manoel, sempre calculei que a tua suavidade se amoldava mais ao ofício do afloramento. E da poesia. Vender livros é um dever que muito deforma o coração.

O livreiro poderia ter corado. A mulher continuou.

Talvez as flores consintam que te amoldes também ao amor. Mais do que novos ares, precisa o teu interior duma linhagem, Manoel.

Ele comoveu-se com a brandura da mulher desvirtuada pelo seu pai de corpo e desligou a chamada telefónica com vontade dum abraçamento. Todos os homens deveriam curar-se nos vapores milagrosos das cuidadoras do mundo, mulheres e árvores, com braços que tanto se inclinam para o infinito. Confirmou que todas as criaturas, até os bichos mais hediondos, deveriam saber o formato preciso do colo da mãe.

156

Acordou avivado, depois duma noite comprida de subordinação. Deveria aprontar-se para a futuridade, apesar das inverdades e outros mistérios. Poderia conformar algumas camisas e um par de sapatos numa mala abreviada e visitar as terras de Leste. Perguntaria por Elena. E, com a língua mais acomodada, também soletraria o nome da provável mãe. *Annemarieke.* Na boca, a saliva amarga do corpo, sem o sabor do gin tónico a camuflar o corrimento natural. Depois da ida de Elena, as garrafas tinham sido reservadas na despensa. Com tempo, seriam levadas para a fundição de vidro. Até convertidas em chávenas de chá. Preparou-se para mais uma visita ao rapaz inventor no grande hospital amarelo. Levaria o primeiro volume das biografias e o caderno de apontamentos para que, no intervalo de recobramento, se pudesse ocupar de hipóteses e composições. No saco de papel, ainda um braçado de maçãs. O médico desafinado consentiu o fruto proibido, pela desvaidade. Mas seria impedida a vinda de biscoitos ou bebidas adoçadas. No estendido corredor, ouviam-se os tacões das cuidadoras num andamento frenético. Também o médico fleumático parecia agravado, a deslocar-se em círculos na companhia burlesca do homem fardado. Manoel apercebeu-se dos movimentos invulgares. No quarto, a ausência do rapaz dos espasmos. Também dos outros. Com o peso dos documentos e das maçãs, inclinou o corpo. Subiu uma mão à cabeça. *Hélio.* Ficou desencantado. Até avariado. *Hélio.* Com o coração pronto para abrigar todos os nomes acontecidos na sua vida, parecia condenado a perder cada um. Em abalos imprevistos. E duvidosos. Voltou ao corredor. As enfermeiras continuavam em deslocamentos impacientes, com cobertores e frascos nas mãos. O livreiro respirou. Mais esperançoso por todos os músculos, resolveu acreditar no propósito do revolvimento. E imaginou o contentamento do rapaz libertado. O doutor inflamado encarou asperamente Manoel. Do saco de papel, o visitador tomou uma maçã que ofertou ao homem enervado.

Tenha um bom dia, senhor doutor.

O médico ficou pasmado com o fruto nos dedos. Mais enervado, também. O homem fardado riu-se. Calou-se, depois. Manoel continuou o andamento, em suposições. *Hélio.* Pela escadaria de pedra, alegrou-se com a ausência do homem velho com o cobertor pendurado nas costas. Talvez estivesse desatado, agora. Como todos os pássaros. *Como todos os pássaros.*

157

Nem sempre a criatura mais alta vê com maior precisão. A tendência de contemplar o mundo de cima pode ser muito inconveniente. E até gravemente imbecil.

Do médico das retinas deformadas.

158

Ainda sentado no automóvel, contemplou os homens fardados entrarem pelo palacete cercado por uma banda avermelhada a avisar perigo. E impedimento. No íntimo, a vontade de procurar o rapaz inventor na sala das biografias ou na Cela de Apuramento Inventivo, salvar os Redutores de Infelicidade Imposta e os livros raros e preciosos. Mordeu uma maçã, também. Se Hélio viesse a ser encontrado pela autoridade e apresado num hospital, talvez fosse mais prestável a sua condição de homem maior sem carimbos criminais. Conduziu até à livraria, o único ponto geográfico aonde o rapaz dos espasmos saberia voltar. Depois, com o peito inundado, entrou. Na cabeça, o editor. Também o pai de corpo e o imaginoso plano de entregar o bastardo ao filho do mordomo e à mulher completa de leite da cria inanimada. Continuou inclinado na banca de madeira com a caixa registadora e esperou. Esperou, ainda. Esperou depois da luz do dia se abreviar. No envelope de uma das tantas cartas metidas pela rasura da porta, escreveu com letra cuidada. *A livraria Bem Comum estará fechada para balanço poético.* Riu-se. Depois, ampliou o número de vocábulos. *O rapaz mais leve que o ar pode saber mais novidades na antiga (e futura) casa das flores, a cinco ruas. M. Luz.* Com fita adesiva, posicionou o recado no vidro. Acreditou mais. Hélio voltaria à casa dos livros. Para continuarem a simbiose de afeição. Desligou as lâmpadas, rodou a chave. Na cabeça, o argumento penoso de Elena não ter voltado. Respirou. *Ainda.*

159

Sem saber explicar o raciocínio, começou a dormir no andar subido da loja das flores, num estrado improvisado do quarto com a reforma incompleta. Havia o conforto das memórias. Mesmo que, na maioria, se supusessem desfiguradas. Estava inclinado para colocar o apartamento minúsculo à venda e, com o numerário, rematar os aperfeiçoamentos da casa mais antiga. As gravatas nem vieram. Assim o relógio dourado e os insetos mortos. Na caixa de correio em ferro, um envelope maior em papel grosseiro com selo português. Calculou que poderia ser um registo de Elena. Alegrou-se. Com uma das tesouras do pai floreiro, cortou o fio pardo e os vincos do invólucro. Com cuidado, apalpou um manuscrito com a assinatura de Laura. *Para ti, Manoel. E para ela, depois.* Num canto do papel, um apontamento. *Nota principal: a Papoila está encantada com a reforma na casa das flores – vais beneficiar muito do sentido estético dela.* Depois, com nervosismo, silabou o título. *Também as Paredes Falam de Tempo – A Ausência e Outras Mortes.* Sentou-se no escadote de madeira, com baldes de zinco e regadores ainda com água conspurcada. Limpou as poeiras dos dedos no avental e ficou a ler as entranhas da mulher inteira até as esferas oculares pedirem a ausência de claridade. *Laura.*

160

Nenhuma notícia do rapaz inventor. Manoel ainda a completar o apontamento do material prosaico num caderno do pai floreiro. *Por onde te evaporas, Hélio?* Pelas contas dos dedos, precisaria de mais um punhado de semanas para a loja estar em andamento comercial. Inclinou-se na banca ainda com as encomendas, os bolbos e o cheiro do homem antigo. *Espero estar a pensar direito, pai.* Na casa, apenas os estalidos da madeira e o odor aconchegado das flores mortas. *Serias tão importante, agora. Estaríamos tão contentados.* Da gaveta, um breviário dos cuidados a ter com as plantas de raiz ou apenas o caule florido. Poderia ter sido uma publicação da Bem Comum mas Manoel dava principalidade aos ensaios de Economia e Ciências Políticas. Com o livro nas mãos, reparou no envelope abreviado de sementes a marcar uma página, provavelmente avisada pelo homem pai. Leu, na cabeça. Como se declarado ao ouvido. *O lírio é delicado como a afeição, que também precisa de humidade e luz sem o exagero dos dedos mais impulsivos. Se em vaso, depois da morte das flores e das folhagens, reservar os bolbos num lugar seco e frio e esperar pelos tempos primaverais. Se em jarro, aparar o caule num corte enviesado com cinco dedos de água, que deve ser demudada com maior regularidade nos dias mornos. Num caso ou noutro, com raiz ou caule cortado, usar as chuvas para a rega e nunca aspergir as pétalas. Mais importante do que as regas e as rezas, é o amor.* Acenou com a cabeça. O manual de depoimentos seria o conselheiro principal, como se um lugar possível de conversação com o apuro do antigo homem. Limpou o ajuntamento de papel com um pano de flanela.

Na rua, as crianças e outros transeuntes espionavam pelas portas subidas e intervaladas. Manoel aprontava um riso ainda com o abatimento pela ausência dos nomes maiores mas a luminosidade gradual dum homem resolvido a completar-se.

161

Laura telefonou com a claridade mais adiantada da manhã. Manoel estava, por acaso, no apartamento minúsculo a empacotar tanto material para o orfanato. O coração dele alegrou-se. E incomodou-se, também. Ela terá sido muito prática no aviso. *Tenho um ano de vida.* Havia tempo para falar sobre Papoila e rascunhar caminhos e suposições. Manoel sabia da importância do pintor francês. Nele, também a vontade de se inflamar a contar dos tempos de renovação, de braços aprontados para o amor e da ocupação recuperada de homem floreiro. Como o tão delicado pai de coração. E do rapaz dos espasmos, que ainda esperava abrigar num dos compartimentos enflorados do prédio, da espera continuada pelo corpo alumiado de Papoila e da afeição sempre maior por ela. *Laura.* Calou--se, engolido pelo intervalo abreviado da mulher mãe. *Poderíamos ser apenas um, Laura.* Ela, ainda tão espantosa. E sempre grande. *Se me tivesses avisado da minha cegueira, Laura.* E bravia. Também cumpridora. Completada. *Se ainda houvesse tempo, Laura.* Manoel confirmou o recebimento do manuscrito. Ela silabou. *A seu tempo.* E desligou a chamada com a voz mais fraca. Ele, também. E o corpo tremido. Medo. E raiva por ter demorado a perceber que só os homens grandes se consentiam abanar por dentro. *Laura.*

162

Poema Inaugural

O corpo dum homem
espera a altura dum trono
ou coroa
por ver ainda tanto nevoeiro
nas ruas por onde anda.
Vive numa campânula vidrada
ou a cabeça inclinada
para o desvario da grandeza.
O homem é criatura abreviada,
mais ainda que o bicho, o fruto
ou a mais obediente cadeira
numa mesa domesticada.
Mais que a árvore ou o pássaro,
as chuvas e as terras
que lavam as ruas por onde os homens andam
e se levantam
numa vaidade escusada.
Como me curvo
ao tamanho certo do vendedor de flores,
que se contenta no chão rasteiro,
um coração maior que o estrangeiro
e as mãos tão perfeitas

como a morte e o tempo.
Tenho as unhas sujas,
não tanto de cuidar das hortências
ou de plantar lírios
mas de escavar ao avesso
o mais subido entendimento.

M. Luz

163

Alinhou o aviso pendurado na janela do apartamento minúsculo. *Vende-se.* E inclinou-se pelas escadas apertadas com uma caixa de cartão nos braços. Deslocava, oficialmente, a morada para a rua mais secundária da loja das flores. Como se, depois duma viagem de negócios, cansativa e até proveitosa, voltasse, enfim, a casa.

164

Manoel, os braços inclinados na cinta, muito espantado. A loja das flores levantava-se com o sopro renovador dum homem novo mas sem ofuscar a magia do homem pai. O andar de negócio continuava coberto com tábuas de madeira antiga, agora pintadas de branco e verde claro, um canto ampliado para a exposição das flores, arbustos e sementes, também um lugar para comércio de livros de ilustração botânica, cuidados de jardinagem, simbologia das flores e poesia. A comprida banca seria a mesma, rompida pelos movimentos perfeitos do antigo floreiro, agora com rolos de papel em tantas cores, arame de amoldamento e outras particularidades decorativas para a feitura das composições florais. Também as ferramentas do pai recuperadas e alinhadas: as tesouras de poda, o ancinho, a pá, o plantador de bolbos. Nas gavetas com os puxadores polidos, os cartões para abreviadas mensagens e os postais maiores, também um caderno para os rascunhos poéticos, as pérolas de vidro para alindamento e o selo adesivo com o nome principal. *Casa das Flores.* Nos armários primitivos, ainda vasos, molduras, candelárias e outros artigos ornamentais inspirados em tempos recuados. Estava suspiroso para apresentar a loja reavivada a Laura. E a Papoila, claro. Sabia do tempo abreviado da mulher mãe, mas esperaria, com alegramento, que celebrassem a vida do lugar com as mãos laçadas. E até um beijo. Discreto. Consentido pelo pintor francês. Seria como se todas as coisas se compusessem, novamente. Depois de muitos procedimentos imperfeitos e até inconvenientes. Mesmo os homens com maiores defeitos se podem instruir. Na cabeça, avanços e planos. No dia inaugural, as flores seriam oferecidas. Se viesse a coragem, rascunharia um poema encurtado para pendurar na haste. Também avisaria a senhora dona Ofélia, a receber o primeiro braçado de dálias. Contemplava a mulher das pérolas com uma afeição ainda maior. Pelo posicionamento generoso. E prudente. Só não resolvia a dúvida se convidaria a mãe Aurora. Pela morte do marido floreiro no chão da casa das flores. Pela loucura a ocupar a memória. Mas também por nem calcular como comungar com ela depois de saber do útero estrangeiro e do filho morto. Respirou. Levaria lírios. E margaridas. Ouviria os especialistas do lar. Pausa. Gostaria tanto dum abraçamento simples dos homens que, mesmo na desordem, formaram as raízes do futuro. Imaginou o riso completo do pai podador. E a mão corpulenta do grande editor a cair sobre os ombros.

165

Pai. Manoel silabou o vocábulo com o editor na cabeça. *Pai.* A boca parecia enganada, a saliva mais espessa. Ficou com o corpo curvado ao imaginar que também seria a impressão de Papoila. *Pai.* E via o homem grande, com o riso ampliado no escritório envidraçado em telefonemas reservados com os governadores do regime. Também as saídas repentinas para reuniões com nomes subidos, lábios marcados na gola das camisas vincadas e os envelopes estrangeiros sem remetente. Até ao funeral do senhor Prudente, também ele tinha desejado todas as circunstâncias. Ficou apoucado pela neblina nas esferas oculares. *Pai.* E o homem floreiro aparecia na cabeça. Pensou em Angélica, também. A rapariga das pernas estendidas. *Um. Dois. Três. Um Dois. Três.* Perguntaria à viúva se deveria ocupar-se dela como uma irmã pela metade. Ou se a bailarina nem saberia e nem se conformaria ao procedimento delusório do grande editor. Havia ainda tanto por acertar. Mas Papoila seria o nó principal. Esperaria, com afeição, que o abreviado vocábulo viesse da boca dela. Com sentido. *Pai.* E absolvimento. Também ele ensaiaria chamar pela mãe estrangeira. Como se ainda pudesse lembrar o cheiro e as propriedades dos braços. E supor a matéria do coração.

166

Soube da morte de Laura pelo telefonema de Antoine. Com demora, pousou o aparelho de plástico e sentou-se no escadote, cercado de livros de ilustração botânica e poesia. Na cabeça, a luz natural da rapariga da revolução. Os dentes ligeiramente separados. As mãos tão disponíveis. E as composições poéticas que tanto pareciam ampliadas e até ridículas. Como as cartas de amor do homem multiplicado. Curvou-se, no avental de pano. Considerou chorar. Apesar do interior renovado, sentia-se visceralmente só. Precisou de Elena. E do rapaz das biografias. Precisou duma criatura com braços. Levantou-se. No andar subido, ainda com caixas de cartão acumuladas, procurou mecanicamente uma gravata preta para enlaçar no canal da garganta. Com os dedos, acomodaria o nó com precisão depois da camisa devidamente abotoada. Riu-se. Do raciocínio desapropriado. Como poderia a cabeça, num instante de dor profunda, aconselhar o movimento dos dedos para a aparência? As gravatas ainda com a etiqueta da lavandaria teriam ficado no apartamento minúsculo. Ou sido levadas para uma corporação de filantropia. O novo vendedor de flores pensaria mais em Laura. E na rapariga Papoila. Apesar da agonia de dentro, tinha urgência em medrar-se como homem. E senhor pai. Ocupar-se dos encargos da afeição. Completar-se pelos manuseios de cuidador. Mais do que anunciar aos outros o amiserado íntimo pela ausência da grande mulher, deveria consolar a filha imprevista que nunca soube doutro colo. Papoila viera do ventre dela. Engolira o leite dela. E seria, agora, a prioridade. A maior. A única, até. Envergou um casaco qualquer, sem protocolo nem vaidade. Assim Hélio, na gabardina de tamanho exagerado. *Hélio*. Andaria para os braços da rapariga com nome de flor bravia. Sem impor o seu amor. Nem parentesco. Mas suspirava muito para que Papoila soubesse que o *pai de corpo* já poderia cuidar duma criatura viva. Sem alturas nem pingos de éter. Apenas apego. E contemplação. Como o outro, bondoso, dedicado e pintor.

167

Antoine?

O homem pintor estava abatido.

Tínhamos amor por ela. E temos pela Papoila. Somos o mesmo homem em duas variantes. Nous allons nous comprendre.[*]

Manoel continuou levantado, a língua deformada.

E o manuscrito da Laura?

Antoine abanou a cabeça.

Apenas ela tem o direito e a grandeza. Seulement elle...[**]

Falava de Papoila, ainda tão bravia e pura como as flores que despontam nas terras mais infecundas. O alinhamento inédito de poemas ficaria na gaveta em espera pelo corpo madurado do prolongamento da mulher mãe. Manoel acenou com a cabeça. Estava agradado. Laura e a filha por metade tinham sido cuidadas por um homem prudente. Antoine transbordava lucidez e comprimento, numa altura que nunca se poderia ver pelas camisas amarfanhadas e até rompidas ou maculadas com tinta mas pelo íntimo atento e enamorado. Havia amor dentro dele. Provavelmente, sempre houvera. Manoel curvou-se, obediente. Deram as mãos, num compromisso de claro entendimento. Aceitariam por inteiro a filha de corpo e coração. As portas da casa pintada de Antoine e da casa das flores ficariam abertas. Papoila poderia entrar e sair conforme a vontade, sem que nunca fosse perguntada pelo amor maior, pela preferência

---

[*] Do francês, *Havemos de nos entender.*

[**] Do francês, *Apenas ela...*

ou disparidade. Papoila era a parte mais chegada à grande mulher que faltaria, agora, aos dois. Seria um nó atado para sempre. Um músculo. Ou um osso. Seria o sopro de vida até ao carimbo de óbito.

168

Manoel, com o avental pendurado, movia delicadamente as mãos na feitura da composição floral. Com margaridas. Para o funeral de Laura. Apesar do interior despejado, também a saliva amargada, estava embalado num sopro de memórias sobre a noite de inauguração da galeria provisória. Laura, nas calças de ganga com perneiras alargadas, muito bordadas com floreados decorativos, a grande cruz colorada na porta, os rapazes de barbas compridas, a bicicleta alta e o ramo de flores aprontado pelo pai floreiro. E a gravata, com o fato de fazenda. Riu-se. Abanou a cabeça, em desaplauso. Respirou. Com o alicate, amoldou o arame redondo da coroa. Depois, com precisão, acomodou um braçado de fetos verdes para camuflar a armação metálica. Suspendeu o movimento. Privou as esferas oculares de luz. Com as pálpebras apertadas, avivou a textura do primeiro beijo. No devaneio, ouviu o andamento dum vivo.

Senhor Luz?

O homem floreiro levantou os dedos para abrigar a vista da claridade intensa que entrava pela porta principal.

Sempre aceita que seja eu a escrever a sua biografia?

Manoel ficou comovido. Pousou a tesoura de pontas finas, sacudiu as mãos. Depois, caminhou para a porta com a pressa dum pai adiado.

Claro, Hélio. Claro.

Abraçou o corpo magro do rapaz inventor. Estava com a mesma gabardina maior e a mala de pele rompida. Ouviu, ainda.

Soube do nosso palacete?

O homem abanou a cabeça. Recuou um palmo e, com as mãos ainda nos ombros do rapaz, contemplou-o com um impulsivo afeiçoamento.

Eu tentei, senhor Luz. Tentei. Mas já não é nosso.

O homem voltou a abraçá-lo.

Agora a tua casa é neste lugar.

O rapaz ficou pasmado.

Vamos reabrir a casa das flores. E tu vais ajudar-me com o teu génio inventor.

O rapaz acenou com a cabeça, ainda duvidoso. Reparou nas flores, nos livros, nas luminárias. Andou pelo tabuado.

É muito inspiradora, senhor Luz. Como a Poetaria.

O homem floreiro acenou com a cabeça, também.

E tens um quarto só para ti.

O rapaz alegrou-se, ainda pasmado. O homem floreiro avançou pela escadaria privada para o andar subido. Chamou com os dedos. Nem sabia posicionar a alma entre o abatimento cavernoso pela morte de Laura e a chegada gloriada do rapaz inventor. Apontou para a sala ainda inacabada, depois para uma das divisórias do corredor.

Este quarto é teu.

O rapaz pousou a mala no chão.

E podes recomeçar os teus Redutores Mecânicos da Infelicidade Imposta.

O rapaz dos espasmos riu-se, com os braços estendidos. Andou em círculos. Depois, contemplou demoradamente o homem floreiro.

Antes, vou aprender com o senhor Luz a fazer ramos de flores. Também servem para inundar um peito desconsolado.

O homem floreiro ficou comovido, como se da língua do rapaz viesse o encanto do pai ausente. Hélio curvou o corpo e tirou a papelada da mala. Manoel reparou no letreiro, com a caligrafia imperfeita mas tão inspiratória. *As Memórias de Manoel Luz.* Respirou, esperançoso. O rapaz estava, enfim, no ponto geográfico acertado. Mas teimaria no reparo do título: *As Falsas Memórias de Manoel Luz*, por tanta reviravolta no alinhamento biográfico. A matéria da memória seria muito inconstante. Problemática. Ou movediça. Uma fórmula incompleta, um bicho sem classe nem propriedade. Mas teriam a vida toda para compor um caderno de apontamentos e retratos. E afincar a imprevista afeição. O homem floreiro sacudiu as mãos no avental, novamente. Nas esferas oculares, a humidade.

Tenho uma composição floral muito especial para completar, Hélio.

O rapaz acenou com a cabeça.

Posso servir de ajuda, senhor Luz, ou é matéria demasiado delicada?

O homem abanou a cabeça, também.

A matéria mais delicada é o amor, Hélio. E, esse, pede sempre parceria.

169

Se pretendem ver com maior claridade, abacinem as esferas oculares. Dum homem com maior entendimento.

170

A Casa das Flores terá sido inaugurada sem um procedimento formal de celebração. Aos calores primaverais da manhã, o homem floreiro e o rapaz inventor cortaram um fio grosseiro estendido na largura da loja, num ato principal de abertura. E anunciação. Depois, esperaram pelas dianteiras encomendas, também pelas bafagens inspiradoras e até pelas poeiras que começariam a acumular-se na pele de todas as coisas. O rapaz inventor, também de avental, fascinado com as ferramentas e a plasticidade do arame, afeiçoado a amoldar formatos inesperados para composições florais invulgares. Manoel continuava deslumbrado com o engenho do discípulo privado de linhagem e contemplava cada movimento dos seus dedos com tanto apego. Silabou. *Não tenhas nada nas mãos, nem uma memória na alma**. E recuou ao encantamento pelo homem multiplicado. A aparição duma figura ainda abreviada embargou o instante ensimesmado. O homem maior falou com pasmo.

Papoila.

Ela deslocou ligeiramente os lábios. Depois, voltou o corpo magro para a porta alta e manipulou os dedos ao pintor estrangeiro. Os homens destinados cumprimentaram-se. Com as esferas oculares mais avivadas, perguntou.

Posso ficar um tempo na tua casa?

O homem floreiro acenou com a cabeça, comovido. Sem açaimar o contentamento, beijou-a na testa. A menina rapariga avermelhou-se.

---

* Verso do heterónimo Ricardo Reis, de Fernando Pessoa

Este lugar é também teu, Papoila.

O rapaz inventor acertou um riso impressionado e rascunhou um apontamento no caderno das biografias. Manoel anunciou o imaginoso aprendiz.

Já conheces o Hélio?

A rapariga abanou a cabeça. Tinha reparado no rapaz misterioso no funeral da grande mãe, com a gabardina dum tamanho superior. Falou ao ouvido do homem maior.

Como o devo cuidar em parentesco?

Manoel novamente desacomodado às categorias de afinidade. Olhou para o rapaz do palacete e o coração inflamou-se.

Como se fosse meu filho, Papoila.

Ela ficou espantada. O rapaz, também. Curvado. Corado. Completo. Manoel, mais levantado e convencido da altura dum homem se medir pelo teor mais privado. Ossos. Músculos. E a geometria inexplicável da alma. No vão da boca, outro verso do homem poeta. *Não florescem no inverno os arvoredos**. A hora seria de maior urgência para ares amornados, para que aflorasse cada veia do coração. A filha subiu um palmo, falou ainda mais ao ouvido.

Terei ainda mais irmãos inesperados?

Manoel riu-se.

Todos os que chegarem a esta casa.

A rapariga alegrou-se, também. O homem pai estendeu uma das mãos.

Anda, vou contar-te a história admirável do meu pai.

Ela acenou com a cabeça. O rapaz das biografias apontou, novamente.

O avô das flores.

Manoel ampliou as pupilas, demorou-se na filha imprevista. Na cabeça, todas as memórias para inventariar. Ou inventar. Contaria também do grande editor, dos livros proibidos e da livraria subordinada. Também dos homens de macacão azul, dos estudos em Gestão Comercial e do mordomo fardado. Respirou. Soube que a biografia de cada um seria apenas um depósito de tempos registados. Risos. Lamentos.

---

* Verso do heterónimo Ricardo Reis, de Fernando Pessoa.

Enganos. A maioria deformada pela falsidade do mecanismo inventivo. Natural. E até esperada. Assim as historietas de combate. E de amor. Ou renovamento. A explicação da vida muito precisa seria claramente insuportável. Improvável. Decadente. Riu-se. Por ter duvidado do rapaz louco. E pela reviravolta no relatório de proveniência. Papoila ainda acautelada, contemplativa, a avivar as lembranças de Laura. Com os dedos tremidos, contornou os braços finos.

Tens tanto da tua mãe.

Ela inclinou o corpo, comovida. Depois, num movimento impulsivo, o homem pai abraçou-a com o peso dum amor em atraso. Também ele procuraria saber sobre a mulher uterina vinda das terras de Leste. Talvez assim pudesse explicar a aparência da pele ou o conteúdo do peito. *Tens tudo da tua mãe.* E, nos vasos de zinco, os primeiros bolbos de jacintos enfloraram.

APONTAMENTO

Livros Consultados:

Arte de Ser Português (1978), Teixeira de Pascoaes, Lisboa: Edições Roger Delraux.

Férias com Salazar (1952), Christine Garnier, Lisboa: Companhia Nacional Editora.

Fernando Pessoa, Aforismos e Afins (2003), Lisboa: Assírio & Alvim.

Mensagem (1997), Fernando Pessoa, Lisboa: Assírio & Alvim.

Poesia de Álvaro de Campos (2002), Lisboa: Assírio & Alvim.

Poesia de Alberto Caeiro (2014), Lisboa: Assírio & Alvim.

Coleção Minotauro Ficção:

- Rapariga em Guerra, de Sara Nović
- O Homem que Duvidava, de Ethan Canin
- Comunidade, de Ann Patchett
- As Falsas Memórias de Manoel Luz, de Marlene Ferraz